El cofre de Napoleón

Christian Allen

El cofre de Napoleón

A la memoria de Mario Luengo Troncoso.

*"Te alcanzo en el Valhalla, querido amigo;
allí, donde moran las valkirias y los inmortales,
por toda la eternidad."*

Capítulo I

Bailén, 20 de julio de 1808.

La tarde era aún calurosa cuando el general español Francisco Javier Castaños arribó a la casa de postas en el camino entre Andújar y Bailén. Tenía un transitar pausado, afianzado a lo largo de las cinco décadas de vida que contaba, y un trato afable que lo envolvía en una atmósfera de tal magnanimidad que cuando se dirigía a las tropas, lo hacía parecer más un sacerdote a punto de oficiar una misa, antes que un soldado. A ello conspiraban también el blanco inmaculado de su todavía bien poblada cabellera y el uniforme de general en jefe del Ejército de Andalucía, también blanco, que el maduro general cuidaba con el afán que no le brindaría un cura a su sotana.

A esa hora del día, el campamento español era un ir y venir de soldados oliendo a sobacos, fermentados bajo el calor implacable del mediodía; las botas cubiertas de polvo, las tricotas desabrochadas. Un mar de hombres y bestias donde la disciplina militar de los días anteriores se había evaporado al clamor de los vítores de victoria que la jornada previa habían llenado la comarca. En efecto, esos hombres, en su mayoría españoles, unos pocos suizos y walones, soldados de línea en gran parte, patriotas voluntarios y conscriptos levantados de los campos y de las ciudades de Andalucía y Granada —aprendices de soldados, pero ignorantes a fin de cuentas—, acababan de vencer al ejército más poderoso del mundo.

Esto explicaba las licencias concedidas —o arrebatadas— a sus superiores. Desde la jornada anterior, el valle se llenó de festejos.

Muy cerca de allí, haciendo el contrapunto a la escena, los vestigios de las huestes francesas, al mando del experimentado general Pierre Dupont, unos ocho mil hombres, muchos de ellos mal heridos, sobrevivientes de un ejército que dos jornadas atrás sumaba casi once mil almas, permanecía desde el día anterior en ascuas, a la espera de conocer los términos de las capitulaciones que sellaban la ignominia de la derrota.

Dupont había pasado el día ultimando los detalles de su propuesta de rendición. Mientras reposaba sobre una silla de campaña, los pies acomodados sobre un escabel improvisado con un viejo almud apropiado a los lugareños, debatiéndose sobre el conflicto insuperable que le significaban, por una parte, el juicio público de la historia, y por la otra, la crispante calma de saber que había procurado cumplir de la manera más fiel posible con el designio fijado por los suyos, había finalmente resuelto formar una comisión de tres hombres que debería acordar con el general en jefe español los términos de las capitulaciones. Dicha comisión estaba integrada por su ayudante de campo, el capitán D´Villoutreys, quien era, a la sazón, el hombre en quien más confiaba, y a quien había encomendado la víspera el inicio de las conversaciones para el alto al fuego; y los generales, Chabert y Marescot, este último, un viejo conocido de Castaños, de los tiempos de la Paz de Basilea del año 1795. El semblante de Dupont era desolador. El rostro sudado, quemado por el ardiente sol del mediodía español, la negra tricota desabotonada hasta la altura del plexo solar, el brazo izquierdo en cabestrillo, los pantalones sucios y las botas gastadas por el agreste suelo peninsular. Había buscado abrigo del quemante sol al arrimo del muro de adobe de una choza levantada por el azar a la vera de aquel camino infame, abandonada quién sabe cuánto tiempo atrás y a esa hora del día, mientras las lagartijas se asomaban temerosas al alféizar de sus ventanas desprovistas de cristales, se acordaba a ratos de otros tiempos más felices, en que como flamante general de división de la Grande Armée, había ayudado a escribir la historia de Francia con letras doradas en las batallas de Austerlitz y Jena. Hoy volvía a hacerlo. En su fuero más íntimo, sin embargo, apostaba a que aquella letra vergonzosa con que se aprestaba a comenzar un nuevo capítulo de la historia del otrora glorioso ejército francés, fuera de carbón, de modo que la posteridad olvidase pronto el texto odioso que estaba próximo a firmar.

Los hombres escogidos por Dupont montaron a caballo, y escoltados por el coronel español Francisco Capons, el mismo que había oficiado las veces de enlace entre el bando español y el francés los días previos, emprendieron la dolorosa marcha al encuentro de Castaños.

Mientras todo esto ocurría, hacia el noroeste, tras el cerco formado por las tropas del general suizo Teodoro Reding, al mando de las divisiones 1ª y 2ª del victorioso ejército español, todavía estacionadas en Bailén, un numeroso cuerpo de soldados franceses —cerca de 10.000—, que no había tomado parte en la batalla, al mando del general Dominique Vedel, ansioso de combatir, se debatía bajo la angustiante disyuntiva de respetar los términos del texto de las capitulaciones que se iba a debatir durante las próximas horas con Castaños, o simplemente, desconociéndolo, reiniciar las hostilidades.

La tensión iba en aumento. Reding había parlamentado en las horas previas con Castaños y lo había impuesto de la inquietante situación en que se encontraban sus tropas, amenazadas por el camino a Guarromán y Sierra Morena por un general Vedel que no parecía muy convencido de la rendición francesa. A ello debía sumarse el hecho de que Reding observaba especialmente que la capital española permanecía ocupada por los franceses, de modo que, de autorizarse su retorno, era evidente que se sumarían al ejército francés que por esos días marchaba en dirección al noreste a enfrentar al general Blake, quien defendía la causa española.

La casa de postas no contaba más que con aquella sola habitación. Castaños se acomodó pausadamente en una banca junto a uno de los muros. Cerca de él, al alcance de su brazo, una mesa de madera cortada en roble, dura y tosca, le servía de apoyo. Una brisa miserable entraba por la ventana de la pared opuesta, arrastrando los ecos del campamento, como una ensoñación.

Castaños no había participado de la batalla. Gozaba de esa extraña habilidad para mandar poniendo al resto en movimiento, pero sin moverse a su vez. Así, dos semanas antes, luego de concebir un ambicioso plan de ataque junto al general Reding y al general Antonio Malet, marqués de Coupigny y natural de Flandes, formó tres divisiones de ejército: La primera al mando del suizo, la segunda a cargo de Coupigny, y la tercera, del general español Manuel La Peña. Las dos primeras emprendieron el avance hacia el noreste, el día 14 de julio, cruzaron el Guadalquivir, tomaron Bailén y cortaron la retirada a Dupont al irrumpir en el camino a Guarromán y Sierra Morena, con un fino movimiento de tenazas. La operación había sido espléndidamente ejecutada. Castaños junto al general La Peña, en cambio, instaló su cuartel general en Arjona y de ahí avanzó paulatinamente hacia el norte, amenazando Andújar, la que tomó sin dificultad ante el abandono de Dupont, que retrocedía hacia el noreste, al encuentro de Reding y Coupigny, sin advertir todavía que con tan torpes movimientos quedaría atrapado en la red que la tropa española le había preparado semanas antes. La estrategia se coronó con la rendición del general francés, el 19 de julio. En la vorágine desatada por las marchas y contramarchas de estos ejércitos, la tercera división al mando de La Peña —y con la cual marchaba también Castaños—, no tuvo necesidad de combatir. Le había bastado con asomarse al campo en el ocaso de la batalla para provocar el derrumbe de la estrategia francesa.

Un soldado entró sigilosamente a la habitación. Traía una bandeja con un poco de agua, vino y pan. Castaños no había pedido nada de eso. Los hombres a cargo del servicio, afectados por la estampa sacerdotal del general, no pudieron pensar en otros alimentos para ofrecerle. Esperaban la llegada de la comisión de negociadores despachada por Dupont y alguno de ellos pensó, inconscientemente, que aquello resultaba necesario para que el curita aquél principiara su misa.

No pasó mucho rato antes de que un tropel de caballos se avistara viniendo desde el noreste. Eran los hombres de Dupont. Una escolta de tres jinetes les acompañaba. Capons, que lideraba la diligencia, los encaminó hasta la casa de postas. Los franceses descendieron de los caballos bajo una nube de polvo. Se acomodaron los sombreros y repasaron el cierre de sus tricotas en un gesto que rayó en lo ridículo frente al rigor inclaudicable a que los sometía el calor de la tarde. Marescot fue el último en entrar a la cabaña. Villoutreys el primero. Los tres hombres, en un gesto automático, miraron la punta de sus botas y lamentaron que estuvieran otra vez cubiertas de polvo.

Capons saludó con un gesto marcial a Castaños y a La Peña, que se les había unido, presentó a los tres y esperó. Castaños se puso de pie, y sin moverse de su lugar, en un gesto pesado hizo ademán a los hombres para que tomaran asiento frente a él, a lo largo de la mesa. Los franceses obedecieron, se aproximaron a su interlocutor se quitaron los sombreros y sin desabotonarse, tomaron asiento. Castaños hablaba satisfactoriamente bien el francés. La Peña no. Estaría resignado, así, a seguir entre tinieblas la relación de los hechos.

El general Marescot abrió los fuegos. Conocía a Castaños desde los tiempos de la Paz de Basilea, donde ambos generales habían tenido participación en las negociaciones que sus países llevaron a cabo para terminar la guerra entre las naciones. Por aquellos tiempos Marescot visitaba una logia en la ciudad, en la misma época en que Castaños fue iniciado. Desde aquella oportunidad, quizá también por la complementariedad de sus temperamentos, una cierta amistad había surgido entre estos dos hombres. Dupont conocía esta circunstancia, y estimando que Castaños tenía una cierta fama de no olvidar a sus conocidos, pensó con razón que al nombrarlo comisionado, podría lograr mejores condiciones en un negocio tan desagradable.

Los franceses pretendían que se les permitiera regresar a Madrid. La propuesta inicial, puesta sobre la mesa sin mucha ceremonia por Marescot, ayudado por D'Villoutreys, se dirigía en todos los casos a conseguir este compromiso de parte del general en jefe. Castaños, a su vez, en un gesto un tanto paternal que causaba escozor a La Peña y a Capons, parecía estar dispuesto a acceder a la petición sin muchos miramientos. Tenía los ojos claros y su mirada era apacible. La voz calma y una sonrisa generosa que le venía al rostro de tanto en tanto, le restaba cualquier aire de marcialidad. En algún momento, D'Villoutreys, a quien Castaños también reconoció como masón cuando se presentó, como si el tiempo le apremiara más que al resto, y como presintiendo que la conversación transitaba por un momento crucial, le pidió directamente hablar a solas. La petición había sorprendido a Castaños e incomodó a los españoles presentes, pero cuando el general en jefe volvió la vista hacia Marescot, que era el hombre en quien más confiaba de todos los presentes, notó que en su mirada silenciosa y en su mandíbula cerrada había un gesto imperceptible por el cual aquél hombre ansiaba transmitirle algo. Esto persuadió a Castaños y a pesar de que La Peña hizo un ademán de protestar, preocupado por esos derroches de bondad de que de tarde en tarde hacía gala el corazón del general en jefe, no pudo resistirse. Los hombres salieron, dejando solos al capitán D´Villoutreys y a Castaños. Apenas esto ocurrió, el francés, un hombre de mirada profunda, de cejas pobladas, y rostro pálido y terso, donde la barba estaba siempre perfectamente afeitada, hizo un gesto automático de desabotonarse la guerrera y de lo más profundo de su pecho extrajo una libreta que depositó sobre la mesa.

–Querido Hermano –dijo a su interlocutor–, me veo en la necesidad de continuar esta conversación en otros términos. Lo que vengo a exponer a vos es de la mayor gravedad.

Castaños vio con sorpresa el cuaderno sobre la mesa, aun cerrado, con sus lomos forrados en una tela de tonalidades café moro, sutilmente ofrecido por el general francés. A simple vista, no tenía nada de especial. Se trataba de un cuaderno vulgar y co–rriente, como muchos que podían adquirirse en cualquier boliche del país.

–Mi general Dupont confía en que, una vez que reviséis los hechos asentados en este cuaderno y viendo los graves motivos que nos han traído hasta este lugar, accederéis a permitir que nuestro ejército pueda retornar lo más pronto posible a Madrid.

Castaños frunció el ceño. Con cierta inquietud había aproximado su mano al librito aquél y lo había entreabierto, apreciando entre sus hojas los trazos de una pluma vigorosa y rápida. Le pareció evidente que el autor de aquellas líneas, había tenido premura en terminar su relato, pues no había tomado las precauciones para que el exceso de tinta manchara sus páginas.

–Esto es lo que mi general Dupont deseaba hacerle llegar...– Insinuó D´Villoutreys, críptico–. En la misiva remitida a Ud. el 20 de junio recién pasado, como recordará, mi general le hizo presente la urgencia que tenía por concertar una reunión en un terreno neutral. Le expresó, asimismo, que las noticias que debía comunicarle eran de la mayor gravedad.

Castaños volvió a fruncir el ceño. Los años le pesaban en ese momento. El discurso del secretario de Dupont le había sorprendido. De entre todas las variantes posibles que habría podido imaginar sobre el decurso de aquella reunión, no existía aquella que el francés le planteaba en ese momento, mucho más porque el tono profundamente enigmático de sus palabras le había saltado al pecho, como si estuviera ad portas de sufrir una revelación que iba a amargarle el día.

En efecto, hasta el momento mismo en que D´Villoutreys pusiera aquel cuaderno frente a sus ojos, el general español sólo tenía la imagen de una batalla librada entre dos ejércitos enemigos, donde la estrategia diseñada por su estado mayor había sido superior a los movimientos erráticos y torpes de un ejército francés que no habría conducido mejor su lustrabotas. Ahora, con aquel discurso inocente, el francés parecía querer insinuar que lo que había visto durante aquellas jornadas que habían llenado de gloria al ejército español, no habían sido más que una mise en scene, una burda farsa hábilmente interpretada por las tropas enemigas, donde el único objetivo de Dupont había sido el de forzar aquella reunión.

Los colores subieron al rostro de Castaños. Su tez otrora blanquísima, casi transparente, parecía un farol ardiendo en mitad de la sala.

—¿Qué está usted insinuando, capitán?—esbozó.

—Lo que usted ya sabe, general. Hombres como usted o como mi general Dupont, responden a deberes mucho más elevados que a aquellos que podrían surgir de un mero bando militar.

Castaños puso los codos sobre la mesa y entrelazó las manos delante del rostro. Estaba tan desconcertado como molesto.

—¡Deberes! ¡Deberes! ¿De qué me está hablando, capitán? ¿Quiere acaso Ud. meter a la masonería en esto? ¿Como si por el hecho de compartir Ud., yo, el general Dupont y muchos otros hombres tanto de su ejército como del mío, una misma vocación, alguien pudiera llegar a creer que le voy a dejar volver con todo su ejército a Madrid, como si aquí no hubiera pasado nada? Antes de pensar siquiera en pedir algo así, capitán; Ud. mismo debiera imaginar el sentimiento de profunda decepción que invade a todos los masones españoles, luego de que Napoleón nos hubiera traicionado del modo que lo hizo y —esto es lo peor—, como si esa falta de por sí no hubiera sido todo lo dolorosa que pudiera imaginarse, después de que su hermano, el mismísimo Gran Maestro del Gran Oriente de Francia, al cual todas las logias regulares de este país estaban adscritas, se haya prestado para convertirse en Rey de España. ¿Y ahora Ud., enviado por el general Dupont y asistido por Marescot —todos hermanos—, viene a presentarse ante mí poniendo por delante a la Orden, asumiendo que porque hay cosas que nos unen, voy a olvidar mis deberes para con el ejército y España?

D´Villoutreys esperó a que Castaños se calmara. Había bajado el rostro, contrariado por el doloroso desahogo del general. Cuando terminó, retomó la conversación:

—Es el deseo de mi general Dupont y el mío —por cierto—, hacer saber a Ud. que no todo el ejército francés respalda la ominosa actitud del Emperador. Más aún, las acciones llevadas a cabo durante estos días por mi general —usted lo ha visto en el campo de batalla— han tenido siempre y en todo momento el único objetivo de acercarse a Ud. evitando el conflicto. Ud. mismo puede ver, hoy día, que fuera del cerco tendido por sus tropas, en el camino hacia Guarromán, permanece todavía el general Vedel con nueve mil franceses en condiciones de combatir y, no obstante ello, el alto al fuego ha sido rigurosamente respetado.

La mirada de Castaños se había tornado vidriosa. El mal rato le había subido la presión y ahora, algo más relajado, seguía el relato de D´Villoutreys sin reaccionar.

—Vaya al punto, capitán.

—Debo advertirle, general, que la intención original de mi general Dupont era la de hacer entrega de este cuaderno al general Francisco Javier Solano, de su misma logia.

Castaños bajó la mirada.

—Eso no va a ser posible —comentó—. El Marqués del Socorro murió hace casi dos meses.

—Lo sabemos, general —continuó D´Villoutreys—. Pero cuando este cuaderno fue escrito, su autor —quien también es español— lo había escogido a él como depositario de los secretos que allí se revelan. Cuando el ejército de mi general Dupont salió de Madrid en dirección al sur, Solano todavía vivía. Esa es la información que se tenía y en base a la cual se trabajó todo este tiempo, hasta que hace algunas semanas, mi general tomó conocimiento de su muerte. De allí la necesidad en que se vio de tomar contacto con usted, pues aconsejado por el general Marescot, no se logró identificar a ningún otro hombre que pudiera hacerse cargo de los antecedentes que hoy día le transmito.

—¿Y usted cree que yo soy el indicado?

D´Villoutreys frunció el ceño.

—La conclusión de mi general Dupont es que es usted el más indicado para encontrar al hombre que pueda ser depositario de estos antecedentes, y que pueda llevar a cabo la tarea que allí se le confía. Nosotros no podemos hacer nada más.

Un incómodo silencio se apoderó de la sala. El cuaderno de tapas marrón permanecía sobre la mesa, en el mismo lugar donde lo había dejado Castaños. De un momento a otro, el objeto aquél había adquirido un peso superlativo, como si toda la habitación se hubiera curvado en torno suyo.

El trance momentáneo en que los dos hombres acabaron sumergidos fue interrumpido por algunos golpes de nudillos en la puerta. Era La Peña. Como un perro guardián, había esperado junto a la fachada de la casa y el tono iracundo de Castaños lo había alertado, donde en la sarta de frases en francés, la palabra "maçonnerie" había retumbado con absoluta claridad.

—¿Ha llamado mi general? —preguntó al entrar, con fría hipocresía.

—El capitán D´Villoutreys ya se va, general. Le ruego conducirlo junto a los demás, de regreso con el general Dupont.

Castaños se puso súbitamente de pie y en un gesto audaz, cogió el cuaderno y se lo guardó en la tricota. A pesar de su esfuerzo por ocultarlo, no pudo engañar al agudo ojo de La Peña, que advirtió la maniobra.

—¿Y en qué quedamos, general? —Interrumpió D´Villoutreys, algo incómodo, sorprendido por las palabras de su interlocutor. —No hemos todavía afinado los detalles de las capitulaciones.

Castaños puso en él su mirada vidriosa: —Debo suspender aquí esta entrevista, capitán. Informe usted al general Dupont que mañana al mediodía la reanudaremos hasta terminar. Excúseme.

D´Villoutreys estrechó la mano al general y se retiró sin emitir comentarios. Tras él desapareció La Peña.

Capítulo II

Castaños se había sentado de nuevo; llenó el vaso de vino, y mientras prodigaba una inquieta mirada al cuaderno de tapas marrón que había vuelto a poner sobre la mesa, bebió lentamente. Alzó la vista oteando el espacio abierto más allá de su mesa. Con ojo experto calculó las horas de luz que restaban para que acabase el día y se zambulló definitivamente en la lectura. La primera página, en un estilo ágil, que se reforzaba exteriormente con la suciedad dejada por una tinta que el autor no había dejado secar, le asaltó de primera:

"Mi señor Francisco Javier Solano, Marqués del Socorro, presente.

"Solo os conozco por la fama de vuestra buena voluntad, extendida por toda España. Al escogeros como depositario de estas líneas, habéis de saber que otros hombres, tan sabios como vos, me recomendaron vuestro nombre aun antes de cruzar la frontera que divide España y Francia, de donde he venido ejecutando un periplo que no imaginaríais, y del que pronto, en este mismo relato, os participaré.

"Ignoro si al recibo de este cuaderno estaré aún con vida, pues —debéis saber— en las últimas semanas he sacado el cuerpo a la muerte, en una empresa que me ha resultado a cada momento más dificultosa, por lo que, ayudado también por esos mismo hombres sabios, me dirijo a vos, en procura de convertiros tanto en albacea de los secretos que os habré de transmitir, como en ministro de fe del testimonio del que vais a ser partícipe y del que os ruego, en la medida de vuestras facultades, me hagáis justicia ante vuestros pares y la historia.

"Mi nombre es Vicente Antonio Bernales Bouyer. Nací

en el mes de marzo de 1772 en la localidad de San Juan de Vilasar, Cataluña, hijo de don Antonio Bernales y Castedo, y de doña María Isabel Bouyer, natural de Toulouse, quien me heredó, por lo demás, la lengua franca y la inquietud por las letras y las ideas revolucionarias que al final de este accidentado periplo me tienen de cabeza forzando esta declaración. Mi padre fue oficial del ejército español, cuya tradición honré, siguiendo la carrera de las armas, al ingresar como cadete al regimiento de Guadalajara en el año 1787, cuando contaba recién con quince años..."

* * *

En el año 1793, cuando ostentaba el rango de teniente segundo de granaderos del regimiento de Guadalajara, Francia declaró la guerra a España. La hornada de hombres que integró el glorioso regimiento de Guadalajara, que se caracterizaba en esos tiempos por su bravura y temeridad en el combate, declaradas las hostilidades entre estas dos naciones –y a pesar de la inquietud que me podía causar, por el hecho de llevar también sangre francesa en mis venas–, tomó la iniciativa en el combate y cruzando la frontera, avanzó por el Rosellón sin encontrar enemigos de suficiente talante. Lamentablemente, y a pesar de nuestros esfuerzos, el éxito de nuestra empresa se vio detenido a las puertas de Perpignon, ciudad esta última que no nos resultó posible atacar, debido a la falta de refuerzos suficientes. Al año siguiente, como el Estado Español pareciera habernos abandonado a nuestra suerte, nos sobrevino el contraataque francés que, apoyado de cerca por refuerzos formidables, nos hizo retroceder detrás de las fronteras llegando incluso a sufrir la ocupación varios territorios catalanes que la corona española no tuvo interés en defender.

El desenlace del conflicto entre estas dos naciones fue finalmente alcanzado en el 1795, con la paz de Basilea, acuerdo ominoso que no habría llegado a existir si no hubiera sido por la pequeñez de los hombres que conducían los destinos de nuestro país –especialmente el tal Manuel Godoy–, que en un gesto aberrante, España aceptaba, con el maquillaje del derecho internacional, al obedecer los caprichos de la Francia revolucionaria, quedando en todos estos aspectos sometida a ella.

Varios años pasaron desde aquel día vergonzoso, durante los cuales, destinado a distintas tareas en Cataluña, me aboqué a la profesión que con tanto amor había yo abrazado, en la secreta esperanza de que algún día los destinos de nuestro glorioso ejército me llevarían nuevamente más allá de nuestras fronteras, esta vez, en procura de restablecer con nuevas conquistas el prestigio indeleble de las hazañas del pasado.

* * *

Tres enérgicos golpes de puño asestados contra la puerta hicieron saltar al general.

—¡Mi general, Castaños! ¿Está Ud. ahí?

—¡Pase, pase!

La perilla se giró rápidamente. El astuto general Manuel La Peña se coló en la sala sin más ceremonia. Ya dentro, clavó la mirada en la mesa y en las manos inquietas de su interlocutor. La libreta se había desvanecido; Castaños frunció el ceño.

—Ha llegado el correo de Cádiz, mi general.

La Peña sonrió malévolamente. Castaños se cruzó de brazos. "¿Busca Ud. la libreta?" Le decía con el pensamiento. "Jamás la tendrá".

—¿Algo importante que me pueda adelantar?

—Nada especial, mi general. La noticia de nuestra victoria ya ha corrido por toda España. Cádiz celebra. Hay noticias de nuevos alzamientos contra los franceses en Madrid y Tarragona.

Manuel La Peña avanzó hasta Castaños y con delicadeza puso el atado de cartas sobre su mesa. Mientras hacía esto, no dejaba de auscultar el entorno. "¿Dónde la ha dejado?"

—Los soldados quieren saludarlo, mi general. Si almorzara hoy en las barracas con ellos, todo su estado mayor valoraría el gesto. No necesito decirle que esta es una gesta histórica.

Castaños se cruzó de brazos. "El maldito..." Pensó. "Quiere que salga de aquí para buscar dónde la he escondido... Pues, ¡que lo haga!"

18

–Tiene Ud. razón, La Peña. He tenido muy poco tacto con esos hombres. No me lo perdonaría a mí mismo. ¡Venga! ¡Venga, hombre! ¡Pues que hoy comemos todos juntos! ¡Los de línea y los generales!

Castaños se puso de pie y rodeando la mesa avanzó hasta la puerta, dejando a La Peña a sus espaldas. Afuera, el calor de la tarde seguía insoportable.

–Lo veo en la mesa, general La Peña.

Antes de cruzar el umbral y cerrar la puerta tras de sí, se tomó todavía un momento para mirarlo de reojo: "Y ahora, busca hombre. ¿Qué acaso me crees tan ingenuo? ¡Nada encontraras!"

El sol se había corrido hacia el horizonte cuando Castaños tuvo otra vez tiempo para retomar la lectura. Antes de eso, como previera que La Peña no le dejaría en paz, ordenó poner un centinela a la puerta de la casa de postas y dio instrucciones precisas para no ser molestado.

* * *

Fue así como –Ud. de seguro recordará–, en el año 1801, por la firma del tratado de Aranjuez entre España y Francia, fue creado el Reino de Etruria sobre la región que constituía el antiguo Ducado de Toscana, del cual era ciudad principal la bella Florencia. Este reino fue otorgado por Napoleón Bonaparte –todavía oficiando como cónsul de Francia a esa fecha–, a don Luis I de Borbón-Parma, duque de Parma, sobrino de la reina de España María Luisa; quien reinó hasta su muerte acaecida el año 1803, época en que fue sucedido en el trono por su hijo el infante Luis II de Etruria, bajo la regencia de María Luisa de Borbón. A esas alturas, después de varios acontecimientos que influyeron en mi carrera militar, me vi enlistado en el ejército de Voluntarios de Cataluña, división con la cual –a fin de hacer efectiva soberanía sobre aquella distante porción de territorio– marché, como parte de un ejército que en el último día contaba con más de quince mil hombres.

Quizás debiera haber iniciado mi relato en este punto. En efecto, destinado a Liorna originalmente, fui trasladado a Florencia a mediados de 1806.

19

Debo agregar aquí, a modo de digresión, que durante el tiempo que me tocó servir al Estado en Liorna y Florencia, tomé contacto regular con un sinnúmero de hombres entre quienes las nuevas ideas importadas de Francia habían encontrado profundo arraigo. El ejemplo de los revolucionarios del 89' había hecho proliferar las ideas de Libertad, Igualdad y Fraternidad incluso entre quienes oficiábamos como representantes de la monarquía española. En efecto, al comparar nuestra realidad, donde las viejas instituciones afincadas en privilegios irritantes deciden hasta hoy los destinos de nuestro país, con esa otra nación, que del otro lado de los Pirineos, deslumbraba por la modernidad de sus instituciones y por la sólida formación de sus habitantes, que habían resuelto así, un día, sin más, asumir la osada empresa de darse su propio gobierno, nos sentimos paulatinamente conquistados, al punto que muchos de los que durante todos esos meses permanecimos allí, fuimos legítimamente llamados a abrir nuestros corazones y nuestras mentes a la vorágine de su pensamiento. En mi caso, la viva impresión que tales ideas habían ido construyendo en mi conciencia, era todavía superior a la del resto, desde que la sangre francesa que corría por mis venas y el contacto con aquella lengua que me reportaba las más dulces añoranzas, me llevó a volcarme con inusitada vehemencia a su cultivo, de manera tal que, confieso a Ud. llegó un momento en que no pude distinguir si mi corazón se sentía más unido al rey de España o a los revolucionarios franceses.

Fue así como, cierto día, un par de meses antes de que dejásemos definitivamente aquella urbe plena de historia, por las razones que pronto le explicaré, fui un día invitado por un compañero de armas a participar del trabajo masónico. Tal como Ud. comprenderá, para un hombre como yo, que se consideraba un buscador empedernido de la verdad y del conocimiento, el día en que fui finalmente recibido en la logia de Florencia, quedó registrado en mis recuerdos como uno de los más felices. A partir de ahí, en la medida en que podía combinar mis deberes con las armas con mi deseo de auto perfeccionamiento, mi afición por el conocimiento careció de todo límite. Al escribir estas palabras, haciendo una comparación que espero no le resulte odiosa con la realidad que sufrimos hasta el día de hoy los hijos de España, no puedo menos que destacar el profundo contraste que sentí al observar cuán abundante era la cantidad de libros y estudios que se podían encontrar del otro lado de los Pirineos, sobre las materias más elevadas y profundas del conocimiento humano, y que pronto estuvieron en mis manos. Allí estaban las ciencias, la filosofía, la historia, la geometría y las artes; habían cruzado las fronteras de Francia revolucionaria junto con sus tropas en dirección a la península itálica, y se habían regado por todas partes. No era yo un caso especial; el conocimiento no estaba ahí, reservado solo para algunos y vedado para las mayorías; al contrario, sin importar si tuviera o no filiación masónica, el hombre común podía en aquella ciudad reluciente de humanismo, disfrutar de las ventajas de contar con un flujo de obras que estaban a su disposición por doquier. Esta experiencia, en mi caso, se veía reforzada por el simple hecho de estar en Florencia, donde las luces del Renacimiento habían hecho sus primeras armas y en donde las personas vivían permanentemente rodeadas de un sinfín de obras de arte, como en un bosque fabuloso, labrado por el genio infinito del ser humano.

Muy pronto el trabajo masónico llenó mis tardes con las más enriquecedoras experiencias. Me acostumbré a frecuentar la compañía de hombres superiores, donde el discurso, el análisis, el estudio y la reflexión de los temas eran cosa acostumbrada. La generosidad de aquéllos, que no escatimaban el conocimiento a quienes íbamos tras él, fue lo que permitió que, al poco tiempo, y casi sin darme cuenta siquiera, mis ideas acerca de la libertad, la igualdad y la fraternidad entre los hombres alcanzaran un nivel que ni yo mismo habría imaginado. Los trabajos logiales terminaban tarde. Me retiraba satisfecho de aquellas reuniones a mis aposentos mientras deglutía pausadamente el tenor de aquellas ideas con una ansiedad tal por expandir mis pensamientos, que había adquirido la costumbre de ocupar cualquier espacio de tiempo libre para profundizar las ideas que había recibido la noche anterior, con la revisión de toda la literatura que podía encontrar en mis paseos por Florencia. Así crecía en espíritu.

El día mismo que ingresé a la Orden, descubrí que varios de mis camaradas de armas eran también adictos a ella, pero que por guardar su seguridad y la de sus seres queridos, mantenían en secreto esta filiación. Como Ud. habrá de suponer, fui prontamente recomendado a hacer lo mismo, al igual que con respecto a la condición de aquellos cuya identidad me había sido revelada. Sin perjuicio de ello, sobre este punto puedo a Ud. manifestar —no sin cierto regocijo, al recordar aquellos días— que el pequeño círculo de hombres que eran a la vez compañeros de armas y de ideales, creció rápidamente, al punto tal que una pequeña logia de oficiales fue formada dentro de las filas del ejército, sin perjuicio de que, quizá por una sofisticación que a estas alturas me causa un poco de recato, a pesar de que todos éramos españoles, nuestros trabajos seguían llevándose a cabo en lengua franca, tal como lo habíamos aprendido de los maestros de Florencia.

Tal era el estado del arte, cuando a fines del mes de marzo, las tinieblas vinieron súbitamente a cubrir los cielos de Florencia. En efecto, como es sabido, a pesar de toda la luz que había irradiado con su ejemplo sobre nuestras conciencias y de la huella de gloria, genio y grandeza con que caminaba por la historia hasta aquellos días, el emperador de los franceses, por ocultas razones que yo solo puedo atribuir a una ambición irresistible de poder, había ya concebido el mísero plan de traicionar la lealtad de España, cubriendo con un reguero de oprobio los acontecimientos históricos que le habían antecedido y que tanta sangre habían costado a Francia y a toda nuestra querida Europa. Fue así como a mediados del mes de abril de 1807, se confirmaron nuestras sospechas: la maquinaria política del emperador, que veía una amenaza en la permanencia de estos quince mil españoles en armas, con el objeto de despejarse el camino hacia la invasión del recién creado Reino de Etruria y de la misma España, obró con la finalidad de sacar a nuestras tropas de allí donde le molestaban y llevarlas al frente contra los ejércitos de Prusia y Suecia, de modo tal que, si sobrevivíamos, habría al menos medio continente de distancia entre nosotros y nuestra querida España. Así pagaba el emperador francés la lealtad de nuestra patria.

El 12 de abril de ese año, el marqués de la Romana, don Pedro Caro y Sureda, general al mando de nuestras tropas, recibió la orden de marchar en dirección a Augsburgo. Según se comentaba en esos días, y yo mismo pude confirmar más tarde, el plan de Napoleón había sido el de preparar la invasión de Suecia, por lo que urgía fortalecer la guarnición de sus tropas en el norte de Alemania y Dinamarca.

Tan pronto como dejamos el Reino de Etruria, según supimos, esta posesión española fue desmantelada y devuelta al imperio francés. Así terminaba nuestra aventura en esa parte de Europa.

Pero nuestros espíritus estaban en buena forma, en parte porque todavía creíamos en la buena fe de los franceses, y en parte también, porque nuestros corazones abrigaban el deseo de ser parte de aquellos capítulos de aventura y de gloria, que tanto abundaban en la historia reciente de nuestros pueblos.

Marchamos durante varias jornadas, con nuestros ejércitos en perfecta formación, llevando en lo más alto, mucho más allá de los Alpes, el glorioso estandarte bicolor de la nación. Y así, como lo que en verdad éramos, teniendo por única vocación el cumplimiento del deber de las armas, desfilamos por las calles de Bolonia, de Mantua, Trento e Insbuk, hasta que las puertas de Augsburgo se abrieron para nosotros.

Ocurrió que a esa fecha nuestra división —que a esas alturas se la había rebautizado como "División Etruria"— marchando hacia el norte a través de una región conocida como la Pomerania, alcanzó la costa del mar Báltico por donde se ubicaba un villorrio llamado Stralsund, en pleno territorio teutón. La plaza aquella estaba en ese entonces en poder de los suecos y mordía el territorio alemán en un punto que el emperador francés consideraba clave capturar, a fin de hacer viables sus planes de conquistar Suecia. Manteniendo en su poder este enclave, los nórdicos podían controlar las dos costas del Báltico, de modo tal que a las tropas imperiales y a nosotros sus aliados, no les resultaba posible atravesar aquel cerco tendido sobre el mar, mientras al menos no lográsemos obtener el control del extremo continental. Por otro lado, los ingleses —siempre aliados de los suecos—, contaban con un puerto seguro donde recalar y donde desembarcar tropas, lo que hacía también más insegura la posición de nuestros ejércitos sobre el continente, en la medida en que ya se rumoreaba por aquellos días que el emperador miraba de reojo hacia Rusia y especialmente a San Petersburgo. La importancia estratégica de esta plaza era conocida por ambos bandos y del lado sueco no habían escatimado recursos en reforzarla de la mejor manera. En aquellos días, el emperador hizo saber al Marqués de la Romana sus intenciones de que nuestra división entrara en combate, de modo tal que íbamos a estrenar armas en una operación que no tenía nada de sencilla. Digo esto porque Stralsund podía ser fácilmente abastecida desde el mar, lo que significaba que nuestra aventura corría el riesgo de eternizarse en el tiempo sin que obtuviésemos ningún resultado. Huelga decir que sitiar aquella plaza era una idea absolutamente inviable, de modo tal que la única manera de capturarla –como prontamente habría de concluir el brigadier Miguel de Salcedo, al mando de la operación por expresa instrucción del Marqués de la Romana– era abrir brechas en los muros que la guarnecían por donde penetrar con nuestros hombres. En un primer momento los oficiales que conocimos el plan de ataque, sabiendo el costo en vidas que tan osada operación nos podría significar, temimos por la reacción que tendrían nuestros soldados de línea, pues el éxito de la operación pendía absolutamente de la valentía y de la fortaleza de aquéllos; nada más alejado de nuestros prejuicios, esos hombres, ansiosos de escribir con su sangre un capítulo más en las gestas heroicas que por aquellos días se multiplicaban por Europa, ahítos de las ideas de Libertad, Igualdad y Fraternidad que la revolución francesa había regado por todo el continente, tan pronto como tuvieron conocimiento de lo que de ellos se esperaba, cogieron sus cañones, sus mosquetes y sus sables, y se lanzaron como un solo hombre contra el enemigo.

Ciertamente, los suecos no esperaban una reacción tan heroica, tan osada, tan desprendida ni tan rápida como la que vieron en el campo de batalla, al punto que, habiendo pedido refuerzos de ultramar, aquellos no alcanzarían a llegar a tiempo. En efecto, bramaron los cañones, mientras escupían hierro y fuego, estremeciendo con cada bocanada los pétreos muros de aquella fortaleza, y muy pronto nos dimos cuenta de que aquello que parecía una gesta propia de titanes, pasaba a convertirse en una realidad abordable. Así fueron abiertas las primeras brechas: tímidas, insignificantes, casi invisibles a la distancia; pero tras ellas, con la suma de los esfuerzos de nuestros artilleros, y de los artilleros aliados, especialmente franceses, que se habían unido a nuestros afanes, llenando de explosiones la comarca, como si todos los truenos del universo hubieran coincidido en aquel pequeñísimo rincón del mundo, logramos abatir el primer muro. Entonces vino el turno de nuestros infantes —entre quienes yo mismo me encontraba— y el asalto al enemigo no se hizo esperar. Fuimos a la carga una, dos, tres, cien veces, pero el enemigo era bravo. Se había preparado cuidadosamente tras las fortificaciones de la ciudad, y desde mi posición podía ver sus uniformes negros, sus cabelleras amarillas y sus rostros impasibles. El Marqués de la Romana nos había informado que su mismo rey combatía junto a ellos, dispuesto a defender cada metro de terreno, como si no existiera otro lugar más que aquella minúscula porción de tierra, arrinconada contra la costa. Algunos navíos suecos guardaban el acceso al puerto, mientras los generales franceses, que no quitaban la vista al Báltico, inquietos ante la idea de ver aparecer en el horizonte a la flota británica, nos exigían a cada momento el máximo esfuerzo. El tiempo apremiaba. Pero las cosas no resultaban sencillas en el campo de batalla: aquella raza de hombres de cabezas amarillas, hasta ese entonces completamente desconocida para mí, había mostrado sobre el terreno sus mayores virtudes: orden, disciplina y dureza; al punto tal que en algún momento me llegó a parecer que toda la bravura de nuestro ejército no sería suficiente para demoler la fría contención con que nos habían recibido. Quince mi gargantas españolas batían la atmósfera. Eran los gritos de ¡Adelante! ¡Adelante! Los que más se repetían, pero del lado de ellos, como si aquella expresión de aliento fuera un gesto inútil, un gasto de energía innecesario, se combatía en silencio. ¿No tenían voz aquellos suecos? ¿No había, acaso, un alma ardiente en aquellos pechos? Toda la jornada se pasó sin que, a pesar nuestro, lográsemos hacer mayores progresos. Tras la fortaleza había un pequeño islote a algunas decenas de metros de la costa, que había sido hábilmente implementado como hospital. Allí repostaban los heridos y los cansados y desde allí, según se comentaba, venían los hombres de refresco, con sus uniformes impecables y sus rostros pálidos e inconmovibles, al punto tal que, cuando cayó la noche y fue necesario suspender las hostilidades, esos rostros fríos y silentes eran todo lo que podía recordar de aquel día de conflicto.

Antes del amanecer, cada bando había recogido a sus muertos. No era la primera vez que caminaba por un campo de batalla —como Ud. comprenderá— y por lo mismo, no era aquella la primera experiencia que tenía con la muerte, pero cuando escribo estas líneas y después de haber vivido la traición de Francia que pronto se nos revelaría, no dejo de lamentar especialmente la pérdida de aquellos hombres que fueron gratuitamente ofrendados a los intereses de un Estado ajeno al nuestro. En aquel momento, debo reconocer, mis meditaciones no fueron tan lejos, aun cuando sí recuerdo que un extraño dolor —como si hubiera podido leer el futuro que a nuestro querido ejército aguardaba— me hizo más pesada aquella empresa, tanto así que lamenté especialmente el deceso de varios compañeros de armas con quienes había cultivado hasta aquellos días una sincera amistad y de los cuales varios eran también parte de la logia masónica que funcionaba al interior de nuestro ejército.

Las hostilidades se reiniciaron temprano al día siguiente. Otra vez, el egoísmo de nuestros supuestos aliados, que a esas alturas no me resultaba tan evidente, nos había dejado solos al frente de una empresa que a fin de cuentas sólo les interesaba a ellos. En efecto, todo hacía notar que, en el campamento de los aliados, valía menos la sangre española que la francesa o la prusiana, y aquella operación táctica, por el gasto en vidas humanas que presupuestaba, parecía haber sido especialmente reservada para nosotros. Esta dolorosa revelación fue colectivamente aprehendida por nuestros soldados y nos dejó frente a un panorama difícil de digerir: estábamos solos ante los suecos; el emperador francés estaba dispuesto a consumir el total de nuestro ejército antes de hacer uso de sus propias tropas, de modo tal que, mientras más nos demorásemos, mayor sería la pérdida que habríamos de soportar en vidas. De aquí surgiría una única resolución: ese día, a como diese lugar, debíamos tomar la fortaleza. Pondríamos todo lo que hubiera que poner de nuestra parte; los propios oficiales —entre quienes me contaba— si así resultaba necesario, debíamos entrar en el combate liderando desde puestos de avanzada a nuestros hombres; ese gesto de desprecio por la muerte, esa cuota adicional de esfuerzo casi sobre humano, parecía ser la única forma de arrastrar tras nosotros al vendaval de hombres de línea que hoy día se levantarían menos motivados a continuar una lucha que permanecía en la indefinición.

El día no había todavía aclarado cuando ya estaba yo en pie. El año anterior había sido ascendido a capitán de granaderos y se me había asignado el mando del batallón de infantería que debía principiar las acciones. Recuerdo que aquella jornada reuní a mis hombres, les dirigí algunas palabras acerca del honor y la grandeza de la cual éramos herederos y los conminé a morir en la batalla. Tengo memoria de que a pesar de que era pleno verano, la mañana estaba fría y fresca, y el cielo me pareció cargado de nubes. Todos creímos que aquél sería el último día de nuestras vidas y por eso mismo, nuestras miradas fueron más profundas y nuestras mentes más abiertas a los recuerdos. Para muchos fue efectivamente así.

Sin mujer ni hijos que me llorasen, habiendo resuelto de antemano que no vería el sol del siguiente día, me di el tiempo para estrechar la mano de mis soldados con una solemne paciencia donde no voló una mosca. Luego los llamé a formar y una vez que los cañones anunciaron el reinicio de los combates, me lancé junto a ellos en procura del forado abierto en el muro enemigo. Desde ese momento, no vi nada más. Todo lo que ocupó mi mente fue aquella gruta, aquella cueva formidable y oscura, donde sólo podíamos adivinar lo que encontraríamos en su interior. Penetrar, penetrar era la consigna, y como si un efluvio casi sexual se hubiera apoderado de nosotros, nos olvidamos de quienes éramos y así, ya sin mosquetes, buceando entre las nubes de pólvora, con sable en mano, embravecidos contra el enemigo, nos dejamos llevar como una tropa de enajenados. Recuerdo que arañé piedras, y que en mi afán por entrar, mis botas se hundieron en la suavidad corpórea de los muertos y de los heridos; que el aullido y el sollozo de los condenados ensordeció mis oídos, y que el espanto me saludó bajo el casco de mis oponentes. Nada me detuvo, el puño de mi espada estilaba sudor y sangre, y me aventuré con los míos en lo más profundo de aquella guarida, hasta que sumergido en el paroxismo de la aniquilación inminente, sentí un golpe seco y contundente un poco más abajo de la rodilla derecha, que me lanzó a tierra y del cual no pude nuevamente levantarme. Me había enredado entre las extremidades de otros hombres que yacían en el suelo, y casi inmediatamente, otros tantos vinieron a caer sobre mí. Recuerdo el peso tibio y sudoroso de esos soldados, el olor a orines y de sangre sobre mi rostro y el aullido desgarrador de los heridos, rematados a mansalva contra el suelo, justo sobre mi cuerpo. No podía respirar, me asfixiaba rápidamente. No sentía ya mis piernas ni mis brazos y me abandoné a la muerte, rogando por que viniera pronto a liberarme.

* * *

No recuerdo más de aquella jornada. Desperté al día siguiente, en el hospital de campaña de los franceses, con el estómago revuelto por el olor a metapío y una pierna en cabestrillo, solevantada al borde de la cama. Tenía la cabeza vendada y los ojos inflamados, y sólo advertí que estaba en aquel campamento cuando la enfermera que vino a cambiarme la chata me habló en lengua franca. Me sentí increíblemente feliz de escuchar su relato a través de la cadencia empalagosa de sus palabras, sobre todo cuando me confirmó que habíamos vencido a los suecos y que nuestras tropas ocupaban ahora la fortaleza. Pero la verdad, la alegría me duró apenas un instante, pues pronto me percaté de que la mayor parte de mis hombres había muerto o agonizaba a esas horas, y para hacerlo todavía más duro, cuando le pregunté sobre el estado de mi pierna, me dijo que había recibido el impacto de una bala de mosquete y que por las condiciones en que había quedado el hueso y el tiempo que había demorado en recibir ayuda, lo más probable era que nunca volvería a recuperar completamente el movimiento. Tenía razón en todo lo que dijo.

Desde aquel día, nunca más dejaría el bastón. De todos modos, mirando los hechos con la perspectiva de los meses, tan solo ahora puedo apreciar cuán egoísta fui en aquellos días, lamentándome como un niño por esa lesión —que por lo demás había respetado al miembro, que todavía conservaba íntegro hasta la punta de los dedos—, antes que por el sacrificio de mis hombres y compañeros, a los cuales yo mismo había exigido hasta el punto de la autoinmolación. Mi esfuerzo no había sido en vano, en efecto, pues la división de Etruria había reconocido el valor desplegado por mi querido batallón y la fama circunstancial de que disfrutamos los que sobrevivimos durante la semana que siguió, nos abrió —aun cuando temporalmente— las puertas del mismo campamento francés, donde hasta ese entonces los españoles nunca fuimos bien recibidos.

Pasaron algunos días antes de que pudiera dejar la camilla, más por el hecho de que había nuevos heridos que requerían ocuparla, antes que por encontrarme yo en condiciones de volver a caminar. Debo decir, en todo caso, que más allá del dolor a ratos insoportable de la rodilla, mi experiencia en el hospital francés distaba bastante de ser desagradable. Las enfermeras me trataban con cortesía y las visitas de compañeros de armas, incluso de oficiales de rangos superiores al mío, se sucedieron con frecuencia. Me di cuenta de que para los españoles me había convertido en una especie de "héroe" –lo que me llenó de arrogancia–, pero no pasó mucho tiempo antes de que yo mismo advirtiera que el carácter sublime de mi persona no radicaba en la hazaña militar que había encabezado, sino más bien en el hecho de que los franceses me trataban como a un igual. En efecto, estaba en el campamento francés, en el hospital de campaña francés, atendido por franceses, comiendo comida y durmiendo en una camilla francesas, donde, a fin de cuentas, todos querían estar. Por eso todos venían a verme. Cuando volví a mi campamento ya nadie más se ocupó de mí. Antes que eso, sin embargo, recibí la visita de un oficial español de alto rango, que había venido a asumir el mando de la división de Etruria. Se llamaba Juan Kindelán. Había sido designado un par de semanas antes como segundo del marqués de La Romana. El general Kindelán era un hombre delgado y alto, de patillas pobladas y cejas gruesas. Me llamó la atención desde el primer momento, porque andaba siempre muy perfumado y tenía unas manos entalladas con dedos muy largos, que cuidaba como no lo haría su propia mujer. Esa vez y en las ocasiones posteriores que tuve la oportunidad de conversar con él, siempre me habló en francés, a pesar de que estuviéramos rodeados de españoles. Tenía una especial satisfacción por el hecho de que yo hablara tan bien la lengua franca y cuando le dije que mi madre era de Toulousse, pasé a convertirme en su protegido. Desde su llegada, no pasaron muchos días antes de que todos los oficiales recibieran la orden expresa de no volver a llamarle "Juan", sino que "Jean". Esta instrucción era obedecida rigurosamente por todos sus subordinados, quienes comprendían, a la sazón, toda la división de Etruria. El único que la desconocía era su superior, el Marqués de la Romana, que lo despreciaba especialmente y que cada vez que se lo encontraba lo llamaba "Juan", "Juan" tanto como podía. No hacía falta ser un genio para darse cuenta de que Kindelán estaba de segundo del marqués por expresa disposición del alto mando francés, pues pronto me enteré de que había pasado varios años en París, y que tenía una especial amistad con el mariscal Jean Baptiste Bernadotte, quien en ausencia de Napoleón ejercía el alto mando sobre todo el ejército aliado. Ambos compartían, por lo demás —y al igual que yo— la calidad de hermanos masones y durante aquellos meses de campaña, participaban de los trabajos de la logia de los franceses en su campamento, que estaba rigurosamente separado del nuestro.

En los días posteriores, anclado a una muleta como estaba, ya sabía yo que no volvería al servicio activo, por lo que hice mis primeras indagaciones acerca del estado en que se encontraba nuestra pequeña logia de oficiales españoles, que desde el día que llegásemos a Stralsund no había vuelto a reunirse. Fue así como, haciendo un breve listado de los muertos, los heridos y los desencantados, llegué a la triste conclusión de que pasaría largo tiempo antes de que pudiéramos otra vez hacerlo. Pero yo era empeñoso, me sobraba el tiempo para dedicarme a estas preocupaciones y tal vez, con el inconsciente deseo de olvidar mi desagradable cojera, me aboqué por espacio de unos días a procurar reconstituir nuestra logia, tal como la recordaba de los tiempos felices de Florencia. Yo estaba, por lo demás, afectado por una especie de ceguera social, pues todavía creía a esas alturas que bajo el amparo de la masonería todos los seres humanos éramos iguales, sin distinción de raza, nacionalidad ni religión, a lo que se suma el hecho de que hasta esas alturas había sido particularmente bien tratado, y pensaba todavía que si bien faltaban hermanos para reanudar nuestras reuniones, dicha ausencia podía ser suplida con la participación de masones de la logia que funcionaba entre los franceses. Nada más alejado de la realidad. Más aún, cuando me atreví a plantearle esta posibilidad a mi general Jean Kindelán —a quien invité, por lo demás, a participar de nuestras actividades—, recibí por toda respuesta una sonrisa de mofa, acompañada de un "no" que trataba de ser cortés. ¿Trabajar en logias españolas? ¿Franceses y españoles reunidos? ¿Juntos? ¡Qué cosa más absurda! Entendí así, con profunda desazón, que ellos eran el "original" y nosotros la "copia"; la falsificación de una idea que sus propios autores creían inaplicable más allá de los Pirineos. Fue durante esos días que tarjé mi nombre del listado de los "heridos" y lo agregué al de los "desencantados". A pesar de ello, mi voluntad de alejarme de la orden también estaba lejos de ser mantenida, pues muy pronto recibí de mi general Jean Kindelán el ofrecimiento de participar de las reuniones que se llevaban a cabo en la logia de campaña del campamento francés. Es así como, un par de días más tarde, con mi bota de yeso y mis muletas, y a pesar de que a duras penas me podía tener más de veinte minutos en pie, acepté aquella invitación y gentilmente asistido por personal que el propio Kindelán me facilitó, me presenté a las puertas de la logia de campaña francesa, que se llamaba "Luz de Oriente", en clara referencia al sentido que tenían las evoluciones de su ejército. Mi general Kindelán me estaba esperando a la entrada del templo, que había sido improvisado en la casa patronal de un hacendado del lugar, confiscada por las tropas aliadas para servir de cuartel general del ejército francés, y en donde, como era de estilo, los símbolos de rigor habían sido cuidadosamente dibujados sobre el piso de madera. Había muchos hombres allí, muchos oficiales jóvenes, y se respiraba un ambiente de solemnidad que me causó cierta extrañeza. Kindelán lo notó, pues al parecer había seguido con detalle mis reacciones y en algún momento noté que me miraba con una sonrisa de complicidad que me causó extrañeza. "A esto me refería", entendí que me decía con aquel gesto, que se repitió varias veces durante la velada, probablemente motivado siempre por mi cara de asombro. Los franceses, debo reconocerlo aquí, me trataron espléndidamente; me interrogaron repetidamente acerca de mi pierna —que a esas alturas de la noche pesaba como un yunque— y más de alguno comentó mi hazaña con un cierto gesto de afectación aun cuando, a decir verdad, no creo que les hubiera interesado mucho. Agradecí, sin embargo, la gentileza de aquellas palabras y comentarios cargados de fraternidad, mientras me sumergía en ese piélago de francofonía, y en donde mis vínculos con Francia por línea materna acabaron por convertirse en el discurso de presentación al cual echaría mano regularmente.

La tenida fue impecable. A cierta hora de la noche, cuando estaban ya servidos los comedores, hizo su entrada el admirable mariscal Bernadotte, con su capa escarlata y sus patillas gruesas.

A cierta distancia observé sus modales suaves y su gesto que, sin dejar de ser marcial, se mostraba extrañamente cercano. Siendo muy objetivo, más allá del traje engalanado, aquél hombre no tenía nada de especial —me lo repetía yo a mí mismo, cuando lo tuve a la vista— pero debo reconocer que por algún carisma particular que no soy capaz de identificar, gozaba de un especial atractivo para los comensales, de manera tal que diríase que todos los allí presentes —yo mismo me sentí contagiado— compartíamos un sentimiento de inusitada fidelidad por él y por su causa, como si fuésemos parte de una epopeya histórica, donde aquello no parecía ser en verdad una guerra entre naciones equivalentes que defienden cada una sus propios intereses nacionales, sino más bien una disputa entre la civilización y los bárbaros, entre los santos y los espurios, donde la historia de la humanidad se jugaba en cada batalla. Apenas tuvo una oportunidad, me percaté de que Kindelán se había acercado al mariscal Bernadotte. El contacto duró apenas un instante. Lo vi estrecharle una mano con las suyas, mientras le sonreía patéticamente. Bernadotte lo saludó también con un gesto un tanto frío, y me dio la impresión de que lo iba dejar ir para estrechar la mano del siguiente comensal, pero antes de ello, como si de pronto hubiera recordado algo importante que había dejado pasar, no quiso separarse de él sin antes palmotearle el hombro y la espalda. Yo sentí en ese instante —tal vez estoy ahora sugestionado por el decurso que luego tomaron los acontecimientos— que con ese breve gesto Bernadotte asumía que le palmoteaba el hombro a toda la división de Etruria, y se me vino otra vez a la mente la idea de que el marqués de la Romana no era en verdad nadie para los franceses, a diferencia de Kindelán, que con aquel breve gesto actuaba como un perrito faldero presto a salir tras el bastón. Esta visión me hizo mal al estómago y la pierna me empezó también a doler. Estaba muy hinchada por el esfuerzo y la parte que asomaba del yeso, por la rodilla y el muslo, apenas me cabía dentro del pantalón. Si hubiera podido, me habría retirado en ese mismo instante, especialmente porque Kindelán y yo éramos los únicos españoles conviviendo entre los franceses y las culpas del primero perfectamente podían ser endosadas al segundo. En realidad, silenciosamente, un cambio del que no me avergüenzo del todo, se había empezado a operar dentro de mí a esas alturas, donde Kindelán traicionaba al rey de España, al preferir el yugo del emperador francés, pero en donde yo también, a corta distancia, pasaba a convertirme en su cómplice. Ciertamente, al confrontar a sus connacionales con el abismo de la anarquía y abrirse así, apoyado en su genialidad, el camino hacia el imperio, Napoleón había pisoteado el sueño republicano de Francia revolucionaria, que años antes no había dudado en remover la cabeza de Luis XVI para lograr este objetivo; a pesar de ello, todo lo que se respiraba allí dentro, bajo la égida del imperio, me olía inconfundiblemente a república, de modo tal que sentado en aquel lugar, entre aquellos hombres, volví a degustar las mieles de la libertad, la igualdad y la fraternidad, que nunca más me abandonarían. Hoy día, mientras le escribo estas palabras, con el corazón de catalán bien puesto aquí en el pecho, cuando nuestra nación es asolada por el invasor galo, estoy consciente de que soñar con la república para toda España es tan improbable como inoportuno. No importa, enfrentado a la muerte como estoy en estos instantes, encerrado en una fría azotea de Madrid —sí, una azotea, ha leído Ud. bien— sin saber siquiera si estas líneas llegarán a destino, casi sin alimento ni bebida que poder procurarme bajo riesgo de perder la propia vida, me considero con el derecho de decirle a Ud. y a todo aquél que quiera oírlo, que soy un converso de las ideas republicanas y que, probablemente también, es por eso mismo que estoy en este preciso momento, presto a transmitir a Ud. eso que tanto necesito que sepa y ruego, tenga a bien esperar a conocer a medida que se desarrolle mi relato.

Decía a Ud. que fue en aquella jornada en donde visualicé una comunicación un tanto extraña entre mi general Jean Kindelán y el mariscal Bernadotte. Debiera agregar, tal vez, que no fue aquella la única oportunidad que tuve para asistir a las reuniones de esa logia, sino que, al contrario, en los días que siguieron, hubo al menos dos o tres encuentros de igual naturaleza. Lo que me faltaba agregar a Ud., y de lo que tal vez, a estas alturas de mi relato podrá ya sospechar, es que con el diagnóstico de la lesión sufrida en el campo de batalla, carecía yo de toda posibilidad de reintegrarme al servicio activo. Esa fue la razón de que, apenas un par de días de haber salido del hospital, se me informó que debía pedir mi propia baja. Este trámite, como Ud.

sabrá, puede tomar varios meses, pero en mi caso, gracias al apoyo que tuve del general Kindelán, y del propio marqués de la Romana, tomó apenas unas semanas. Lo cierto es que a esas alturas yo era un estorbo para todo el mundo. Molestaba en el campamento español, donde a duras penas podía desplazarme y también en el hospital de campaña francés, donde las colas de heridos "dados de alta" debían esperar largas horas para recibir atención médica, frente a las necesidades más urgentes de los que continuaban internados. A pesar de mi baja, se me instruyó para no regresar a mi querida Florencia, donde el fin del Reino de Etruria había revuelto los ánimos y mi retorno a Cataluña pareció ser la solución natural para un veterano del ejército, como era mi caso. Lo cierto era, sin embargo –como Ud. comprenderá–, que mi tierra natal quedaba demasiado lejos como para que pudiera yo hacer un viaje directo más allá de los Pirineos, y no contaba, por lo demás, con el dinero suficiente para pagar un pasaje hasta allí. Era necesario, evidentemente, que me restableciera, y con ese argumento, fui a presentarme nuevamente ante el general Kindelán con mi proyecto más ambicioso. Para nadie era un secreto, como le he explicado ya, que aquél tenía contactos influyentes en la alta sociedad francesa y especialmente en la parisina, por lo que, apelando a su buena voluntad y a la simpatía que desde el primer día me había profesado, le pedí derechamente que echara mano a sus contactos y me ubicara temporalmente con alguna familia de aquella metrópolis, donde pudiera yo con el descanso de algunas semanas, restablecerme convenientemente, antes de retomar mi camino. Kindelán vio con buenos ojos mi petición. Bien sabía él que mi solicitud no era más que una burda excusa para conocer la Ciudad Luz, pero eso no le importó. Llegué incluso a creer que él se veía hasta cierto punto reflejado en mí, pues haciendo a un lado toda la formalidad, el día en que me fui a despedir de él para partir a París, me dio un listado de "amigas" a las que me recomendó encarecidamente visitar, acompañado de un sentido abrazo. Esa tarde, llevaba conmigo una carta de recomendación que Kindelán había obtenido de un hermano masón que participaba en la "Luz de Oriente" y que también asistía a los trabajos de una logia ubicada en pleno París, llamada "Fraternidad N° 30". Aquella sería mi nueva logia.

Capítulo III

Por aquellos días, el estado mayor francés había resuelto repatriar a los heridos en condiciones de soportar el viaje de regreso a Francia y gracias a las gestiones de Kindelán y de algunos otros hermanos de la logia francesa en terreno a la cual ya me había habituado, me hice de un espacio en el convoy a París. Era el único español, pero había también algunos lombardos y un grupo de suizos con los cuales procuré confundir mi uniforme. Mi lengua materna hizo el resto.

Una lluvia furibunda nos sorprendió tan pronto divisamos la ciudad. Llegamos al despuntar el alba y cuando descendí del carromato, no había nadie esperándonos. No tenía dinero y debí esperar algunas horas guarecido bajo la cornisa de los edificios a que abriera el día. Los hombres que me acompañaban, incluso los lombardos y los suizos, se dispersaron rápidamente y solo quedé yo, con mi uniforme del ejército de voluntarios de la división de Etruria y mi saco de pertenencias, estilando bajo el aguacero. En aquellos suburbios desconocidos y feos de la ciudad luz, donde solo había uno que otro perro callejero y en donde pronto empecé a temer con que alguien me tomara por un pordiosero o por algo peor, nunca me había sentido tan miserable. Al paso de las horas, la luz gris del día me obligó a tomar mis cosas y ponerme en movimiento. Llevaba en el pecho la carta de Kindelán y de un oficial francés amigo suyo, que me había recomendado con su hermano —carnal—, que se llamaba Gérard, y a quien debía buscar en un edificio ubicado en la rue de St. Augustin, en el barrio de Feydeau. Pasaría todo ese día para que me diera cuenta de que aquella locación estaba situada al norte de la ciudad, y que en esos momentos yo me encontraba al sur, a varios kilómetros de mi destino. Anduve todo el día; encadenado a ese saco que pesaba como un yunque, donde cabía todo lo que tenía y que no me atrevía a abandonar antes de darme por vencido. Al cabo de varias horas, acabé detenido por la policía cuando daba mi quinta vuelta por la explanada de Los Inválidos. Mi tonto uniforme y mi cojera de pato les habían llamado la atención. Mi francés sirvió para explicar mi presencia en el lugar y la cartita junto al pecho, algo descolorida por el sudor y la humedad del traje, contribuyó a que esos hombres me brindasen su ayuda. Sin ellos, seguramente, habrían pasado muchas otras horas antes de que encontrase mi destino en aquel laberinto de calles cuya extensión no habría imaginado jamás. Con el correr de las semanas llegué a amar París como a ninguna otra ciudad; ese día, sin embargo, detrás de la cortina de aguacero que no había dejado de caer, la odiaba profundamente y solo quería volverme a Cataluña.

Caía la tarde cuando un policía descargó sus nudillos contra la puerta de calle del N° 216 de la rue de St. Agustín. Era un edificio angosto de tres plantas, con un par de gárgolas colgando de la cornisa. Desde el coche en donde me encontraba, pude apreciar que el oficial cruzó algunas palabras con una mujer que le hablaba desde el interior; era la criada. Le mostraba la carta con las señas que me había dado Kindelán y adiviné que la interrogaba brevemente acerca de la efectividad de lo que allí se afirmaba. Pero la mujercita aquella parecía reacia a tomar ninguna decisión. No quiso salir a la calle y darme siquiera un vistazo, y en lugar de eso la vi cerrar la puerta, dejando al hombre en compás de espera. Aquél le hizo una señal al policía que estaba conmigo en el coche y éste, como si sintiera la necesidad de darme ánimo, frunció el entrecejo y me dijo con cierta amabilidad que había que esperar un poco. Había ido por su patrona. Yo bajé la vista. Había dejado de llover hacía media hora y el día marchaba a cada momento más gris y tenebroso. Estaba mojado hasta los calzoncillos y una brisa que se levantó con la tarde me caló hasta los huesos. El otoño se anticipaba frío. La escena me avergonzaba. Esos dos hombres eran demasiado amables para ser policías. Habían salido conmigo del cuartel a donde me había llevado la pareja que me recogió en la explanada de Los Inválidos, casi una hora antes y se tomaban todo el tiempo del mundo para cumplir con su encargo. Yo estaba consumiendo su tiempo; mientras todo eso ocurría, la ciudad —la inmensa ciudad— bien podía esperar. Habría preferido que me tomaran detenido, que me encerrasen en una celda, abandonado a mi suerte, meado en los pantalones de miedo y de frío, como extrañamente creía que merecía y como, en realidad, pensaba que me habría ocurrido de haber estado en España. Pero no era así. Esa no era España, era Francia Revolucionaria, y el fervor del republicanismo —temporalmente suspendido por el imperio— había llegado a transformar hasta la más básica de las instituciones. El caballo relinchó un par de veces y una nueva llovizna se descargó sobre las calles adoquinadas de París. Eso ocurría cuando me percaté de que de la casa otra mujer había salido a la vía pública y se aproximada a mi coche. Estaba rigurosamente vestida con un traje de raso café que le cerraba hasta el cuello, como una pieza de museo recién empaquetada. Tras ella venía la criada, con los antebrazos desnudos y un delantal cerrándole el vientre. La mujer cruzó un par de palabras con el segundo policía, en un gesto protocolar en donde esperé pacientemente mi turno, y luego se dirigió a mi persona, alzando brevemente la vista. Me saludó por mi nombre, cordialmente, mientras entornaba la cabeza y me hacía señas para descender. Llevaba el cabello tomado en una red bajo la nuca y tenía una mirada inteligente, con sutiles notas de sagacidad. Su imagen me devolvió la confianza.

Para llegar hasta la sala de la casa debía subir por una estrecha escalera donde el binomio rodilla lisiada y cansada con saco de ropa pesada y mojada no ajustaba satisfactoriamente. Geneviève, que así se llamaba la señora, pronto se dio cuenta de que demoraría más de lo razonable en subir aquellos escalones e instruyó a la criada para ayudarme. Como buen soldado español, me resistí a aceptar tal colaboración, pero cuando habíamos recorrido apenas un trecho escalera arriba, y quedaba todavía lo que rápidamente evalué como dos tercios más de pesada ascensión, tuve que resignarme. Vivianne, como se llamaba la mujer, cogió el saco por uno de los extremos y con el apoyo de baranda y muro por la otra banda, al cabo de un rato alcanzamos nuestro objetivo.

Geneviève me hizo sentar en un canapé azul tras el cual se alzaban las ventanas que daban a la calle, e hizo encender el samovar. Yo le agradecí, sonriéndole con la mayor amabilidad posible. Me sentía inmundo. Apestaba a caballo y a sobacos, y el maldito saco descansaba junto a mí, humedeciendo la alfombra hasta entonces inmaculada.

Geneviève se sentó en frente y ensayó a cruzar algunas palabras conmigo. Me ha quedado grabada esa escena por lo embarazosa, porque en ese preciso momento tuve la amarga sensación de que no tenía nada que hacer en París y mi periplo no había sido más que una aventura de juventud. Geneviève me preguntó por mi origen y por mis raíces hispanas, en una conversación que a pesar de su esfuerzo y del mío, languidecía irremediablemente, mientras los dos pensábamos que ella tenía infinitas cosas más interesantes que hacer que el de recibir a un veterano español lisiado, sucio y mal oliente. A pesar de todo eso, de mi aspecto insufriblemente desaseado, me brindaba un trato de caballero que me avergonzaba. Le calculé menos de treinta años. Tenía el rostro delgado y blanquísimo, y unos ojos celestes y relucientes que saltaban en sus cuencas. Me habló algo de París, de Gérard, su marido, y del tiempo traicionero, y en alguno de aquellos giros temáticos, aprovechó la ocasión de orientarme brevemente. Me dijo que los tribunales de comercio, donde Gérard ejercía la magistratura, estaban a dos cuadras en dirección al oriente y que, si continuaba al poniente por esta misma calle, podía llegar hasta la Plaza Vendome. "Gérard ha de estar por llegar", murmuró... "¿Desea Ud. comer algo?". Yo no tenía nada que darle en retribución a su amabilidad. Era un perfecto desconocido, sin fama ni patrimonio. Sentí que de alguna forma debía retribuir su amabilidad y me esforcé por citar algunos datos de la historia reciente de Francia, alabándolos convenientemente. Ella me escuchó pacientemente, sin contradecirme, pero noté también que su evaluación de los acontecimientos que tanto se alagaban más allá de las fronteras de la república, era sumamente crítica, al punto de que al final de cada frase no me resultó posible establecer si le habían parecido más bien beneficiosos o más bien nocivos para la nación. Con el paso de los días, y a medida tomaba contacto con más personas, gradualmente comprendí que aquella sensación de incertidumbre y agotamiento era mayoritaria y que, a esas alturas del proceso revolucionario, el común de los franceses solo quería estabilidad y paz.

La escalera que daba al tercer piso crujió bajo el peso de dos pares de zapatos. El carrerón de pasos breves y rápidos llegó hasta el pasillo que daba a la sala y prosiguió por entremedio de nosotros.

Eran Mathieu de siete años, y Marcel, de cinco; los dos hijos del matrimonio Beaubourg Trudon; por esos días, dos hermosos pequeños de cabellos lacios y rubios, labios rojos y ojillos saltones, donde todo evocaba a la madre. Estaban en plena correrías, dando vueltas en torno a mi canapé y al sillón de Geneviève, cuando ésta, enarcando las cejas, de un golpe de voz los hizo detenerse en el acto. La furia maternal alertó a la criada, que voló en su ayuda desde la cocina y vino a pararse justo en frente mío. "¡A cenar! ¡A cenar!", les dijo, mientras los arreaba hacia el comedor y nos invitaba a sumarnos. Geneviève me miró con cierta desazón. Ambos sabíamos que mi aspecto era lamentable, que no podía presentarme a la mesa así, pero que el reloj —desconociendo todo aquello— había sonado las siete de la tarde y ya no nos resultaba posible esperar más. Todo esto lo entendí con el correr de las semanas, pues si hubiera estado en España, me habría dado lo mismo cenar a las siete de la tarde que a la diez de la noche. Geneviève me invitó a seguirla.

En eso estaba cuando la puerta del piso se abrió, dejando entrar a un hombre de mi edad, cuidadosamente encapotado, a quien pude observar de reojo mientras se quitaba el abrigo y colgaba el sobrero en el gancho de la mampara. Probablemente no había advertido mi presencia en aquel lugar, pues cuando se volvió hacia nosotros y caminó los diez pasos que lo separaban de la sala, su rostro se agrietó. Tenía el cabello castaño, cuidadosamente cortado y una barba impecable que lo revestía de autoridad. Probablemente, lo que más le extrañaba era el hecho de que un hombre de mi aspecto, con un uniforme de la división de Etruria — gastado y algo descolorido— que en Francia podía corresponder a cualquier cosa, en la lógica de su razonamiento no debía estar en su casa, sentado en el canapé, charlando con su esposa, sino que, en el mejor de los casos, dicha escena habría sido más tolerable si se hubiera desarrollado en la cocina y en donde en lugar de Geneviève, hubiera sido la criada la que animara la conversación.

Geneviève lo saludo respetuosamente y le alcanzó la carta con recomendaciones que había yo traído de Stralsund. "Es de tu hermano", le dijo, mientras me miraba de reojo, esperando a que el recién llegado revisara la misiva y confirmara la corrección de su decisión de dejarme entrar y darme el trato del que hasta ese momento había disfrutado. "Nos pide que le recibamos en nuestra casa". Gérard leyó en silencio, de pie, en el mismo lugar donde Geneviève lo había interceptado, sin moverse, y solo cuando acabó me dio un vistazo completo. Me sonrió un poco más relajado, con una expresión todavía apretada, pero que se esforzaba por ser amable. "¿Conoce Ud. a Jacques?", "Por supuesto." Le dije con toda franqueza. "Nos conocimos en Stralsund. Trabajamos juntos en la Orden". Gérard me extendió la mano y apretó la mía con inquietud. Un par de preguntas de estilo bastaron para convencerle. "Bienvenido, Vicente". Me dijo, estrechándome la mano nuevamente. "Esta casa es tan mía como vuestra".

Desde aquél día empecé a vivir bajo el alero de aquella familia magnífica. Y podría agregar, para brindar mayor franqueza a mis palabras, que no solo dormía allí, sino que comía, me ocupaba de mi aseo personal y hasta de mi vestimenta, a expensas de esas personas sorprendentemente generosas. No fue sino hasta ese día que tuve una verdadera idea de lo que significaba la palabra "Fraternidad", de que tanto se hablaba en los encuentros entre los hermanos, y que yo empecé recién a delinear en aquellos días felices de Florencia. No importaron mis ropas raídas y descoloridas, ni mi aspecto deteriorado, ni siquiera el hecho de que no fuera francés. Lo cierto es que habría querido yo contribuir de mejor forma al presupuesto familiar, pero por esas razones a las que los veteranos españoles estamos cada vez más acostumbrados, mi pensión de retiro —si es que alguna vez la hubo—, jamás llegó.

Gerárd y su señora me acomodaron en el cuarto de visitas, en el último nivel, donde compartía piso con los pequeños Mathieu y Marcel y en donde pude reposar durante algunas jornadas antes de volver a levantarme, pues mi lesión en la rodilla había recrudecido y me forzaba a la inmovilidad. La buena de Vivianne subía cuatro veces al día con la comida y me atendía como si hubiera estado en mi casa en Cataluña. A veces, a requerimiento mío, se sentaba un rato para preguntarme como estaba y me sonreía con cierta inquietud mientras se acomodaba el delantal. Me contó que había llegado a esa casa hacía más de cinco años, recién cumplidos los quince, y que provenía del noroeste, de una región llamada la Vendée. Me dijo también que venía huyendo de la pobreza que los años de guerra civil habían sembrado en esas tierras en la última década y que sus padres habían muerto en el año 1795, en los tiempos de la contrarrevolución que descabezó a Robespierre. La abuela materna se había hecho cargo de ella. Para complacerla le dije que algún día visitaría su casa en la Vendée y que cuando regresase a mi tierra, hablaría de su historia entre mis partisanos, para que no fuera olvidada. En honor a esa deuda es que le comento a Ud. todo esto.

Vivianne era una muchacha tímida, pequeña y muy delgada. Tenía el cabello negrísimo, cortado en una melena que rozaba los hombros y una boca redonda y carnosa que le daba un aire infantil, y de la cual afloraba casi siempre a media voz una cadencia tan cristalina y sutil que daba la impresión de abrigar el secreto temor a ser escuchada, de modo que las cuerdas bucales se excitaban solo hasta el punto de construir el exterior de las palabras, pero no el fondo. Un lunar se había instalado en mitad de su mejilla izquierda y resultaba inevitable mirarlo cuando se le dirigía la palabra. Con frecuencia me había pedido que le hablara algo de mi país y de nuestras costumbres españolas y hasta que le enseñara algunas palabras en catalán y en español, que repetía con frenesí para luego olvidarlas para siempre. Los pequeños tenían su universo aparte. Mathieu aprendía a leer con su madre durante las mañanas, mientras Marcel montaba su ejército dividiendo a sus tropas entre los soldaditos de plomo y los de madera. Como observara que mis piernas inmóviles bajo el cobertor, formaban una geografía de montañas y valles idóneos para el combate, se había mudado con aquellos ejércitos a mi dormitorio y me forzaba a doblar o a bajar las rodillas, según lo requiriese el campo de batalla, mientras iba disponiendo sus efectivos sobre el cubre camas.

Conscientemente había ido postergando el día para levantarme, así como aquél en que debería finalmente salir a la calle. La triste razón era que en mi bolsa solo había otro uniforme —tan viejo y gastado como el primero— de los voluntarios de Etruria, y a esas alturas —a riesgo de ser calificado como un antipatriota por Ud.—, lo que yo menos quería era parecer español. Demoré en confesar esto a Gérard y probablemente, él no se habría dado cuenta y habría consentido en dejarme una semana más guardando cama en el piso de arriba, si no hubiera sido porque Geneviève se había percatado de todo aquello, y lo había alertado sobre mi dilema. Pero entonces vino otra vez la Fraternidad en mi ayuda, pues antes de que aquella semana terminara, Gerárd me había obsequiado un par de trajes de los que vestía regularmente, "...unos ternos que ya no uso", de modo tal que, como efectivamente teníamos la misma talla, pronto me vi marchando por las calles de París, con el cuello bien almidonado y un reluciente bastón en el costado. No sabía, en realidad, qué había venido a hacer a esa ciudad, de modo tal que, durante aquella semana me aboqué intensamente a conocer la metrópolis, con especial énfasis en los lugares que habían sido protagonistas de los hitos más importantes de la revolución. Así salté de la Bastilla al Louvre, y del convento de Los Jacobinos de la calle Saint Honoré a la plaza de la Concordia. Estaba fascinado, tanto así, que aprovechando la cercanía que tenía la casa de los Beaubourg de la plaza Vendome, iba a pasearme por la tarde por el frontis de la que había sido la casa de Robespierre —a quien, confieso, siempre admiré—, que estaba ubicada en el número 398 de la misma calle Saint Honoré. A pesar de que iba todos los días, me esforzaba en que mi periplo fuera lo más discreto posible, pues me habían bastado los comentarios de los Beaubourg y de Vivianne, para caer en la cuenta de que la ciudad estaba plagada de espías y de que muy pronto todo podía resultar altamente sospechoso para el régimen instalado por Napoleón.

Por aquellos días estábamos llegando a fines de septiembre y el otoño se hacía notar. A esas alturas del año, las decisiones del emperador seguían convulsionando a la Metrópolis, de cuyos cambios de ánimo en gran medida dependían —como ocurre hasta hoy—, los destinos de toda Europa. Yo leía el *Moniteur*, diario oficialista que a ratos parecía redactado por el mismísimo Napoleón, y contrastaba esa información con mis propias fuentes. Como Ud. bien recordará, el "Sistema Continental", impuesto por el emperador a partir de 1806, pretendía que todas las naciones de Europa continental cerraran sus puertos al comercio con Inglaterra. La obsesión de Napoleón con aquella nación no había hecho otra cosa que crecer, al punto que resultaba frecuente que sus partidarios más acérrimos, parafraseando al propio general, la llamasen también "La pérfida Albión" antes que por su nombre.

Haciendo un poco de historia, después de que Francia suscribiera el tratado de Tilsit con Rusia, en julio de 1807, mediante un ataque fulminante de la *Royal Navy* al puerto –neutral– de Copenhague, los británicos se apoderaron de 15 navíos de guerra junto a otros 30 barcos de menor calado, lo que obligó a Dinamarca a declararles la guerra. Napoleón estaba furioso y sus cercanos decían que no paraba de despotricar contra "La pérfida Albión". La narración de aquel infame acontecimiento, que había violado todas las reglas del derecho internacional, había aparecido con gran detalle en los principales semanarios de Francia y –según me enteré– de las capitales de las naciones que apoyaban al emperador, encendiendo los ánimos, pues como la corona danesa era hasta ese entonces neutral, todo el mundo lo calificó como un acto de piratería. En septiembre, sin embargo, trascendió –y esto no puedo confirmarlo, pues podría ser producto de la contra propaganda inglesa en Europa– que el tratado de Tilsit contenía algunas disposiciones secretas, entre las cuales, el zar de Rusia autorizaba a Napoleón a apoderarse de esos mismos navíos secuestrados para hacer a su vez la guerra a los ingleses. En otras palabras, esa versión daba a entender que en Tilsit el emperador francés y el emperador ruso había acordado dividirse Europa, de modo tal que después del 8 de julio de 1807 –fecha de la Paz de Tilsit–, la anexión de Dinamarca al imperio napoleónico era cuestión de tiempo. Algunos incluso, creyeron ver en el fulminante ataque de los británicos a Copenhague, un acuerdo soterrado entre la corona danesa y la inglesa, mediante la cual la primera, a sabiendas de lo que les esperaba, había preferido entregar su flota a los británicos antes que verla confiscada por Napoleón. Lo cierto es que a partir de Tilsit, el zar de Rusia cerró todos sus puertos al comercio con Inglaterra, asumiendo en propiedad el Sistema Continental. Así fue como Napoleón dejó de mirar al Oriente, y volvió la vista al Poniente, hacia Portugal, la última nación aliada de la corona británica, y le dio un ultimátum: debía cerrar sus puertos a Inglaterra a más tardar el primero de septiembre, so pena de ser invadidos por el ejército francés. En realidad, al día de hoy, desde donde me encuentro escribiendo estas líneas, resulta patente que Napoleón sólo quería ocupar Portugal, y jamás le importó si la "Casa de Braganza" cumplía o no con el ultimátum. Otra vez, la posibilidad de apoderarse de la flota portuguesa, estacionada en el puerto luso de El Tajo abría sus apetitos, pues –como Ud. recordará– la poderosa Francia –así como España, que en eso compartimos la misma suerte– no tenía escuadra desde el desastre naval de Trafalgar, de octubre de 1805.

Por aquellos días trascendió también que a fines del mes de julio de 1807, el emperador había ordenado la creación en Bayona de un ejército al que denominó Primer Cuerpo del Ejército Girondino de Observación, que contaba con 25 mil hombres, al mando de su favorito, el general Junot, que finalmente cruzaría la frontera hacia España y de ahí en dirección a Portugal el 18 de octubre de ese mismo año.

* * *

En fin, como Ud. podrá observar, a fines de septiembre, donde sigue mi relato, había sobradas razones para que la policía secreta francesa mirara con desconfianza a un hombre como yo, mucho más porque no había ninguna razón objetiva que justificara la permanencia de este español en París, a lo cual la notoria cojera de mi pierna añadía un elemento un tanto sabroso. A ello debía añadirse otro dato: La paranoia del emperador lo había llevado a sospechar de todo el mundo, incluso de Joseph Fouché, duque de Otranto, su eterno y temible ministro de la policía y se rumoreaba que a este mismo lo mantenía vigilado, pues desconfiaba de su pasado republicano.

Fue durante aquellos días que tuve la ocasión de conocer a Fouché. La casualidad quiso que la primera noche que asistí a las reuniones de mi nueva logia, Fraternidad N° 30, en compañía de Gérard, el jefe de la policía francesa se apersonase en calidad de visitador. Como era mi primera vez en la logia parisina, no tuve yo la posibilidad de comparar el ambiente que conocí con el que habitualmente se daba durante aquellas reuniones, y me pareció normal que todo el mundo fuera circunspecto y casi displicente, sin que asociase yo –ingenuidad aparte–, dicha actitud con la presencia de Monsieur Fouché. Recuerdo que aquella noche lo vi sentado en frente mío, y que de entre todos aquellos hombres distinguidos él me llamo especialmente la atención, por sus finos modales y por sus vestidos particularmente elegantes. Era un hombre delgado, de unos cuarenta y cinco años, de rostro lavado y alargado, con una nariz aviar, prominente y recta. Tenía una parada de enorme desplante y a pesar de no pertenecer a esa logia, conversaba con todos los invitados como si fuera el dueño de casa. Tenía los labios delgados, en permanente tensión, y con ellos ensayaba una sonrisa prefabricada que no se movía de su lugar. Cuando terminó la reunión y pasamos a la cena, Fouché se dio el tiempo de acercarse hasta donde yo estaba, y me dio un apretón de manos que duró una eternidad. Un escalofrío recorrió mi espalda cuando aquel hombre me saludó, y tuve la impresión de que todo el refectorio compartía la misma sensación. Su mano era alargada y tan fría, que tuve la impresión de estar saludando a un muerto; un pedazo de carne sin vida, donde los tejidos se habían petrificado. Pero no había sido su mano, sin embargo, lo que me atemorizó, sino su mirada, sus ojos azulísimos, profundos como una caverna y secos como el aire de montaña. Con ellos me había auscultado, había penetrado por mi mirada de español, tibia e impulsiva, y me había sondeado con la profundidad de un oráculo. En el breve instante en que nos confrontamos, observé con terror que su rostro no se movía, que no había líneas de expresión en torno a sus ojos ni en el ceño, ni arrugas debajo de las mejillas; tan solo una fina red de minúsculos vasos capilares, una diáspora de miles de arañas rojas, esparcidas por la superficie de los pómulos, que lejos de mostrarlo más vivo, contribuía a consolidar su imagen sobrenatural, como si en lugar de un hombre de carne y hueso, estuviera yo delante de un ser de porcelana, un muñeco de proporciones sobre naturales, terroríficamente omnisciente.

Nadie habló durante la comida. En eso estábamos cuando Fouché se retiró antes del postre; hizo un ademán sombrío y luego salió del comedor dejando tras de sí una estela de hielo que demoró en disiparse.

Capítulo IV

Los caballos relincharon con fuerza afuera de la casa de postas. La otrora ardiente brisa del mediodía había empezado a refrescar y el sol daba sus últimos estertores antes de desaparecer tras las montañas. El general Castaños dobló la hoja de la libreta en que detuvo la lectura y volviendo a guardarla dentro de la tricota, se puso de pie en procura de un cerillo. Se incorporó pesadamente, dio algunos pasos por la habitación sumido en la penumbra, y luego de buscar sin éxito en los anaqueles desvencijados de un viejo aparador, caminó hasta la puerta, decidido a estirar las piernas. Al salir, el centinela se cuadró ante su presencia.

—¿Cuánto rato lleva aquí, soldado?

—Tres horas, mi general.

—Necesito un cerillo. Me he quedado sin luz. ¿Tiene Ud. uno?

El aludido se registró con inquietud. Estaba en eso cuando Castaños lo detuvo.

—Déjelo. Voy a dar una vuelta por el lugar. Avise para que preparen mi habitación. Voy a pasar la noche aquí.

El soldado saludó al tiempo que salía en procura de lo solicitado. El general se cruzó las manos a la espalda y echó a caminar sin rumbo fijo. A esa hora de la tarde todo estaba en silencio. Podía oír el ruido de los guijarros de tierra seca estallando bajo sus botas y el zumbido de los insectos.

¿Cuánto hacía que no asistía a una logia? Súbitamente, la intensidad de la lectura le había devuelto las ganas. Pero no había espacio para esas licencias; no eran tiempos ya de participar de exploraciones espirituales ni filosóficas. La invasión francesa, achacada en buena parte por sus pares a una supuesta conspiración masónica de la que Napoleón no era más que un títere, había tornado en sospechoso todo lo que oliera a sociedad secreta. Mucho más, porque lo que se pretendía era restaurar el poder del rey, cuyo principal enemigo era, naturalmente, la república.

Castaños sintió frío. La temperatura se desploma en cualquier época del año en la serranía. Ya era hora de volver.

* * *

Durante los días que siguieron a este encuentro, reflexioné seriamente sobre la posibilidad de recoger mis pocas cosas y regresar a Cataluña. Todavía me cuestiono, con la perspectiva de los meses, acerca de cuál habría sido la mejor decisión. En todo caso, mirándolo exclusivamente desde afuera, mi permanencia en aquella casa era a esas alturas insostenible, pues estaba yo allí, viviendo de la hospitalidad de una familia que no me conocía y que por todo respaldo tenía la carta de recomendación del hermano de Gérard, con quien yo apenas había cruzado algunas palabras en los ágapes de logia. Pero cuando estaba ya resuelto a retornar, asumiendo que mi paso por la Ciudad Luz no podía durar más, vino Gérard a hablar conmigo y me pidió expresamente que me quedara. En un principio rechacé la propuesta, reconociendo la incomodidad que me causaba el hecho de estar viviendo de su hospitalidad, pero aquél hombre —a quien llegué a apreciar como a un hermano—, había previsto mi respuesta, pues me salió con una propuesta inesperada: me ofrecía incorporarme al tribunal de comercio donde trabajaba, como parte del personal administrativo. Me dijo que en su calidad de magistrado, tenía la posibilidad de solicitar un secretario de confianza que lo apoyase en su trabajo, y que desde su punto de vista, yo cumplía con todos los requisitos. "También eres francés, por línea materna" Me había argumentado, cuando observé el hecho de que podía ser rechazado por mi condición de extranjero. Su respuesta —sorpresiva—, me había causado cierta gracia; era el buen argumento de un abogado defendiendo su caso ante sus pares. De allí también concluí que Gérard lo tenía todo preparado, que ya había discutido la idea con sus colegas jueces y que solo faltaba mi consentimiento, que di inmediatamente.

Por esos días me pregunté la razón de por qué Gérard había adoptado la decisión de tomarme como su secretario. Su ofrecimiento

47

me había parecido nada más que un gesto bien intencionado, carente de segundas lecturas, muy ajeno a ese otro mundo al cual estaba yo presto a penetrar, y que para mi asombro, se abriría ante mí tan solo un par de semanas más tarde. Digamos por ahora, que aquellos paseos diarios que había yo tomado por costumbre habían sido seguidos de cerca por varios pares de ojos. Mis visitas a la casa de Robespierre en una suerte de peregrinación diaria, resultaron más llamativas de lo que yo mismo hubiera deseado y quizás mis conversaciones tan desinhibidas con Gérard y con buena parte de nuestros hermanos de logia, contribuyeron a que aquél se formase una opinión muy honesta —y quizás, a mi pesar, demasiado precisa— sobre mi persona y mis ideas políticas. Yo era —y sigo siéndolo—, un admirador de la Revolución, respaldaba las ideas republicanas que le habían dado nacimiento y sentía una especial empatía por la controversial figura de Maximilien Robespierre. Lo admiraba por su ascetismo extremo, por su dureza y por la frialdad con que había contribuido a consolidar el proyecto de transformación social que implicó la gesta que se inició en 1789. Algo de esto había yo deslizado ante Gérard, y quizás, a pesar de que la prudencia aconsejaba otra cosa, no logré disimular estas opiniones durante las conversaciones que surgían entre los hermanos en aquellas jornadas vespertinas, que se extendían hasta altas horas de la noche.

Digo que tal vez debí haber sido más discreto con estas ideas, porque la figura de Robespierre era extremadamente controversial. Había dirigido el temible Comité de Salud Pública durante aquel período de la revolución que muchos hoy llaman El Terror, y sus decisiones le habían costado la vida a miles de franceses, hombres y mujeres. Ellos habían pasado por la guillotina después de haber sido condenados en series de juicios que tenían todo de cuestionable. Reflexionando sobre lo acontecido esos primeros meses de mi estadía en París, me siento avergonzado, pues no deja de ser controversial todo aquél que es capaz de justificar un crimen —o una serie de crímenes, diría con mayor propiedad— cometidos con el exclusivo fin de imponer una idea política, por muy beneficiosa que pueda parecer para la sociedad entera y para quienes la sustentan. En verdad, cuando hablaba de estos temas, no creo haber tenido mejor tino que la que tendría una desbandada de asnos corriendo por el jardín, pues al haber defendido a Robespierre, me había hecho cómplice de sus crímenes. Pronto este desliz de juventud me llevó a ser catalogado por el régimen imperial como un republicano extremo, un neo jacobino peligroso y potencialmente sanguinario, y como el conflicto entre Francia, España y Portugal empeoraba, mi presencia en París se hacía altamente sospechosa. A pesar de eso, la Fraternidad N° 30 me protegió, y lo hizo a pesar de que Fouché volvió a merodear en las tertulias de la logia con el instinto de un perro sabueso que ha olido a la presa pero que todavía no sabe exactamente donde se oculta. Junto con ello, y a pesar del silencio riguroso que hasta ese momento guardó sobre el tema, pude notar que mi visión republicana y extrema tenía especial acogida en la persona de Gérard. En efecto, él era magistrado, juez de comercio, y por tanto colega de profesión y oficio de Robespierre, quien también había sido abogado de profesión y había igualmente ejercido la magistratura antes de acceder a la diputación. Gérard era, por lo demás, demasiado joven para haber asistido alguna vez al Club de los Jacobinos, por lo que dudo de que hubiera compartido en aquellas reuniones con Robespierre, pero una extraña corazonada me forzaba a creer que aquellos hombres se habían conocido de alguna manera y que algún extraño vínculo los liaba a través de la historia.

Con mi incorporación en calidad de secretario privado del juez Beaubourg al juzgado consular de París, la situación se estabilizó. Tenía un sueldo –a cuenta del cual, el bueno de Gérard me hizo un pequeño préstamo–, un lugar donde vivir, pues seguí usufructuando del dormitorio en el tercer piso de la casa de los Beaubourg y una activa vida social, fruto de las reuniones en la Fraternidad N° 30, donde las conversaciones de sobremesa se me hicieron cada vez más placenteras. El tribunal de comercio funcionaba junto a la bolsa de París, en el Hotel de Nevers a un costado de la rue Richelieu. El edificio databa del año 1648 y había sido mandado a construir por el cardenal Mazarino. A su muerte, el palacio fue dividido en dos partes, una de las cuales heredó su sobrino, Philippe Mancini, duque de Nevers, de quien recibió su nombre. La parte que ocupaba el juzgado consular correspondía al segundo piso del ala norte del edificio, en la parte que daba a la avenida Colbert; allí Gérard me había gestionado una pequeña oficina con una ventana que daba precisamente a esa calle. Mi pequeño despacho estaba atiborrado de expedientes que se encaramaban por las paredes casi hasta tocar el artesonado del cielo raso y por ello no me costó trabajo dilucidar que estaba ocupando una habitación que antes se destinaba exclusivamente para el archivo. El olor a humedad que salía de los documentos que dormían ad eternum en la base de aquellas torres de papeles me había prevenido de acercármeles mucho, de modo tal que alternaba mi tiempo entre la revisión de los expedientes que el magistrado me asignaba con frecuentes períodos de descanso malgastados en fisgonear desde mi privilegiada perspectiva el trajín cotidiano de la sombría calle. Las querellas entre comerciantes, las quiebras y la interpretación de los contratos se me hicieron cotidianos y al cabo de unas semanas ya casi había olvidado mi pasado militar, hasta que el rengueo de la pierna lisiada y el dolor con que el frío del otoño perforaba mi rodilla, volvían a recordármelo. El tribunal sesionaba hasta el mediodía; el trabajo administrativo cubría el resto de la jornada. A principios de junio de ese año, Gérard Beaubourg había sido reelecto juez consular por un nuevo período de dos años y la nueva judicatura se había iniciado a mediados de agosto. Un par de días antes de proponerme como su secretario privado, sus pares lo habían elegido juez presidente.

Retomé el trabajo logial. Absorto en una metamorfosis mágica, dos y tres veces a la semana mi vida cobraba una dimensión especial, cuando por las tardes abandonaba el rol que la sociedad me había asignado como discreto actuario del tribunal consular, para transformarme en hermético hermano masón. De ambas facetas, la que más me gustaba era indudablemente esta última. Así, mientras los días en la metrópolis se tornaban gradualmente más grises y cortos, yo me acurrucaba en un remanso de paz y seguridad que me regocijaba: ahora podía, con la estabilidad que mi condición de asalariado me permitía, dedicarme de lleno a la filosofía de los grandes autores. Rousseau, Voltaire y Montesquieu, transitarían casi sin pausa por mis ojos ávidos de conocimiento, siempre buscando depurar mis ideas acerca de aquello que más nos angustiaba a los masones: la Libertad, la Igualdad y la Fraternidad, en tanto que a diario, reconfortado con una buena taza de café durante la mañana, o en la deliciosa tibieza del hogar que había venido a compartir con los Beaubourg, seleccionaba los temas que los hermanos habían dejado planteados durante las reuniones y los profundizaba hasta el agotamiento.

Durante estas frenéticas jornadas tuve conocimiento de un rumor que por la dimensión que mi relato asumirá, tengo el deber de poner en su conocimiento. Se trata de una historia decenas de veces repetida entre los hermanos —con infinidad de matices, por lo demás–, que dice relación con la verdadera razón que había movilizado al emperador Napoleón a acometer la campaña de Egipto y el Medio Oriente entre mayo de 1798 y octubre de 1799. Debo precisar a Ud., en todo caso, que como tuve oportunidad de comprobar más tarde, la historia que paso a relatar estaba lejos de ser un secreto masónico y constituía, en cambio, una anécdota ampliamente difundida por todo París, como si el correcto conocimiento de ese acontecimiento formase parte del patrimonio esotérico de toda sociedad iniciática que se preciase de tal; tanto más, nadie, ningún masón o miembro de ninguna orden o sociedad secreta que se respetase, podía dejar de ignorarle, so pena de perder toda credibilidad ante sus pares.

La historia era más o menos como sigue: Se contaba entre los hermanos que la orden masónica era tan antigua como el mundo y que las sociedades de constructores se remontaban en el tiempo hasta los orígenes de la especie humana. Quienes así opinaban se basaban en el hecho de que el prólogo del Libro de las Constituciones, elaborado por el pastor protestante James Anderson en Inglaterra, en el año 1723, con motivo de la creación de la Gran Logia de Londres, contenía una alegoría sobre ello, pues sostenía que el primer masón había sido Adán y que Dios, el Gran Arquitecto, le había transmitido directamente el conocimiento de la Geometría, de modo tal que la especie humana desde que había sido puesta sobre la faz de la tierra tenía sobre sus hombros el deber de cuidar este conocimiento, evitando tanto que se perdiera en la noche de los tiempos, como que cayese en manos equivocadas. Probablemente Ud. sabe bien toda esta historia, pues es algo que se repite permanentemente en nuestros templos, pero no puedo explicarle todo lo que sigue sin antes partir por la antedicha introducción. El punto es que en París habían cundido las sociedades secretas, tanto las de carácter masónico, como las que no lo eran, entre las cuales destacaban los alquimistas, que desde el siglo pasado habían venido incorporado otros elementos a la historia, como que entre los textos que el reverendo Anderson utilizó para hacer sus constituciones, habían algunos que situaban derechamente el surgimiento de la geometría en Egipto, en un tiempo que la historia de la humanidad había ya olvidado. Los alquimistas decían que el creador de esta ciencia no había sido Euclides, como todos creemos, sino que el mismo Hermes Trismegisto, cuya naturaleza pseudo divina nadie se atrevía a desconocer, al punto que muchos veían en este hombre una suerte de avatar del dios Toth. Decían que el dios Toth era también el creador de la Alquimia, de modo tal que masones y alquimistas, y todos cultores de las ciencias esotéricas que se había repartido por Europa, tenían un origen común, que había venido al mundo con este filósofo. Debo reconocer que los alquimistas habían fundado bien su posición, pues por los salones de la metrópolis circulaba un texto impreso de un tratado al cual ellos solían llamar el Corpus Hermeticum, que supuestamente tenía en un principio 24 textos sagrados, pero de los cuales solo habían logrado recuperarse 14, y que originalmente habían sido escritos en griego antiguo. La historia decía que el rumor acerca de la existencia de este tratado llegó un día a oídos de Cosme de Médici. A este hombre, que había buscado por todos los medios incrementar la cuantiosa fortuna que ya poseía, le llamó la atención la parte de la historia que decía que allí se escondía la fórmula alquímica para transformar los metales en oro, de modo tal que no tardó en poner todos los medios con que contaba a disposición de la nueva empresa, que no tenía otro objetivo que el de hacerse del tratado. La historia dice también que a costa de pagar un ejército de mercenarios y caza fortunas, el potentado aquél lo obtuvo en el año 1463, no sin antes pagar por el tratado una cifra sideral. No obstante ello, y a pesar de su colosal esfuerzo, cuando vino la hora de revisar lo que había comprado, descubrió que el texto no estaba completo, o que cuando menos no poseía toda la información que los alquimistas esperaban, pues Médici lo hizo traducir al latín y autorizó su impresión y circulación en el año 1471; otros tantos desconfiados —entre los que me cuento— han creído sin embargo que el Corpus si contenía los 24 textos, pero que como los diez restantes eran los que precisamente se referían a los temas que a Médici obsesionaban —entre ellos el secreto de la transmutación de la materia en oro—, fueron retirados de la imprenta y guardados celosamente por aquél, de manera que la información que contenían acabó con él en la tumba. En fin, lo cierto es que lo que escondía la revelación de Hermes Trismegisto era demasiado importante para la historia de la humanidad y muchos llegaron a la conclusión de que la única forma de proveerse de un nuevo texto y destrabar finalmente los candados que cerraban las puertas de la verdadera ciencia iniciática y esotérica, era partir a Egipto y rastrear la región completa. Esta era una historia que los hermanos masones se repetían hasta el hartazgo en la hora de la sobremesa, y entre copa y copa, no pasaba de ser una anécdota más como otras tantas, que inflamaban por el rato los espíritus, pero que se olvidaba durante el regreso a casa. El problema fue que con la revolución, Francia pasó de la noche a la mañana a convertirse en una potencia mundial, y los hombres de la burguesía que conocían estas historias, pasaron asimismo a encontrarse de un día para otro con las riendas del poder, de manera que no faltó el que llegó a pensar que si aquella historia del Corpus de Hermes Trismegisto tenía algo de verdad, era entonces el momento de averiguarlo. Usted puede ahora adivinar el resto de la historia: El Directorio sabía lo que Napoleón iba a buscar en su afiebrada incursión a Egipto. Nadie quiso decirlo ni reconocerlo derechamente, pero bastaba con dar un vistazo al contingente de científicos y expertos que hizo llevar consigo, y a las cajas y cajas de instrumentos y herramientas con que recargó las embarcaciones, para darse cuenta de aquello. A estas alturas, sin embargo, la pregunta que debíamos hacernos era otra: ¿Había cumplido su objetivo? ¿Había encontrado eso que había ido a buscar?

Napoleón Bonaparte zarpó de Tolón el 19 de mayo de 1798 con una flota de 335 naves, 40.000 hombres y un séquito de alrededor de 150 científicos, y luego de haber tomado la isla de Malta y de sortear con éxito las emboscadas tendidas por la flota británica al mando del almirante Nelson, llegó finalmente a destino. Dicen que cuando los espías informaron a Inglaterra el proyecto de Bonaparte, los británicos se agarraban la panza de la risa: era la empresa militar más descabellada de que habían tenido conocimiento. En todo caso, es justo destacar que no solo ellos se mofaban de las extravagancias del bisoño general francés, sino también sus pares, a quienes les parecía ridículo que aquél hubiera tomado por ciertas aquellas historias sobre Hermes Trismegisto y compañía. Pero esto no iba a amilanar a Napoleón. Desembarcó sin contratiempos en Alejandría y de ahí marchó casi sin detenerse con dirección al sur para tomar El Cairo. El resultado es conocido, bastaron dos horas de duro combate para que los revolucionarios franceses se asieran con la victoria y el control de toda la región. Esto era solo el comienzo. La tarea de búsqueda del Corpus y de todo aquello que pudiera iluminar la esotérica cosmovisión bonapartista podía prolongarse por varios meses; años incluso. Mirada con la perspectiva de los años, y aun cuando uno pudiera suponer la efectiva existencia de aquellos textos sagrados y sus reliquias, la empresa se prefiguraba titánica: los franceses debía convertir los volátiles fragmentos de esas historias formidables en un plano que pudiera ser ejecutado sobre el árido suelo egipcio. ¿Dónde buscar? La prosecución de la marcha hacia el sur parecía ser el paso siguiente.

Se decía también que a medida que el ejército francés cosechaba victorias, el semblante del primer ministro británico, William Pitt, reflejaba el desconcierto que sacudía a la nación del norte. Se decía también de Pitt que, habiendo tomado conocimiento de los éxitos del general francés, ordenó formar una comisión de hombres para estudiar el Libro de las Constituciones masónicas de Anderson, con el fin de sondear posibles códigos ocultos en sus textos, sin resultados. Mientras todo esto ocurría, el almirante Horacio Nelson había sorprendido al convoy francés fondeado en la rada de Abukir, el día 1° de agosto de 1798; al día siguiente, un montón de harapos y unos cuantos maderos arrastrados por el oleaje hacia la playa, eran el único testimonio que restaba de las naves de los revolucionarios. Los británicos esperaban que tras esta conquista, la rendición de las tropas francesas en Alejandría y El Cairo fuera cuestión de días. Nada de ello ocurrió. Napoleón, confinado en tierra, con sus tropas intactas, pero incapacitado para regresar a Francia, continuó movilizándose, volcado en una carrera donde ambas naciones en pugna sabían lo que buscaba, pero ninguna se atrevía a reconocerlo formalmente. El grupo de científicos llevados hasta Egipto por Napoleón, entre quienes se contaban historiadores, geógrafos, matemáticos, biólogos, arqueólogos e ingenieros, se había abocado a la tarea con total dedicación. Los puntos neurálgicos de la búsqueda debían centrarse, según concluyeron, en los templos de Luxor, Karnak, Tebas y Asuán, y a fines de 1798 y principios de 1799, las excavaciones llevadas a cabo arrojaban sus primeros resultados. ¿Qué fue lo que estos hombres encontraron? A estas alturas de mi relato, debo confidenciar a Ud. que allí no solo había un tratado de alquimia, ni siquiera solo de masonería; mucho más que eso: era un conjunto de objetos de valor superlativo cuyo poder mágico aguardaba todavía por ser dimensionado.

Mientras tanto, las informaciones que salían de África acerca de los progresos de la empresa napoleónica sacudían igualmente a Francia que a Gran Bretaña, y tras ellas, Europa entera se doblegaba. Los masones se agolpaban en los templos, ávidos de información, o se hundían hurgando en bibliotecas y oficios de mercaderes de tratados antiguos, con el ciego afán de saber, a través de aquellos textos, la verdadera dimensión del descubrimiento; cada nuevo texto aportaba un trozo de verdad, y mientras más antiguo, apolillado y carcomido fuera, tanto mejor; ni decir si estaba en latín, griego antiguo, en hebrero o en sánscrito ¡Sanscrito!, el estado de paroxismo de su descubridor podía durar hasta el infinito. Los alquimistas no se quedaban atrás ¿No habían sido ellos quienes habían alertado acerca de la existencia del Corpus Hermeticum? Ahora todo el mundo los respetaría. Los rosacruces, detrás de aquellos, les miraban con desconfianza, y junto con estos últimos, una horda de brujos, de hechiceros, de videntes y de profetas, todos discutiendo acerca de lo que tales hallazgos —si se confirmaba su descubrimiento— podían significar; sumidos en una inútil disputa por atribuirse la calidad de legítimos herederos del conocimiento esotérico e iniciático que los revolucionarios desempolvaban de las áridas tierras de Egipto.

En Gran Bretaña, en tanto, campeaba la desolación. Advertido por sus comisionados de que la masonería había llegado a Inglaterra en los tiempos del rey Athelstán, entre los años 926 y 939, el ministro Pitt ordenó un estricto registro de las bibliotecas y archivos reales en procura de todo lo que pudiera hablarle de ese período histórico. No encontró mucho, según trascendió, pues más allá de establecer que el

rito masónico de York había surgido en esa época y que la geometría
de Pitágoras y de Euclides tenía un trasfondo simbólico y mágico
recogido por la masonería, el paradero del Corpus, de las reliquias y
de todo aquello que oliera a esoterismo y que Napoleón pudiera estar
buscando, continuó sin poder determinarse. Desesperado por el curso
que tomaban los acontecimientos, y probablemente mal aconsejado,
el escuálido Pitt vino entonces a adoptar una decisión que rayaría en
el escándalo: como se sabía que a su muerte, el rey Athelstán había
sido inhumado en Wiltshire, en la abadía de Malmesbury, no faltó el
que llegó a pensar que así como Cosme de Médici se había llevado
a la tumba el secreto de los diez capítulos que faltaban del Corpus
Hermeticum, Athelstán podía haber hecho lo propio, de modo tal
que un día cualquiera le puso cierros a la abadía con el único fin de
abrir la tumba del extinto monarca; el interés de la nación así lo exigía.
Se contaba que el acto aquél había sido ejecutado en horas de la noche
con la esperanza de tener todo en orden a la mañana siguiente, pero
cuando los hombres que llevaron a cabo tan despreciable tarea se
percataron de que la tumba estaba vacía, el escándalo corrió por toda
Inglaterra. Como el acontecimiento había también llegado a oídos
del rey, a alguno de los asesores de Pitt se le ocurrió entonces decir
que el hecho era esperable pues era sabido que la tumba de Athelstán
había sido profanada en el año 1539, a raíz de una revuelta política
por todos conocida. Pero esta explicación no hizo más que avivar los
rumores que afirmaban la existencia de todos estos tesoros esotéricos
y ahora las versiones oscilaban entre los que creían que su tumba
efectivamente contenía más datos —y quizás hasta los planos— del
paradero de las reliquias —de manera que los conspiradores se habían
adelantado nada menos que doscientos cincuenta y nueve años a
la inteligencia británica—, y los que pensaban que el rey Athelstán
había descubierto el secreto iniciático de la vida eterna y que jamás
había muerto; más aún, que vaga hasta el día de hoy por los castillos
de Inglaterra y Europa entera, protegido por una casta de fieles
juramentados por los masones. Más allá de lo descabellado de esta
última opción, lo cierto es que William Pitt parece habérsela tomado
con mucha seriedad, pues no faltaron los asesores que aseguraron
que el primer ministro veía a Athelstán por todas partes —hasta en los

sueños–, y que durante las noches de tormenta subía hasta su ventana y le golpeaba los cristales.

Volviendo a la campaña napoleónica, estoy en condiciones de afirmar a Ud. que la Reliquia –que así me atrevo a llamarle en este momento– fue efectivamente hallada en algún lugar en esas tierras, pero no soy capaz de afirmar con precisión dónde esto ocurrió. Como Ud. podrá apreciar, mi relato asume un cariz dubitativo en esta parte. Ello se justifica únicamente por lo que ocurrió precisamente a fines de enero de 1799. En esa ocasión, ignoro si por recomendación del matemático Gaspar Monge, quien se decía pasaba revista a los hallazgos, o por propia intuición de Napoleón, según dicen, motivada por una revelación recibida al pasar una noche al interior de la gran pirámide de Keops, el general francés estimó que el Corpus estaba incompleto y que había indicios "relevantes" de que otras reliquias podían estar todavía escondidas en Palestina, específicamente, en el monte Tabor (aun cuando en esta parte algunos de mis contemporáneos me han afirmado con obstinación que esos fragmentos estaban en los valles circundantes a la ciudad de Nazaret).

Más allá de estas imprecisiones, el hecho histórico universalmente documentado es que Napoleón, a pesar de estar permanentemente bajo el hostigamiento de los británicos, quienes se habían aliado con los mamelucos para frustrar sus progresos, juzgó de extrema gravedad realizar algunas indagatorias –que suponían, derechamente, otras tantas excavaciones– también en estos lugares, por lo que rápidamente –y casi sobre la marcha– organizó una expedición a esa región, atravesando a marcha forzada, el árido desierto de Sinaí.

Este movimiento de Napoleón, lejos de calmar a los enemigos de Francia, transformó los progresos de su campaña en una cuestión de interés mundial. El comentario de que el joven general había encontrado el Tesoro, corrió como un reguero de pólvora por los salones de las sociedades secretas europeas y golpeó como un mazo en el rostro de los hasta entonces más prestigiosos políticos del establishment londinense. ¿Podía ser cierto? ¿El mito del Espíritu, de la Reliquia, de la Piedra Filosofal era real? ¿Lo había encontrado el general revolucionario? La corona británica se estremecía tan solo de imaginarlo. Por esos días, el joven primer ministro William Pitt, con un aspecto deplorable, se pasaba casi todo el día en los salones de Buckingham haciendo lo que menos le gustaba: dar explicaciones. Es muy probable que, por su mentalidad práctica y poco dada a las disquisiciones metafísicas, William Pitt prestase poca o ninguna atención a esos cuentos fabulosos, que siempre identificó con el ocio y el oscurantismo. Finalmente, y luego de digerido todo lo que sobre él más arriba le he comentado, la imperiosa necesidad de aferrarse al poder, lo había llevado a orquestar todo un plan de propaganda interna cuyo único fin era bajar el perfil a estos rumores, a fin de que el éxito de Napoleón apareciera lo más menguado posible ante el rey y el parlamento británico. A su turno, el general francés, muy lejos de estas querellas de pasillo, consumía todo su capital político y humano en aquel movimiento desesperado. En efecto, había cruzado el desierto atizando el paso de sus tropas sobre aquellas arenas infernales, soportando temperaturas que bordeaban los cuarenta grados, con la única expectativa de sobrevivir para enfrentar a las tropas de mamelucos que le aguardaban pacientemente del otro lado. Viéndolo con la perspectiva de los años, parece increíble que tales hombres, que desconocían el secreto fin de sus campañas militares, no se hubieran desbandado a medio camino.

A pesar de la resistencia mameluca, el avance de las tropas de Napoleón no pudo ser detenido. Los mamelucos creían que los franceses tenían por último objetivo la captura de Damasco, cuya ruta más expedita era el camino de la costa en dirección al Líbano, y de ahí al este, de modo tal que su estrategia de resistencia consistió siempre en dificultar su camino, reagrupando tropas cerca del Mediterráneo. El general francés sabía esto, y diríase que había contribuido sutilmente a estimular esta idea. Con ello se cumplía el objetivo que en verdad perseguía, que consistía en que el enemigo debilitara la región interior de Palestina. Fue en ese entonces cuando, alentado por la información recabada por la vanguardia, Napoleón dividió sus tropas, enviando a dos de sus lugartenientes, Junot y Klébar, al mando de un pequeño ejército de dos mil hombres con el encargo de revisar las áreas demarcadas por los expertos en Nazaret y luego en el monte Tabor. Mientras ocurría esto, el general francés, con el grueso de sus tropas, desconcertaba al enemigo sitiando durante algunos días la ciudad costera de San Juan de Acre, lo que bastó para que sus hombres cumplieran con el encargo.

La contrainteligencia mameluca, sin embargo, reforzada por los informes británicos que seguían de cerca las evoluciones de los revolucionarios franceses, pronto descubrió el engaño, y sacando a sus huestes de las inmediaciones de San Juan de Acre, los hizo enfilar en dirección a Tabor en procura de Junot y Klébar con las partes de la Reliquia recientemente descubiertas. La incursión adquirió ribetes de dramatismo: Durante más de seis horas, el pequeño ejército de dos mil franceses agotados debió hacer frente a la embestida de veinticinco mil árabes, deseosos de asirse con la victoria, mucho más cuando entre ellos ya se rumoreaba la existencia del Corpus y de las reliquias. Los franceses zafaron también de ésta; Napoleón se echó el ejército al hombro y a marcha forzada intervino justo para desbandar al enemigo. El retorno a El Cairo no sería menos accidentado. Mientras todo esto ocurría, las operaciones británicas no cesaban, amenazando siempre con el desembarco de tropas combinadas. Todo estaba perdido en Egipto para las tropas de Napoleón. Para que se desplomara el delicado entramado que el bisoño general había levantado, solo era cuestión de tiempo. Napoleón ya sabía esto cuando regresó a El Cairo, y quién sabe si mucho tiempo antes, el día mismo en que concibió esta expedición y embarcó a sus hombres en Tolón un año y medio atrás, ya anticipaba que la aventura al Medio Oriente no podía durar, pero que de encontrar aquello que iba a buscar, el curso de la historia universal podía cambiar radicalmente. No se había equivocado, el resultado de sus esfuerzos estaba a la vista: había desenterrado los tesoros de la Antigüedad: el Corpus y las reliquias, y antes de que los británicos pudieran siquiera reaccionar, ordenó cargar todo a bordo de la fragata Muiron y navegar de regreso a Francia, para lo cual resultaba imprescindible eludir el bloqueo establecido por la poderosa escuadra británica. Lo consiguió. Días después, el 18 Brumario, fortalecido con el poder místico de su nueva posesión, daba un golpe de estado y se quedaba con el poder sobre Francia entera. Para cuando los británicos lograron finalmente vencer a las decaídas tropas francesas que aun resistían en Egipto, todo vestigio del tesoro del mundo antiguo se había esfumado. El informe de las operaciones pronto estuvo en el despacho del primer ministro inglés. El documento estaba lleno de frases autocomplacientes; decía, a grandes rasgos, que la campaña se había traducido en un total fracaso para los intereses del enemigo francés, que sus pérdidas humanas y materiales habían sido cuantiosas y que, en conclusión, aquella aventura sin sentido no había sido más que un arrebato de locura salido de la afiebrada mente de Napoleón —ya a esas alturas, dictador de los franceses—. Cuando Pitt lo vio, sin embargo, se comenta que no dijo nada y que solo se encogió de hombros. En el más puro estilo inglés, el informe aquel era todo lo sobrio, todo lo sensato, todo lo sucinto que se podría esperar. Sus conclusiones correctas y bien fundamentadas resultaban incuestionables. El problema residía, sin embargo, en que a través de las sociedades secretas de Europa, el éxito de la empresa de Napoleón en la búsqueda del Tesoro, se había difundido vertiginosamente, al punto tal que al gabinete ministerial le resultó imposible conciliar ambas versiones.

Por otra parte, tampoco parecía muy explicable que un general derrotado, que había salido huyendo del Medio Oriente, abandonando a todos sus hombres y sus pertrechos sobre las arenas del desierto, días después se presentara casi desnudo ante el Directorio que gobernaba los destinos de la nación más poderosa de Europa continental y le notificara así sin más, que cesaban en sus dignidades, pues acababa de tomarse el poder. ¿Qué omitía el informe? Cuando el rey, enterado de ambas versiones —la oficial y la extra oficial— le pidió cuentas sobre tales acontecimientos al primer ministro, Pitt volvió a tambalear sobre su sitial de premier, pero no dejó por ello de insistir en la versión inicial, que era, por lo demás, la única en que se esforzaba verdaderamente en creer: ellos habían "ganado" y los franceses "perdido". ¿Era eso acaso tan difícil de entender? Entonces, ¿Todo había sido una locura de aquel hombrecillo extraño? ¿Una locura sin sentido? ¿Y por qué toda Francia y Europa continental entera aclamaban a Napoleón como un triunfador? El rey no se guardó ninguna carta. Le planteó directamente a Pitt los comentarios que se multiplicaban por los salones de las más selectas sociedades inglesas, preguntándole directamente sobre la efectiva existencia del Corpus y de las reliquias. Aparentemente, a esas alturas —tal era el énfasis que Su Majestad había puesto en la idea–, el primer ministro había abandonado el plan original de contradecirle directamente y prefirió, valiéndose de la sagacidad que poseía y que a tan temprana edad le había encumbrado a esa magistratura, buscar algún elemento que pudiera conciliar ambas versiones –la campaña de Napoleón al Medio Oriente con la presunta existencia de un tesoro milenario–. De esta necesidad política surgiría la invención de la denominada Piedra Rosetta, a la cual la versión del establishment inglés atribuyó íntegramente el carácter de tesoro de Egipto descubierto por Napoleón. Este glifo era una estela labrada en jeroglíficos egipcios, en lengua demótica y en griego antiguo. Su importancia radicaba en el hecho de que, a partir de ella, los jeroglíficos podían ser traducidos al ser comparado su significado con la traducción griega, y fue cedida por los franceses en una cláusula de las capitulaciones de la cual el propio Horacio Nelson no dejaba de enorgullecerse. Más allá de todo esto, puedo afirmar a Ud. que aquí en París he visto yo mismo y con mis propios ojos cuando menos un par de otras piedras de la misma naturaleza y con idéntico contenido, por lo que desde un principio y aun antes de conocer el resto de la historia, tal como acabo de relatársela, me pareció increíble la versión oficial del gobierno inglés. Digamos, en todo caso, que poniéndonos en los zapatos del primer ministro, su apuesta contaba también con un ingrediente adicional e irresistiblemente atractivo: la Piedra Rosetta estaba en poder de los ingleses. Con ello quedaba definitivamente claro –al menos formalmente– quién era el verdadero ganador de las campañas de Egipto. Pero los ciudadanos ingleses, heridos en su amor propio, jamás se convencerían con la explicación oficial; los rumores acerca de la existencia de otro tesoro –el verdadero–, en poder del gobierno francés, nunca lograron ser acallados, y muy probablemente, el esfuerzo en mantener tal versión acabó por perjudicar sus propios intereses, pues muy pronto dejaron de buscarlo, permitiendo así que la poderosa influencia de Napoleón se extendiera casi sin límites por toda Europa continental. Fue necesario que la política exterior británica quedara en franco ridículo, para que la guerra por el predominio sobre las fuerzas esotéricas que gobiernan al universo fuera declarada entre estas dos potencias francamente irreconciliables.

Capítulo V

Una vez acostumbrado a mi nueva posición de funcionario del Estado –lo que me significó el transcurso de un par de semanas–, y consciente de que no podía dilatar más mi permanencia en la casa de los Beaubourg, me decidí a buscar un nuevo lugar donde vivir. Fue así como tomé pensión en el tercer piso de una casa que quedaba al final de la avenida Colbert, a una cuadra del palacio Nevers. El lugar me pareció ideal. La habitación no era muy grande, pero tenía todo lo necesario para satisfacer mis escasos requerimientos: había allí una cama de una plaza con dos pares de frazadas arrimada a la ventana. Desde esa posición tenía yo una perfecta visión de la calle y ante la falta de otras habitaciones, me pareció que podría pasar largas horas junto a ella siguiendo el ir y venir de los peatones sin ser incomodado. El resto del ajuar consistía en un sencillo velador de madera de castaño, un armario de dos puertas, un espejo de cuerpo entero al otro extremo de la pieza y una mesa cuadrada a modo de toilette a su costado. Dos sillas, un par de colgadores y unos cuantos cuadros en las paredes. Había llegado hasta allí por recomendación de un compañero de trabajo, y noté que en la casa iba yo a ser el primer alojado. Pertenecía a Mme. Mazel, una mujer silenciosa, en la medianía de sus cincuentas, asustadiza y extremadamente delgada. Mme. Mazel había literalmente entregado todo a Francia: su marido y su hijo mayor habían muerto en el frente. El primero en 1793, en la batalla de Neerwinde, en Bélgica, bajo el mando del nefasto general Dumouriez, y el segundo en 1805, en Austerlitz. Tenía un hijo menor, Albert, del cual me dijo originalmente que había muerto, pero de quien mi compañero de trabajo me confirmó que había desertado en octubre del año pasado, dos días antes de la batalla de Jena. El chico tenía dieciseis años cuando esto ocurrió y desde aquél día nadie sabía de su paradero.

Comprenderá Ud. con ello que Mme. Mazel tenía motivos de sobra para temer a las personas. Se comentaba que su marido había tenido algún grado de parentesco con un jerarca de la revolución; a pesar de esto, o quizás debido a esto mismo, la propia revolución había devorado a su familia y terminaba ahora por expoliar lo que quedaba de su escaso patrimonio. La mujer, envejecida por estas pérdidas y asfixiada por las deudas, se había visto obligada a poner en arriendo las habitaciones de su casa, pero como esta solución no era de su agrado, había postergado la decisión hasta el momento en que todos sus ahorros se consumieron y la tarea de encontrar un pensionista se convirtió en una cuestión de vida o muerte. Para su suerte –y para la mía–, había sido yo el primero en cruzar el umbral de su puerta.

Pronto estuve en condiciones de trasladar mis pocas cosas a mi nueva residencia. A fin de agradecer su hospitalidad, en la plaza Vendome compré un ramo de rosas para Mme. Geneviève y otro de margaritas para Vivianne. Esa misma jornada –el recuerdo me salta a la cabeza mientras trazo estas líneas–, adquirí en un pequeño boliche de la misma plaza la libreta de notas en que plasmo mi relato. De este modo, pensaba agregar algunas palabras de agradecimiento al ramo de Geneviève –lo cual en efecto hice–, y ensayar un pequeño poema para la joven Vivianne –quien me había cautivado con sus atenciones–, abriéndome así a la posibilidad de cortejarla.

A partir de ese día, mi rutina diaria era como sigue: el trabajo terminaba a las cuatro, daba una corta vuelta por la ciudad, como para distraer mis pensamientos y luego me retiraba a mi habitación a leer frente a la ventana. Seguí con mis visitas al club por las tardes y solo los fines de semana, donde no tenía francamente mucho más que hacer, empezaron a sobrarme. Recuerdo que durante aquellos días de mullida calma, me cuestioné más de una vez cómo habría sido la vida de los parisienes cuando estaba en vigencia el *Calendrier Républicain*, que la revolución había instalado en 1793 y que Napoleón había derogado recién hacía dos años. El calendario en realidad no era muy popular entre el común de las personas, porque los meses no estaban ya divididos en semanas, sino que en secciones de diez días cada una, de modo tal que en cada mes había un fin de semana menos para descansar. Pensaba que con ese sistema me habría sentido más cómodo que con el calendario gregoriano, que aplicamos en España, pues durante esos fines de semana no tenía francamente nada que hacer y a pesar de mi esfuerzo por perseverar en mis lecturas, me aburría profundamente.

En fin, mientras paso revista a mis experiencias durante aquellos días viviendo en la República, no puedo evitar una cierta nostalgia por todo ese aire de modernidad que se respiraba en todas partes. Los mismos contratos que debía revisar en mi oficio en el juzgado de comercio, me evocaban una mirada novedosa y desafiante. ¿Sabe Ud. –permítame, otra vez, esta licencia– lo que es un "metro"? Cuando me enfrenté con esta palabra por primera vez me sentí maravillado: no más codos, ni varas, ni pulgadas, ni pies, ni nada por el estilo, todas unidades de medida que entre nosotros los españoles dependen de cuán largo es el codo del que lo presta, o el pulgar, o el pie, o la misma vara que los comerciantes usan para medir, y que cambia según el villorrio, la materia tranzada o incluso el criterio del vendedor. Los franceses tomaron las medidas de nuestro globo terráqueo –porque lo han medido, como Ud. comprenderá– y de ahí han extraído esta unidad de medida que vale en todas partes por igual. En fin, ¿Y el "kilogramo"? ¿Ha escuchado Ud. esta palabra? (Disculpe Ud. si sueno ahora arrogante. La falta de comida y bebida y la nefasta certeza de que mis días se encaminan a su fin, me han arrastrado a una fatua soberbia). Francia revolucionaria definió el kilogramo como el peso que tiene un decímetro cúbico de agua destilada a 38 grados Celsius: Ya no más libras, onzas, etc., todas medidas de peso que solo enriquecen a los poderosos, que son quienes las toman. Objetivo, confiable e independiente del ojo del traficante, la revolución consagró el kilogramo para garantizar la igualdad entre los hombres.

Retomo la historia que debo confesarle, con los acontecimientos que me habrían de sobrevenir durante aquellos días en el trabajo. Antes que eso, necesito explicarle un poco más el funcionamiento del juzgado consular. Convengamos en que el tribunal de comercio estaba compuesto por doce jueces electos, que debían bastar para los conflictos de todo París. Como Gérard, cada magistrado tenía su secretario privado, una persona de confianza que normalmente escogía el propio juez y que se ocupaba de llevar su agenda y de ordenar los expedientes para la vista del tribunal. Los días que Gérard debía presidir la audiencia, el trabajo se me hacía intenso en las mañanas; sobre todo por los pequeños comerciantes, que estaban buscando siempre hablarme en privado, y que se colaban por los despachos tratando de apurar sus causas, o de paralizarlas, cuando habían sido declarados en quiebra. Como otros secretarios, me correspondía poner los antecedentes en el estrado antes del inicio de la audiencia y elaborar una pequeña minuta con los puntos más importantes del caso. En esta práctica encontré buen apoyo en Bartolomé Dougnac, secretario del juez Bertrand Duhesme. Antes de llegar al palacio de Nevers jamás los había visto, pero pronto supe por boca del propio Dougnac que ambos eran hermanos masones y que trabajaban en la logia *Filosofía N° 63*, que funcionaba en el barrio de Saint Germain, donde vivía el propio juez Duhesme. Le comento todo esto, porque casi desde el primer día de mi arribo al tribunal, y a pesar de que nuestros oficios quedaban en alas opuestas del edificio, empecé a relacionarme a diario con Bartolomé Dougnac, quien tuvo siempre una especial disposición por integrarme. Dougnac me aventajaba en un par de años en edad; era un hombre de mediana estatura que me llegaba hasta la nariz; de contextura media, tenía el cabello algo rizado y siempre lo llevaba desordenado. Andaba todo el día con la camisa remangada, mostrando los antebrazos gruesos y lampiños, y la corbata desabrochada, y cuando me abstraía del lugar en donde trabajábamos, me lo podía imaginar fácilmente regentando una carnicería. Era corto de vista, necesitaba de lentes para todo, y por esta razón sus ojos siempre me lucían pequeños e insondables. En el rostro apanado y rechoncho, llevaba una barba que le colgaba de las mejillas, pero que descubría el mentón, como una guirnalda. Él se sentía muy orgulloso de su vello facial, a pesar de su escasez, pues por su condición se notaba que había demorado en crecer, y estaba siempre peinándolo y acariciándolo. Los días en que a nuestros jueces no les tocaba integrar sala, Bartolomé se aparecía a media mañana por mi oficio y me trababa conversación por cualquier cosa. Al cabo de un rato siempre terminaba por interrogarme acerca de mis razones para estar en París y de cuáles eran mis ideas políticas. Yo había notado que le interesaban estos temas y como yo mismo pecaba de ser un tanto irreflexivo, le contestaba sin titubeos acerca de lo que fuera. "Soy republicano", le decía. "Republicano hasta el tuétano de los huesos". "Cuando regrese a España –porque algún día he de volver–, voy a consumir lo que me quede de vida en difundir estas ideas". "Pero Francia ahora es un imperio, una monarquía exacerbada", me replicaba. "Sí, sí. Pero eso pasará –le contestaba yo–, más temprano que tarde volveréis a la senda de la república; ya lo veréis, ¡Ya lo veréis!"

* * *

Una mañana cualquiera, habiendo pasado ya un par de semanas desde que me mudara a vivir a la avenida Colbert, Bartolomé Dougnac tocó a la puerta de mi oficina anunciándose aparatosamente. El gesto me pareció extraño desde un principio y me puso en guardia inmediatamente, pues el hombrecillo aquel tenía por costumbre entrar casi sin golpear, no importando que la puerta estuviera cerrada o abierta. La razón era justificada. Bartolomé se hacía acompañar por su jefe, el juez Duhesme, hombre este a quien yo apenas ubicaba de vista, y de quien solo reconocía su aire distinguido, herencia de una familia de nobles que había debido abdicar de sus títulos cuando sobrevino la revolución. Duhesme era un hombre alto y delgado, de frente amplia y de marcada quijada. La morfología de su cráneo me recordaba el busto de los emperadores romanos que había visto en Florencia y la similitud se me hacía completa si se le sumaban la elegancia y la ceremonia que ponía en la realización del más elemental de los actos, como si se tratase de un actor trágico en plena ejecución. Bastó con verle cruzar el umbral de la puerta para hacerme saltar de la silla con un gesto automático que me venía de los tiempos del ejército. "Buenos días, Monsieur Bernales", me había dicho apenas entró, antes de cruzar sus brazos por delante, cual olímpico en compás de espera. "Su señoría, buenos días". Le sonreí con cierto nerviosismo. Éramos tres hombres contenidos en el habitáculo más feo de todo el edificio. En ese momento lamenté el olor a humedad que manaba desde siempre de las torres de expedientes y el tapiz roído de las paredes se me hacía indigno. "¡Ja, ja! ¡Nada de *Su Señoría*, amigo mío! ¿No es Ud.

66

acaso mi hermano? Bartolomé me ha hablado de usted con alguna licencia". Mientras tanto, el aludido me miraba de reojo. El secretario Dougnac imitaba a su jefe en la postura. Se había cruzado de brazos al igual que Duhesme, pero el gesto resultaba en él caricaturesco y casi cómico, con las mangas dobladas sobre el codo, dejando a la vista los antebrazos cortos, lampiños y rechonchos, y la corbata removida sobre el cuello. "Sí, es cierto". Acoté. "Algo de eso me ha dejado entrever también Bartolomé". "Entonces, nada más que decir: ¡Bienvenido, querido hermano! ¡Bienvenido!" Bertrand Duhesme avanzó hasta mí y obligándome a salir de detrás del escritorio, se franqueó el paso para darme un abrazo. "¿Y hace cuánto que trabaja entre nosotros?" "Desde hace un mes" "¿Un mes?" "¡No, hombre, en la Orden!" Acotó Bartolomé, burlonamente. "¡Va! ¡La Orden! ¡Claro! ¡Un año! Eso es, ¡Un año!" La escena se disolvió rápidamente. "Hablaremos, querido hermano", sentenció Duhesme, abandonando a toda prisa mi oficina. Le correspondía integrar sala esa mañana. "¡Hablaremos!" Tres días más tarde, Bartolomé volvió a mi oficio. Me había dicho que el juez Duhesme me había invitado a cenar para el día siguiente a su casa del barrio Saint Germain. Era día de logia en la Fraternidad N° 30 ese día, por lo que pensé en excusarme, pero entonces me acotó Bartolomé que el juez Beaubourg también iría, y como la Fraternidad era la logia a la cual también asistía Gerárd, me sentí justificado.

El barrio de Saint Germain está ubicado al sur del Sena, a una distancia considerable del palacio Nevers y de mi residencia en la calle Colbert. Es el sector más exclusivo de París. El magistrado Beaubourg habló conmigo el día previo a la tertulia y me sugirió que nos juntásemos en su casa una hora antes. Allí abordamos una calesa que atravesó el río por el Pont Neuf y que nos dejó a las puertas de la casa de nuestro anfitrión. Ciertamente, Duhesme era un hombre de recursos. Vivía en una mansión que había heredado de su tío abuelo junto a su mujer y sus dos hijos. Los títulos nobiliarios de que gozó su familia se abolieron con las reformas de 1790 y como si con ello su propia sangre hubiera experimentado un debilitamiento, desde aquél momento sus parientes se habían ido muriendo rápidamente, hasta el punto de que apenas se le conocía una familia de primos lejanos en Provenza y un hermano mayor llamado Maurice. Este último había participado junto a La Fayette en la guerra de independencia de los Estados Unidos y de regreso en Francia, había corrido junto a aquél la misma suerte acompañándole al exilio en 1792, con la única diferencia de que mientras La Fayette había retornado a Paris en 1797, Maurice Duhesme, había acabado por radicarse en Ginebra. Se decía de él también que, fiero opositor al régimen de Napoleón, había trabado amistad con Madame de Staël, a quien visitaba regularmente en su castillo de Coppet.

La tertulia se desarrolló magníficamente. Duhesme había reservado para nosotros un pequeño salón en el segundo piso de su mansión. Era un lugar bien iluminado, pues las ventanas recogían todavía los últimos ases de luz del noroeste, mientras que dos arañas encendidas colgaban desde el cielo raso. Había una hermosa mesa de caoba dispuesta a un extremo de la sala, con finas sillas de espaldares estilizados que al sentarse llegaban hasta la nuca, y un mantel de sedas multicolores que jamás había visto, y que después supe procedían de las indias, así como las copas, los cubiertos y las fuentes. Al otro extremo del salón, un finísimo canapé y dos sitiales en tonos carmesí nos aguardaban para la sobremesa. Éramos solo los cuatro: Gérard, Bartolomé, yo y el anfitrión. Todos hermanos masones. A la mujer de Bertrand Duhesme solo la vi al entrar, cuando fue el momento de los saludos protocolares, pero desapareció durante la jornada, lo que no me resultó difícil de asimilar, dado el considerable tamaño —imaginé— de aquella propiedad.

Me sentí halagado por el recibimiento que había tenido de tan alto dignatario y tan envanecido estaba, que a esas alturas no podía yo pensar que la reunión aquella ocultaba otros propósitos que se develarían a medida que avanzaron las horas. Duhesme descorchó una botella de cabernet y repartió generosamente su contenido entre los comensales. Brindó a mi salud y a la de la Orden, y pronto empezó el desfile de platos con que prosiguió el agasajo. Había pato asado y fondue de fruits du mer, todo espléndidamente preparado, y los primeros comentarios iban entibiando el ambiente: "¿Y qué tal es el clima en Cataluña?", "¿Y de qué ritual eran las logias de Florencia y de Stralsund que visitasteis?" Gérard me había hecho una reseña de las raíces históricas de la Orden en Francia que Bartolomé matizó con una extraña anécdota acerca de un cura amigo suyo que había hecho construir un templete en el subterráneo de la iglesia en que oficiaba. De ahí saltamos a las guerras de fines del siglo pasado entre Francia y Austria y a la eterna rivalidad entre éstos y los ingleses. La participación de Francia en favor de la independencia de los Estados Unidos fue sabrosamente comentada y desde aquí avanzamos hasta la toma de la Bastilla y la ejecución de Luis XVI y de María Antonieta. Nadie se guardaba nada. Los comentarios más ácidos, las opiniones más destempladas, todo podía verterse sobre la marcha de la cena, mientras las copas se rellenaban, se alzaban los platos, bajaban las sopas con entremeses y se renovaban los cubiertos. Bertrand Duhesme sonreía: "Todo esto es culpa de los abogados. Si en Francia no los hubiera habido tantos, tal vez Luis XVI todavía tendría su cabeza". Robespierre no pudo ser evitado: pequeño, frágil, asustadizo; los que le conocieron decían que parecía un ratoncillo vestido de hombre. Se comentaba que su chillona voz en el tribunado de la asamblea y de la convención más tarde, lograba siempre el cenit del aburrimiento, a diferencia de Danton que con su imponente humanidad y su vozarrón descomunal dominaba a las masas y dirigía las voluntades. Marat era un caso aparte, probablemente porque no era abogado sino médico. Amado por los sans culottes por sus opiniones extremas, la pequeña navaja en la muñeca de la Corday bastaría para silenciarle. Habíamos llegado al postre: Mousse y tiramisú de chocolate, fresas acarameladas y duraznos a la crema. Napoleón entraba al baile: "¿Y qué piensa Ud. de Napoleón?" La pregunta de Duhesme, sutil y discreta había llegado hasta mí con una potencia inesperada.

Hasta entonces habíamos hablado del pasado. Ahora se trataba del presente: "Toda la historia reciente de Francia me habla de la república –respondí–, y Napoleón pretende devolvernos a la monarquía. Lo desprecio por eso". "Pero vos sois español, y España es monárquica desde siempre". "Es una pena. Hoy me avergüenzo de ello". "¿Y estáis en conocimiento de los movimientos que el emperador hace en el poniente para abalanzarse sobre vuestra nación? Nadie puede hoy día ignorar aquello". "Ay de España. Ruego porque no acabe convertida en una provincia más del imperio de aquel demente". "Pero, y también están los ingleses... ¿Y qué pensáis acerca de ellos?" "¡Monárquicos!

Pueblo servil que lleva con alegría el yugo de los esclavos. Me extraña que la Orden haya nacido en aquellas tierras". El alcohol se me había subido a la cabeza. "Y de existir algún medio para devolver la república a Francia, ¿Estarías dispuesto a participar de ello?" Los ojos de Gérard habían brillado especialmente al terminar esta frase. Tan envalentonado estaba con nuestro coloquio, que no advertí el rápido movimiento de piezas. "¡Por supuesto! ¡Mi vida por Francia y por la Orden!" Los hombres se miraron. Bartolomé terminó su cabernet y en seguida alzó la copa pidiendo relleno. Bertrand Duhesme apretó los labios sin mirarme. Desde hacía rato los criados se habían retirado y nos servíamos entre nosotros, como hermanos que éramos. Gérard frunció el ceño: "Los hombres son esclavos de sus palabras", dijo con un tono lacónico y oscuro. Tenía los ojos pegados a los míos y su mirada había adquirido un no sé qué de perverso. "Sois masón —prosiguió—, y estáis advertido de la importancia de guardar un secreto". Tragué saliva. Gérard, incendiario, continuó: "Y si ahora mismo os confiara un secreto, uno que es más grave y más serio, al punto que de incurrir en la imprudencia de revelarlo, cualquiera de nosotros o tal vez un tercero, podría remover vuestra cabeza ahí de donde está ¿Estaríais dispuesto a escucharlo?" Volví a tragar saliva. Ahora estaba completamente sobrio.

El silencio cayó como un baldón entre nosotros. Era como un bloque de hielo descansando sobre la mesa. Nadie se atrevía a quebrarlo. "Por supuesto que sí. Soy vuestro hermano masón y he sido soldado". Yo lo había hecho. "Entonces —prosiguió Gérard—, ¡Que así sea!" "De pie, caballeros", habló otra vez Bertrand Duhesme, y señalando al conjunto formado por el canapé y los sitiales, "Pasemos y tomemos asiento". Recuerdo que me levanté gélido como un madero en una noche de invierno y que cuando me senté en uno de los butacones, mis antebrazos tiritaban. "¿Sabes lo que es una institución para—masónica?" Gérard había retomado la iniciativa. "Sí", respondí. "Bien. En todo caso, te lo recuerdo: una institución para—masónica es una sociedad hecha a la usanza de los ritos y formas que comúnmente llevan los masones, pero que a pesar de ello no tiene ninguna relación con la Orden". "Sí. Lo sé". "Bien —otra vez—, dejo en claro esto para vos, porque aun cuando muchas veces en tales asociaciones hay masones, que también son otras tantas los que las han constituido o influenciado, ello no significa que todos lo sean, ni que tales organizaciones persigan fines similares a los de la masonería". No me atreví a decir "Sí. Lo sé" otra vez, Gérard Beaubourg hablaba apasionadamente. "Amigo mío, hermano mío y nuestro. Has de saber que nosotros, los tres que ves aquí, formamos parte de una asociación para–masónica que se ha organizado para trabajar por el retorno de la república. Nuestros medios no son necesariamente lícitos y es por ello que estamos forzados a trabajar en la clandestinidad". No supe qué decir ante tal revelación. Desde hacía un momento a esta parte, me esperaba este desenlace y lo que vendría: "Los fines que la asociación persigue son demasiado grandes como para que podamos ejecutarlo entre los que actualmente formamos parte de ella; estamos obligados a extender nuestros lazos y sumar nuevas voluntades. Debo deciros que desde hace un tiempo a esta parte, has sido sondeado por los nuestros; hemos apreciado en vos el carácter decidido y la claridad de tus convicciones. Nuestro deseo es que te nos unas". Un agudo surco de hielo me bajaba en ese entonces por el espinazo. Apuré la copa de menta frappé en la mano y asentí con afectación. Desde la posición en que estaba podía divisar mi bastón, descansando junto a la puerta, demasiado lejos. El magistrado Beaubourg estimó necesario añadir una última frase. "Imagino que lo tienes claro entonces: el camino de la república es un camino sin retorno ¿Comprendes? Sin retorno".

* * *

Volví a ese lugar dos días más tarde. Puntualmente, como había sido prevenido por Gérard y compañía. Cuando me presenté a la puerta de la casa, el juez Duhesme no había regresado todavía, pero había dejado instrucciones precisas acerca de lo que debía hacerse conmigo mientras le esperase. Así fui primero conducido hasta una sala ubicada en la planta baja, donde había un hermoso cuadro con un sugerente desnudo colgando de uno de los muros. Del lado opuesto, dispuesto de manera tal de permitir su observación, un canapé de dos cuerpos forrado en un satín de tono amostazado, esperaba por mí. Yo observé su cojín mullido y bien cuidado y por un pudor

71

especial que rayaba en el ridículo —tan impecable era— no me atreví a tomar asiento. "Es de François Boucher". Una voz suave sonó a mis espaldas. Me giré para ver y me sorprendí frente a una mujer alta, esbelta, de cabellos lisos, rubios y de una amplia frente. Era hermosa. "La mujer en el retrato es mi abuela. Mi abuelo le pidió a Boucher que la pintase el año en que se casaron." Volví otra vez la vista al cuadro: a media luz y sobre un diván, el antepasado de mi anfitriona exhibía sus carnes generosas con absoluta impudicia. Era arte. Mme. Marie Claire Duhesme, en cambio, era delgada y altiva como una diosa griega. "Por favor, tome asiento". No recuerdo cómo vestía. Solo me ha quedado la sensación de soledad que había en la casa esa tarde y que parecía bailar en torno suyo a medida que se desplazaba por la sala. Marie Claire Duhesme me sonrió con calidez y luego se fue a sentar en frente mío, completando un sitial cuya presencia yo ignoraba antes de que su gesto le revelase. Su mirada nostálgica entibiaba la habitación. Sus ojos me semejaban dos minúsculas antorchas. Dos fuegos fatuos bailando en el horizonte de sus cuencas; hermosas pero inútiles: demasiado pequeñas para iluminar. Mientras tanto, el frío crecía en torno a ella como un espectro nebuloso. "Soy Vincent Bernales. Trabajo en el tribunal de comercio, junto a su marido ¿Ha llegado él?" "¿Bertrand? No. Es todavía muy temprano. Debe Ud. esperarlo. Siempre es así". Mme. Duhesme acabó la frase y se me quedó mirando con una sutil sonrisa que no se movía de sus labios. Yo le sonreí también, sin saber qué decir, y permanecimos así sin hablar. A ratos tuve la sensación de que el tiempo no transcurría, o al revés, que avanzaba muy rápido. Todo el momento me parecía tan irreal, tan onírico, que llegué a temer de estar soñando. "¿Le gusta el arte?" La pregunta venía de ninguna parte. Era una excusa para mantener viva una conversación que yo no sabía cómo salvar. "Su trabajo debe ser muy interesante. Bertrand trabaja mucho". Marie Claire Duhesme se esforzaba por comunicarse. De pronto imaginé su vida allí, en aquella casa inmensa, sin nada que hacer. La imaginé revoloteando por las habitaciones, buscando una ventana abierta, una puerta mal cerrada por donde deslizarse y escapar. "Soy español" Le dije de pronto. Era como si con aquel acto le revelara algo muy profundo, muy íntimo. Era mi tributo a su soledad, como una ofrenda que hubiera venido a depositar a sus pies de virgen abandonada. "Bertrand ha dicho que puede esperarle en el jardín". La mujer se paró de pronto, salió de la sala y llamó al mayordomo. Había caminado unos pasos al interior del pasillo y su voz excitada fluía por los corredores en un millar de reverberaciones. Mientras tanto, yo me había quedado enfrentado al cuadro de su abuela, con las piernas solevantadas, mostrándome su pubis hinchado y flameante, como una gerbera a punto de ser deshojada. Mme. Duhesme volvió sobre sus pasos y en un gesto algo agitado se quedó de pie a mi lado, por un costado del canapé. "Ya vienen". No había dejado de sonreírme, pero sentí como si luego de haber ejecutado aquella acción, se hubiera arrepentido. Ahora iba yo a ser conducido hasta el jardín de su casa y nuestra incipiente conversación quedaba condenada a morir.

Así esperé a Bertrand Duhesme dos horas más, sentado a la sombra de un abedul que refrescaba el aire, observando un extraño pájaro que el magistrado conservaba en mitad del patio. Estaba dentro de un cubo de malla y tenía el pelaje azulino y un pico formidable, que utilizaba para avanzar entre los rombos de alambre. Después supe que era un tucán y que alguien se lo había traído como obsequio desde Sudamérica. Pensé entonces que Marie Claire Duhesme era como aquella criatura; otro animalito inocente sacado de su ambiente, que su marido se había preocupado de encerrar convenientemente, y me sentí defraudado. Duhesme no apareció. Atardecía irremediablemente cuando Bartolomé llegó junto a otro hombre a buscarme. Me vendó los ojos y en tal condición me llevó hasta el carruaje que luego nos trasladaría hasta nuestro paradero. El trato —comprenderá usted— no me sorprendió, pues por mi filiación masónica ya estaba acostumbrado a estas formas enigmáticas de proceder y en donde lo menos que uno puede hacer es preguntar. Confieso a usted, en todo caso, que me sentí especialmente inquieto, pues de entrada había sido advertido del carácter clandestino de la organización a la cual me encontraba pronto a ingresar y la advertencia de Gérard Beaubourg no había dejado de sonar en mis oídos. Al llegar a mi destino fui despojado de mi abrigo, mi chaleco y mi calzado, y debí permanecer de pie un tiempo indefinible a la espera de saber lo que esos hombres harían conmigo. En el ínterin, las muñecas me fueron atadas por delante y cual presidiario, se me impusieron pesados grilletes en los tobillos. Usted entenderá que no es mi afán aquí –aun cuando podría hacerlo– brindar un detalle acabado de la ceremonia a la que fui sometido, motivo por el que, en lugar de ello, me centraré solo en lo que me parece más relevante para esta historia. Mientras permanecía en este estado, un hombre vino hasta mí y me interrogó al oído. Me cogió la mano por el dorso y pude sentir la tela de su guante. Ellos aun desconfiaban de mí y yo –huelga decir– también hacía lo propio respecto de ellos. El hombre se fue, escuché algunas cosas que se hablaban al interior de la sala donde sus pares estaban reunidos, más allá de las puertas que separaban ambos ambientes, y luego volvió a buscarme. Se puso a mis espaldas y me condujo como a un infante. Mis ojos seguían vendados. "Soy lisiado de una pierna", acoté en ese momento. "Cojeo". El hombre tomó mi mano otra vez por el dorso. Se puso junto a mí muy cerca de la puerta que daba al templo. Noté esto porque las voces grandilocuentes del interior se oían aumentadas y una corriente de aire se colaba por entre nosotros. Mi acompañante aprovechó ese momento para susurrarme algunas palabras: "En la mitología griega, el dios Hefestos era cojo de una pierna. Feo como lo describen, se vio en la obligación de trabajar. Se convirtió en herrero". Impostaba la voz al hablar. Su cadencia era, sin embargo, pausada y amable, y me había devuelto la confianza. "Pronto seremos hermanos, mi señor ¿Bernales? Y quién sabe, quizá el destino os ha traído hasta aquí para que seáis el Hefestos de nuestra Orden". La frase me hizo gracia "*El Hefestos de nuestra Orden*". A esas alturas, apenas sabía que aquellos hombres se hacían llamar "Los Filadelfos", y mi compañero ya me había asignado una tarea entre ellos. "Hefestos –repitió–. Será nuestro secreto". Hice mi ingreso al templo y seguí mi marcha, asistido por mi lazarillo, siempre vendado. Las voces de esos hombres, varias veces repetidas, restallaban en mi cabeza como en un sueño. Yo afirmaba, asentía, negaba y explicaba, casi automáticamente, sin recordar lo que acababa de decir. Solo pensaba en lo que mi asistente me había dicho: "Hefestos". En algún momento mi marcha por el templo se detuvo. Se me quitaron las cadenas y ataduras y la venda fue removida de mis ojos. Estaba de pie, con la cabeza semi gacha, mirando todavía hacia abajo. No se me permitía otra postura. Cuando la oscuridad se disipó y mis ojos toleraron la luz, lo primero que recuerdo fue la mano derecha de mi lazarillo, tomándome firmemente por el dorso de mis manos unidas; se había quitado el guante y lucía un anillo en su anular que nunca olvidaría: era de oro puro, y parecía como un sol humanizado, con dos zafiros en el lugar donde debían ir los ojos. Alcé la cabeza y miré en derredor mío. No había mucho que descubrir, en todo caso. Todos esos hombres estaban encapuchados y no se quitaron dicho paramento durante toda la ceremonia. Cuando todo acabó y se retiraron del lugar, solo Gérard, Bertrand y Bartolomé se habían descubierto ante mí. Eso me hizo pensar que aquellos hombres tenían verdadero temor en ser reconocidos y que, probablemente, jamás sabría la identidad de todos ellos.

Capítulo VI

"Hay que matar a Napoleón. Hay que tenderle una emboscada cuando vaya de camino a la Malmaison o en otra ruta apropiada. Eso es todo lo que hay que hacer". Bartolomé me había dicho estas palabras al día siguiente de mi iniciación. Me había acompañado a mi habitación de la calle Colbert y allí, mientras miraba por la ventana, me espetó la frase con una naturalidad que me congeló. Esa tarde se bebió su propio regalo: un brandy comprado minutos antes para obsequiarme. Desde ese momento no tuve más respiro. Pronto caí en la cuenta de que con Bartolomé, Gérard y Duhesme formábamos parte de una célula cuya única razón de ser era la de ejecutar un plan que otros hombres, en otro lugar, habían ya urdido y que solo basta por concretar. Más aun, la enumeración que he realizado es quizá demasiado extensa, pues a los pocos días resultaba bastante claro que Beaubourg y Duhesme eran parte de la conspiración, pero que no tomarían parte directa en la ejecución material de la operación. Me sentí desconcertado. Seguí participando de mis reuniones en la Fraternidad N° 30 como si nada hubiera cambiado en esos días, mientras que mi conexión con la Orden de Los Filadelfos se convertía en una relación mediatizada por la información que me proporcionaban estos tres hombres. Una tarde cualquiera, esa misma semana, Bartolomé tocó la puerta de mi oficina —este proceder, como ya le he explicado, era la forma que él había adoptado para anticiparme que me entregaría una noticia de importancia— y al entrar me notificó que el plan estaba pronto a llevarse a cabo. Nos reunimos esa misma noche, en casa de Bartolomé, que también pagaba pensión en una casa no muy lejos del Palacio Nevers, y en donde —lo que no dejó de extrañarme—, tal como en mi propio caso, los únicos habitantes de la casona eran su casero y él. Cuando llegué a la reunión aparecieron también —¡Oh, sorpresa!—, Gérard Beaubourg y Bertrand Duhesme, y un hombre que se identificó ante mí como Jacques Oudet, y de quien supe después era mayor del ejército de Francia. Para ese entonces estábamos entrando a la última semana de octubre y por aquellos días ya me había enterado de que las cosas iban muy mal en España. Según la información que publicó Le Moniteur, más los antecedentes que recabé a través de las conversaciones de sobremesa en la Fraternidad N° 30, supe que Fernando de España, príncipe de Asturias, había escrito secretamente a Napoleón ofreciéndole incondicionalmente su colaboración en la empresa que éste había asumido contra Portugal, en términos tales que la propia dignidad de España había quedado comprometida. Como usted recordará, la tensión entre él y el rey Carlos IV era evidente. Esto último se veía exacerbado porque Fernando de España sabía que una buena parte del pueblo español —entre quienes yo mismo me contaba— veía la conveniencia de que sucediera lo antes posible a su padre en el trono, dado que Carlos IV —todo el mundo lo comentaba— hacía tiempo que había dejado de gobernar, pues todo lo resolvía el pérfido Manuel Godoy desde su propia cama, donde tan bien se entendía con la reina. Obviamente, alguien puso en evidencia al Príncipe de Asturias, ya que Carlos IV lo hizo arrestar bajo el delito de alta traición.

Fue en esos días, cuando todo el mundo creía que el infante Fernando no tardaría en transitar por el cadalso, que Bartolomé me convocó a esta nueva reunión.

La crisis de gobernabilidad en la monarquía española parecía haber acelerado las cosas, pues todo el mundo estaba esperando para ver qué haría el emperador, a quien varios atribuíamos una mano negra en el asunto. Muchos, en efecto, temíamos que se abriera un nuevo conflicto armado allende los Pirineos. Los Filadelfos buscaban especialmente conjurar esto. Estaban convencidos de que una guerra con España iba a ser el fin de la supremacía de Francia en Europa, pues las demás naciones no dejarían pasar el momento para sacudirse el yugo galo que ya tanto las incomodaba. Probablemente el único que veía semejante coyuntura como un momento feliz era el propio Napoleón, de quien todo el mundo decía que estaba más loco que nunca y que no dejaría de inventar guerras hasta que la nación quedase completamente exhausta, humana y financieramente hablando. De este modo, nuestra misión adquiría un carácter épico —pensaba yo— pues mientras no se pusiera fin a la vida de ese maniaco, aun cuando con ello se comprometiera la propia, no habría paz en Europa.

Durante la reunión todos escuchamos al mayor Jacques Oudet. Se trataba de un hombre todavía joven, que probablemente transitaba por la medianía de los treintas. Tenía un tono medido con el que manejaba la pequeña reunión y hablaba con la severidad propia de los hombres de armas. Todo lo que había que hacer estaba muy bien definido y tuve la impresión de que este hombre formaba parte del grupo de los que habían ideado el proyecto. Mientras hablaba, Duhesme lo interrumpía a cada rato para hacer algunas acotaciones y comentar el plan, en un gesto en donde me pareció que lo único que buscaba era mostrar un poco de protagonismo, pero que para quienes también tenemos formación militar sonaba zonzo y superfluo. Gérard, en cambio, permanecía en silencio y memorizaba cada detalle de la operación en una actitud casi monacal, sumido en el éxtasis fanático de la autoinmolación. Más allá de todo eso, y de que Jacques Oudet nos dio a entender que el día prefijado un par de conscriptos de su confianza serían asignados a nuestra célula, el único de los que tomaría parte efectiva en el ataque que contaba con formación militar era yo, y por tanto mi buen entendimiento del plan pareció a todos especialmente importante.

El castillo de la Malmaison era la residencia oficial de los Bonaparte y quedaba a una distancia de poco más de doce kilómetros del centro de París. Se llegaba hasta él por un camino de campos y sembradíos muy transitado durante toda la jornada, pero solitario al caer la noche. Alzándose como verdaderos muros vegetales, altos álamos decoraban sus orillas por ambos lados y avanzaban en extensas hileras que se prolongaban por largos tramos. Durante la tarde, las elevadas copas de estos árboles cubrían el camino con una sombra espesa y refrescante, que al bajar el sol se hacía verdaderamente impenetrable; por esta razón se estimó que aquél derrotero era un excelente lugar para guarecerse y preparar una emboscada. A ello debía añadirse un ingrediente fatal: el emperador era un adicto al trabajo y los asuntos de Estado lo podían mantener ocupado en reuniones hasta la madrugada. Cuando esto ocurría –lo que era frecuente–, Napoleón acostumbraba a permanecer en las Tullerías hasta el día siguiente en una habitación especialmente acomodada para ello, pero también con cierta habitualidad, optaba por hacer en coche el trayecto a casa, donde normalmente le esperaba su mujer, Josefina Beauharnais; esta era la ocasión que nosotros aguardábamos para dar nuestro golpe. El hombre, en todo caso, era un maniático y era también sabido por nosotros que estas alternancias entre las Tullerías, la Malmaison y otros inmuebles esporádicos, obedecía a un patrón preestablecido, diseñado con el único fin de brindar mayor seguridad a su persona, de modo tal que –en teoría–, nadie podría anticipar el lugar donde el emperador pernoctaría cualquier noche. Todo esto, sin embargo, era más bien teórico que práctico pues, según pude advertir, Los Filadelfos contaban con informantes muy cercanos al emperador, que seguían todos sus movimientos, de modo tal que durante esos días casi siempre tuvimos información fidedigna acerca de donde se encontraba.

La operación, en todo caso, distaba mucho de ser sencilla. Como usted bien sabe, el emperador ya había sido objeto de otros atentados –donde el más grave fue el de la calle Saint Nicaise el pasado 24 de diciembre de 1800 (ó 03 nivoso si usted prefiere, según el calendario de la Revolución)–, motivo por el cual, todos estábamos suficientemente advertidos de que con esta empresa hipotecábamos la propia vida. Por lo demás, como durante los últimos días y a raíz del conflicto en ciernes con España, el ambiente político parisino venía calentándose de sobremanera, todos habíamos notado una sobre excitación en la policía francesa, de modo tal que los controles camineros parecían haberse multiplicado, especialmente en las rutas que conformaban el entorno que frecuentaba el emperador. Comprenderá usted, muy a mi pesar, que la mesa estaba servida: el ingente conflicto con España que todos esperaban se desatara en cualquier momento, sumado a esa idea de "guerra injusta" y de "abuso" que la invasión francesa despertaría en el corazón del pueblo español –con mucha razón, por lo demás–, había sido correctamente leída por Los Filadelfos y utilizada para sus propios intereses: yo les había caído del cielo; era el loco fanático, el español herido de patriotismo por la nación sangrante; en pocas palabras, el candidato ideal para cometer un atentado suicida contra Napoleón Bonaparte. Cuando todo terminase, de la manera que lo fuera, todos abrigaban la esperanza de poder volver a sus ocupaciones y olvidarse de este evento tal como un desliz en una noche de verano; todos menos yo, pues si había alguien a quien podían y debían atribuirse todas las responsabilidades en el atentado y que, en consecuencia, valía más para mis hermanos muerto antes que vivo, ese era yo. Desde ese momento, empecé a pensar como un suicida. Mi vida en este mundo estaba condenada. Desde ese momento también, me di cuenta de que no era más que un títere en las manos de estos hombres, que tanto me habían deslumbrado con sus discursos acerca de la Libertad, la Igualdad y la Fraternidad. Yo los admiraba y había llegado incluso a estimarles. Amaba sus ideas, sus costumbres, sus creencias, sus progresos sociales. Me dolió, sin embargo, de sobre manera, el descubrir así que yo no valía para ellos más que mi sacrificio. Nada de eso me importó. Yo les pertenecía, mi alma les pertenecía, y lo que era más trágico aún, ahora lo hacía no solo por ellos, sino que por la misma España, pues había visto igualmente que la única forma de salvar a nuestra patria era poner fin a la vida de ese demente.

No dejé de participar en logia. Desconozco si Jacques Oudet fue alguna vez hermano masón; en todo caso, los restantes cuatro —que sí lo éramos—, asumimos como práctica la de seguir asistiendo a nuestras reuniones aun cuando estuviésemos tan próximos al golpe que se venía. Incluso más: esta misma razón era la que nos movía a ser tan prolijos con nuestra concurrencia, no fuera cosa que por faltar llamásemos la atención de Fouché y el séquito de soplones que había enquistados por todas partes y que tanta pleitesía le rendían.

Por aquel entonces, sin embargo, la presencia del emperador en París se hizo esquiva. Había rumores de que un importante tratado sería suscrito con el gobierno español y los días transcurrían bajo una tensa espera. Estábamos listos para el golpe, y yo casi pasaba las noches en vela a la espera de que Oudet me viniese a buscar. Así debía ser, de un momento a otro, tan pronto como nuestros contactos nos advirtieran que el emperador pasaría la noche en la Malmaison. Mientras ello no ocurriera, yo seguía asistiendo a logia. Una de aquellas noches, como si oliera la conspiración en ciernes, Joseph Fouché había vuelto a aparecer en los ágapes de la Fraternidad N° 30. Gérard y yo habíamos coincidido en la cena y su presencia entre nosotros me había parecido especialmente intimidante. Recuerdo que vestía un traje de lana azul con remates dorados muy finos y que cuando llegó la hora de comer se sentó frente a mí, apenas a dos puestos del mío. Durante toda la velada seguí con atención la conversación que sostenía con mis vecinos de mesa y traté en todo momento de mostrar una actitud serena, pero a penas lo intentaba, no podía dejar de pensar en la habilidad natural que ese hombre tenía para advertir la amenaza en torno suyo. Mi quijada estaba endurecida, sudaba discretamente y los músculos de la espalda se me apretaban con dolor. Comí forzadamente. Mientras eso ocurría, y mientras parecía hablar descuidadamente de arte y de sus viajes por Europa, nuestros ojos se encontraban y caía yo en la muy desagradable sensación de que me ponía en evidencia. Fouché era un hombre interesante y entretenido de escuchar. Su tono de voz era cálido y amable —aun cuando un poco altisonante—, y ejercía un efecto somnífero sobre su audiencia. Tenía una sonrisa fresca, natural y recurrente, y con este gesto se ganaba con facilidad a las personas. Esto le bastaba para imperar sobre sus pares. Cuando se retiró, me dio la mano —como a todos los que estaban de aquel lado de la mesa— y con ese gesto me aterrorizó: si volvía a verlo nuevamente —entendiendo que sobreviviera yo al atentado—, de seguro sería en condiciones muy distintas.

Al día siguiente el juez Duhesme vino a mi oficina en el Palacio Nevers. Traía un voluminoso texto de tapas rojas que me entregó con toda ceremonia. "El nuevo código de comercio de Francia". Me dijo. "Fue aprobado hace un mes por el parlamento". El rostro de mi interlocutor se iluminó. Pasó los dedos sobre el lomo del libro y esbozó una sonrisa maléfica: "Es el código de comercio de Napoleón. Quizás nunca entre en vigencia". El comentario de Duhesme había adquirido un aire sarcástico y virulento. Más tarde mandó a Bartolomé a mi oficio con una nota. Decía que me invitaba a cenar a su casa esa misma noche. Pensé en Mme. Marie Claire y en el retrato del pubis de su madre colgando de la sala y no pude resistirme. A las ocho de la tarde estaba tocando puntualmente a la puerta. El dependiente me hizo pasar a la sala del comedor donde habíamos cenado junto a Gerárd y Bartolomé la vez anterior, pero me sorprendí de ser el único invitado. Pensé que los demás llegarían más tarde, pero pronto advertí que no vendría nadie más. Bertrand Duhesme demoró en aparecer. Cuando lo hizo me invitó a tomar asiento en el canapé y detrás de él aparecieron dos personas del servicio que pusieron un picadillo sobre la mesa de centro. Aparentemente, la invitación a cenar se había trasmutado en invitación a beber, pues la ceremonia con que había sido yo recibido la ocasión previa fue reemplazada por aquel menú frugal, al cual se unió una botella de whisky junto a dos altos vasos. "Pienso que merecías esto", me dijo mientras tomaba asiento en frente mío y sin mayor ceremonia, repartía el espirituoso líquido entre las copas. "Santé!". Mi estado de ánimo bailaba por aquellos días, pasando de la excitación a la angustia. Se vivía cada minuto como si fuera el último, de modo que no me extrañó el gesto generoso con que Duhesme me obsequió. "Hace rato que el aire está enrarecido en París". Dijo. "Nadie sabe cómo se filtran las cosas. En la logia circulaba el otro día el rumor de que alguien estaba preparando un golpe contra el emperador". Yo escuchaba sin hablar. Mi rostro ha de haber tenido un gesto inexpresivo durante todo ese rato. Duhesme apuró el trago con ganas. "Esa gente está convencida de que Napoleón es invulnerable. A veces yo mismo he llegado a pensarlo, pero procuro sacar esa idea de mi cabeza ¿Me entiendes? Una sarta de aciertos pasados no te asegura el futuro, me digo. Incluso, han sacado a colación el tesoro ese que trajo de Egipto y que guarda cerca suyo". Se había acabado el vaso. Tan pronto terminó, volvió a rellenarlo. Sus mejillas se colorearon y su rostro adquirió un aire de pesadez. Me semejó un oso humanizado. Yo apuré el mío.

A pesar de que no había nada que lo motivase, me pareció que Bertrand Duhesme estaba intranquilo. Yo no hablaba —pues no sabía, francamente, qué más acotar—, y esto le causaba una extraña inquietud. Quería decirme algo y no encontraba el momento para introducir el tema. "¿No tienes interés por saber en qué consiste el tesoro del emperador, eso que lo hace tan invulnerable?" El comentario me sonaba distante. "Napoleón tiene escondido en algún lugar no muy lejos de él, ese tesoro fabuloso. Ese hombre, ese *Napoleone Buonaparte* (citaba el nombre haciendo énfasis en su origen italiano), es un idiota con suerte. ¿Imaginas lo que podríamos hacer nosotros si poseyésemos la reliquia? Si un estúpido como Napoleón ha llegado tan lejos con un par de dedos de frente, ¿Imaginas cuán lejos podríamos ir nosotros?" "¿La República?" Acoté con candidez. Al oírme, Duhesme estalló en una ruidosa carcajada. Había terminado su segundo vaso. "¡Amigo mío, que sandeces! ¡La República, la República! Ese Gérard Beaubourg te ha llenado la cabeza de pelotudeces". Hizo un alto, bajó la vista, y luego, como reavivado por un pensamiento fugaz, alzando los ojos, agregó: "Si no fuera por mí, ese Beaubourg jamás habría llegado a donde hoy está. ¡Quién lo diría! ¡Si estos son los tiempos de los advenedizos! ¡Míralo a él, con su mujercita de cristal! ¡Una redomada...!" Y se cayó sin valor para terminar aquella frase, aunque me quedó muy claro lo que iba a decir.

Duhesme había acabado su tercer vaso y con ello vació la botella. Yo llegué a la mitad de eso y la cabeza ya me empezaba a dar vueltas. Mi interlocutor, en cambio, lucía pleno de energía, como si el alcohol lo hubiera encendido por dentro. Se cruzó de piernas, se desabrochó la camisa y guardó silencio un instante. Sus dedos tamborileaban sobre el brazo del sitial. Murmuró algo entre dientes y luego se paró de un salto y llamó a través del pasillo: "¡Henry! ¡Henry!" El voceo pareció estremecer la casa. Henry apareció al minuto. Bertrand Duhesme le iba a lanzar un comentario, pero pareció contenerse a último momento, y le habló como en clave: "Envía al mensajero donde siempre, dile que pregunte por... bueno, tu sabes de qué te estoy hablando. Envíalo con el aviso de que estaré por allí dentro de una hora. Que no falte". Henry desapareció en el acto. Mi interlocutor volvió a preocuparse de mí: "En fin, mi amigo, nada es como antes..." Su mirada se había tornado vidriosa y bufaba como un toro. Tuve la impresión de que su cuerpo iba gradualmente asimilando la sobredosis de alcohol, pues a cada momento estaba más y más borracho. Pasaron quince minutos, dio un par de vueltas por la sala, se frotó las manos y me volvió a hablar: "La noche es joven, Vincent, si nos vamos a enfrentar a tantos peligros, es mejor que disfrutemos la vida que tenemos. Después tal vez ni siquiera eso tengamos". Bertrand Duhesme salió por su abrigo y volvió trayendo también el mío. "Vamos, no nos quedemos aquí. No hay como París de noche". Fuimos a la calle. El coche de Duhesme estaba esperando por nosotros. Al subir di un vistazo fugaz por la ventana del habitáculo. Del otro lado de la calle, disimulado por la sombra de los árboles, un hombre joven –de unos veinte años–, nos miraba. Vestía un traje negro bien abrigado y cuando nos vio salir, un impulso repentino pareció activarlo nuevamente. A contraluz de los faroles noté que tenía una nariz prominente y que su cabello era largo y desordenado. Duhesme no le vio. Cruzó algunas palabras con el cochero y luego retomó su conversación: "Bueno, ¿Dónde vamos? Imagino que con todas las semanas que ya llevas en París, te habrás hecho de algunas amigas..." Yo me encogí de hombros. Súbitamente, la lista de Jean Kindelán se me vino a la memoria. "En verdad no, pero si tienes alguna recomendación..." Insinué. Era la primera vez que lo tuteaba. No volví a hacerlo. El coche cruzó el Sena por el Pont Neuf en dirección al norte; lloviznaba suavemente y el empedrado de las calles brillaba bajo la luz de la luna. Pasamos por la rue St. Augustin, en el barrio de Feydeau y el paisaje pronto se me hizo conocido. Cuando estuvimos frente al N° 216, el cochero bajó la velocidad. Duhesme, que venía hablando, hizo un pequeño alto en la conversación y se asomó por la ventana. Noté que miraba hacia la casa de Gérard. Su gesto me incomodó.

El coche retomó velocidad y dio algunas vueltas, hasta que estuvimos en el barrio donde vivía Bartolomé. Bertrand Duhesme ordenó detener el coche y sin decirme nada, descendió abruptamente; cruzó la calle y desapareció tras la puerta de un edificio de tres plantas. A los dos minutos estaba de vuelta, "¡Mierda! ¡Mierda!" No le veía el rostro, pero noté la turbación en su voz. "¡Mierda! Estas malnacidas son todas iguales". El alcohol había hecho su trabajo. El cochero permaneció en su posición, esperando instrucciones. Al cabo de unos minutos, se atrevió a preguntar qué hacíamos "¡Nada! ¡Volvamos!" y como si todos debiésemos compartir sus pensamientos, acotó: "¡Ella se lo pierde!" El coche partió y dio varias vueltas sin sentido. "¿Tus amigas? ¿Dónde viven tus amigas?" Me encogí de hombros.

El coche había vuelto a pasar por fuera de la rue St. Augustin y otra vez, como la anterior, al aproximarnos al N° 216, bajó la velocidad. Duhesme me siguió hablando, parecía ahora algo más sobrio, pues cuando el vehículo maniobró de este modo, volvió a asomarse a la ventana de la cabina para mirar hacia el edificio, pero esta vez lo hizo con cierto disimulo. "En fin... ¡Qué diablos!" Acotó, resignado. "¡A la rue des Gravilliers!" El cochero atizó los caballos y el carruaje partió a toda velocidad. Conocía el camino. Allí nos introducimos por un edificio de cuatro plantas justo en la esquina de la calle y ascendimos por una escalera de caracol hasta el último piso. Tras una puerta de gastada madera, nos esperaba la diversión. Allí estuvimos toda la jornada, bebiendo y celebrando como si el mundo se fuera a acabar. Duhesme fue generoso conmigo. Pagó todos mis gustos y, según pude apreciar, tampoco se midió en los suyos. A la mañana siguiente, apenas podía yo moverme y a duras penas volví al tribunal. Bertrand Duhesme no estaba cuando dejé aquel feliz lugar. Lo encontré en el Palacio Nevers, saliendo de una audiencia, con ese gesto de oso en su apogeo, tan repuesto y descansado, como si la noche anterior se hubiera ido a dormir apenas atardeció. Yo, en cambio, arrastré las ojeras todo el día y cuando el juez Gérard Beaubourg entró en mi oficio, me encontró dormido, babeando sobre un expediente.

Capítulo VII

Creo que fue ese mismo día, cuando regresaba de mi oficio a la casa de Mme. Mazel, que me encontré por casualidad con Vivianne. Yo tenía la cabeza partida en dos por la resaca de la noche anterior y todo lo que quería era irme a dormir, pero como no tenía nada de comer, antes de hacer el camino a mi habitación, tuve que desviarme en dirección a la boulangerie. Allí la encontré. El acontecimiento me causó una felicidad inesperada. Había sido tan cariñosamente acogido por esa chica a mi llegada a París y estaba yo tan solo por aquellos días, que me pasé la tarde entera pensando en ella, tanto que no reparé lo suficiente en que el mozuelo aquel que había visto la noche anterior a la salida de la casa de Bertrand Duhesme estaba también allí, con una gorra en la cabeza y un gabán gris que le llegaba hasta la rodilla. A pesar de mi sorpresivo adormecimiento, cuando más tarde vine a repasar aquellos días, puedo decir que lo reconocí sin verle, por su nariz prominente y por sus cabellos largos y desordenados. Regresé a casa de Mme. Mazel con dos baguettes bajo el brazo y me tendí en la cama sin siquiera desvestirme. Desperté cuando atardecía, busqué papel y una pluma y redacté un mensaje para Vivianne. Tenía unas ganas locas de verla y le pedí allí que nos citáramos la tarde siguiente en la esquina de la casa de los Beaubourg. Al día siguiente, a eso de las siete de la tarde, estaba yo en el lugar convenido. Como no tenía posibilidad de recibir confirmación, le había dicho que la esperaría por espacio de media hora, y que si no aparecía, me quedaría a la espera de un nota de respuesta. Hizo frío aquella tarde y cuando cayó la noche, empezó a lloviznar. Alargué hasta una hora mi guardia, pero Vivianne no apareció. Cuando regresé a casa, algo desanimado, mientras arrastraba mis pensamientos por la calle sombría, noté que el mozuelo del día anterior me había venido siguiendo. Era lampiño como un bebé. Allí estaba, otra vez, con su gabán gris y su gorra, acechándome como un novato, pero cuando reaccioné buscando encararlo, había desaparecido. No me importó mucho, en verdad, pues a pesar de que era alto y muy delgado, su aspecto sombrío inspiraba verdadera lástima y me parecía que habría podido bajarlo de un solo manotazo.

Dos días más tarde, mientras estaba en el tribunal revisando unos contratos, me llegó una nota con un mensaje de Vivianne. Se disculpaba por no haber llegado a la cita convenida, y me pedía que la esperara al caer la noche en la esquina de su casa, en la rue St. Augustin. La noticia me llenó de alegría. Partí a casa temprano, hice algunas compras y me dispuse a aguardar la hora convenida, sin otra preocupación que la de rogar por que no volviese a llover. Me había olvidado completamente de nuestro plan para deshacernos del emperador y llegué a tener la ilusión de que tanto la masonería como los Filadelfos eran una cosa del pasado, un mal sueño del que estaba llano a despertar. Pensé que con Vivianne podríamos dar algunas vueltas por la ciudad, le compraría unas flores en alguna de esas tiendas que abundaban por el boulevard y luego, quien sabe, tal vez podríamos venir hasta mi cuarto y ver pasar la gente en la calle de abajo, con la tonta fantasía de estar viviendo en un mundo paralelo, ajeno a toda la contingencia que tanto la había mortificado a ella, al igual que a mí. En la tarde también había cruzado unas palabras con Mme. Mazel; previendo que tal vez Vivianne me visitaría en el futuro, nuestro encuentro había sido interesadamente provocado por mí. Le hice la guardia en el vestíbulo hasta que salió de su dormitorio, donde vivía escondida de la gente, y ensayé de cruzar algunas palabras de buena crianza. La mujer apenas me sonrió. Yo no le importaba verdaderamente y en aquél ínfimo gesto de urbanidad parecía haber agotado la última cuota de tolerancia que estaba dispuesta a transar con el mundo. Le pregunté por su salud y quise saber sobre cómo había estado su día, pero a todas mis preguntas no hubo más que monosílabos atónicos proferidos con una sutil sequedad. Tuve la sensación de que la mujer no estaba a gusto conmigo y que, con mayor propiedad, me temía por mi condición de hombre solo, cojo y extranjero. Alguna decepción me causó aquella reacción, pero cuando retorné a mi dormitorio procuré pasarla por alto, pues luego pensé que la señora no estaba acostumbrada a tener huéspedes y que si yo estaba ahí era únicamente porque ella no tenía otra opción para ganarse la vida.

Había caído la noche, las luces de la ciudad se encendieron y yo me dispuse a partir a mi tan esperada cita. En eso estaba cuando Mme. Mazel tocó a mi puerta y con una voz apagada sentenció: "Le buscan unos hombres". El mundo se me vino abajo. Detrás de ella apareció la imponente silueta de Bertrand Duhesme, de quien lo primero que pude apreciar fue la formidable dentadura asomando en una sonrisa de espanto. "Buenas noches, Vincent", me espetó en un gesto horripilante. Detrás de él venía Bartolomé; me dedicó una sonrisita burlona y sin más ceremonia se adentró a mi cuarto siguiendo a su jefe. "¿Es hoy el día?" La mandíbula me castañeteaba como a un infante. "Prepara tus cosas, querido hermano. No todos los hombres han tenido alguna vez la posibilidad de cambiar la historia, como nosotros". Duhesme y Bartolomé tomaron asiento frente a la mesita cuadrada. Yo retrocedí errático algunos pasos y me senté en la cama. La muerte se me había aparecido de repente. La imagen de Vivianne esperando en la esquina de la rue St. Augustin me saltó a la cabeza de improviso. Aquella cita se me hacía ahora imposible. Me puse de pie y avancé los cinco pasos que me separaban del armario. Allí tenía dentro de un bolso guardado dos relucientes pistolas Boutet del año 1806 y dos kilos de explosivos confiados por el mayor Jacques Oudet. "¿Vamos ahora?" "No aun. Todavía es muy temprano". Bertrand Duhesme dio algunas vueltas por mi cuarto, dio un vistazo dentro del armario, repasó las paredes y finalmente se detuvo en mi velador. De allí sacó una botella de brandy holandés y los únicos dos vasos que había en la sala. La destapó con energía y vació abundantemente su contenido en ellos. Bartolomé hizo ademán de alcanzar uno y fue rápidamente rechazado por el magistrado. "¡Eah...!" Y luego, acercándome el mismo vaso, me dijo con un gesto burlón: "¡Ave César! ¡Los que van a morir te saludan!" Le encantaba aquella frase. Yo se la había escuchado decir por lo menos tres veces en el tiempo que lo conocía. "Beba Ud., mi amigo. Esto le devolverá el valor". Yo obedecí sin decir nada. Me acabé el vaso en tres sorbos, casi sin moverme, de pie junto al armario; Duhesme hizo lo propio.

Me envolví en mi capa, me calcé el morral con los pertrechos, me puse el sombrero y partí detrás de aquellos hombres. Ya en la rue Colbert, nos esperaban dos carruajes. Di un vistazo rápido a ambos y me percaté de que tanto Gérard Beaubourg como Jacques Oudet no estaban. Esta circunstancia me dio mala espina. En su lugar, venía Henry, el mayordomo de Duhesme, su fiel cochero y dos hombres jóvenes a quienes jamás había visto. Probablemente, Bertrand Duhesme notó mi turbación, pues me calmó diciéndome que los ausentes nos esperaban en el camino a la Malmaison. El magistrado me hizo subir junto a él en el segundo de los coches. Vestía un traje oscuro y se había calzado unos guantes de cuero negro con los que acariciaba su pistola. "¿Conoces la Malmaison?" Duhesme había preguntado a sabiendas de que mi respuesta sería negativa. Su única motivación era introducirme en el tema que ahora circulaba dentro de su cabeza. "Bueno. No te has perdido de mucho. No es más que una casona vulgar donde la mujerzuela del corso se ha malgastado la mayor parte del tesoro de los franceses". Sus ojos brillaban en la penumbra. Era evidente que antes del vaso de brandy ya había abundante licor en su estómago. "Eso suele suceder entre los que nunca han tenido nada y de un día para otro se encuentran con una fortuna entre las manos... ¡Quién lo diría! ¡Aunque la mona se vista de seda, mona se queda! ¿Alguien podría haberlo imaginado alguna vez? ¡Una puta mulata reinando sobre los franceses! Y como todo el oro del mundo no le alcanza para traerse a La Martinica –porque a la mujerzuela esa la importaron del Caribe, de esa isla de mierda que es lo único que nos va quedando después de Trafalgar–, quiere convertir a París en su isla, y se ha volcado a cultivar un montón de plantas raras que pretende diseminar por toda la metrópolis". El magistrado alzó la pistola. Era hermosa. El reluciente cañón descansaba sobre el armazón de madera de ciprés, impecablemente pulida y barnizada. Me apuntó brevemente con ella y luego acotó: "Pero toda esta inmundicia se va a terminar, mi amigo", y mientras una sonrisa siniestra se marcaba en su apolíneo rostro, agregó: "Se va a terminar porque hay un Dios, y es ese Dios quien nos dio un monarca y un título. Los revolucionarios en cambio, que eran todos unos ignorantes malnacidos, mataron al rey y desconocieron nuestros derechos, los mismos que habían estado por siglos en nuestras familias y que reconocían el esfuerzo de nuestros antepasados por construir esta nación". El rostro del magistrado se había deformado; había babeado las palabras como un suero venenoso y ahora me miraba con la boca torcida en una mueca repulsiva. Asumí que no le importaba la opinión del hombre que tenía al frente —que, a mayor abundamiento, era casi un muerto viviente—, pues su discurso no tenía absolutamente nada que ver con los valores de la Orden, ni de Los Filadelfos, a los que pertenecía, y me sorprendió que alguien alguna vez en el pasado le hubiera concedido a un hombre así el rango de maestro masón.

Los carruajes atravesaron la ciudad en dirección oeste. Debían tomar la ruta de la campiña hacia la Malmaison. Allí, según lo definido por Jacques Oudet y los suyos, en algún punto a medio camino donde el follaje de los álamos fuera lo suficientemente tupido, debíamos montar nuestra barricada y aprestarnos para interceptar a la comitiva del emperador. Los Filadelfos habían pensado en construir un carromato con dos barriles de pólvora sobre la plataforma, que sería lanzado al paso del coche de Napoleón. El barril debía estallar en este ínterin y su capacidad de destrucción ser lo suficientemente potente como para barrer al emperador y a todos sus acompañantes de la faz de la Tierra. La idea no era novedosa; había sido tomada del atentado de la calle Saint Nicaise del 24 de diciembre de 1800, con la diferencia de que aquí se había doblado la cantidad de pólvora y se habían afinado algunos aspectos técnicos que permitían un mayor control sobre los tiempos de estallido de la carga, lo que nos garantizaba —según se nos había dicho— una mayor probabilidad de éxito. En mi caso, los dos kilos de explosivo adicionales habían sido contemplados como medida extrema y su manejo había quedado enteramente a mi cuidado. La pólvora había sido separada en cuatro pequeños sacos de medio kilo a los cuales se había añadido una ingeniosa mecha. Jacques Oudet esperaba que pudiera funcionar como una especie de bomba voladora para el evento de que el atentado principal contra el emperador fracasase o, en su defecto, para franquearnos la huida de ser necesario. Por otra parte, pasare lo que pasare —y aquí venía mi rol protagónico— yo debía acercarme al carruaje del emperador y hacer estallar esta carga, de modo tal que mi solo sacrificio debía bastar para acabar con su vida.

Los coches atravesaron la ciudad y enfilaron por el camino que nos conducía a nuestro destino. Bertrand Duhesme no había dejado de hablar durante todo el viaje; en mi caso, una vez que me apercibí de que habíamos entrado ya en ruta, dejé de prestarle atención y me concentré en lo que iba a venir. A cada momento esperaba que nos detuviésemos. Habíamos hecho hora en mi cuarto de la calle Colbert y calculé que ahora estábamos cerca de la medianoche. Nadie circulaba por la avenida; los álamos inmensos cubrían de sombra el paisaje y la inminencia de los acontecimientos me crispaba los pelos. Cuando se percató de que no le atendía, Duhesme dejó de hablar y en su sarcasmo se puso a tararear una pieza de la sinfonía Heroica de Beethoven, de la que se rumoreaba había sido inspirada para homenajear a Napoleón. Atrás fueron quedando las casas, los graneros, las empalizadas; pasaron los campos, los negros manchones de árboles, los espantapájaros crucificados sobre los sembradíos, y el convoy no se detuvo. Salimos de la alameda y el camino se hizo más despejado, más luminoso bajo la mortecina luz de la luna. Cuando llevábamos ya casi media hora de viaje, los coches doblaron en una esquina, cogieron un camino vecinal y se detuvieron algunas decenas de metros campo adentro. "Hemos llegado", dijo Bertrand Duhesme, secamente. Cogí el morral, el bastón y el sombrero, y me aventé al exterior. Una arboleda de encinos nos escondía de los curiosos. Bartolomé Dougnac, Henry y los dos desconocidos ya estaban en tierra cuando bajé. Avancé hasta él y le di un par de palmadas en el hombro a manera de saludo. A esas alturas, yo obraba inconscien-temente y todo lo que hacía no tenía otro fin que el de intentar sacudirme el miedo a la muerte, que desde hacía un rato mordía mi espalda. Di un vistazo en derredor y me sentí desconcertado: éramos únicamente nosotros. No estaba Gérard Beaubourg, ni Jacques Oudet, ni nadie más; peor aún: del carromato y los toneles con pólvora ni seña. Volví para encarar a Duhesme, pero él se me anticipó. Me puso la pesada mano en el hombro y me dijo con soltura: "Los planes han cambiado, hermano mío". El truco no me convenció; el término "hermano mío" aplicado por él en esas precisas circuns-tancias, estaba absolutamente vacío de contenido y no tenía otro fin que el de llamarme a la cordura. Duhesme reculó: "Este es el verdadero plan de los Filadelfos. Así ha sido decidido, por el bien de Francia." "¿Cómo?" "Eso, por el bien de Francia. Debes disculparnos. El plan es liberar a Francia, en efecto, pero las circunstancias nos obligan a cambiar los medios. Por la estricta necesidad de garantizar el éxito de esta operación, no me fue posible confiarte los detalles". El magistrado había acabado de hablar cuando se nos allegaron los demás hombres. Los desconocidos traían un par de palas, un chuzo y una picotas que compartían con Henry y con el cochero de Duhesme, mientras que Bartolomé había ya desenfundado su pistola, tan reluciente como la de su jefe, y la apuntaba con impudicia hacia adelante, exhibiéndola como un falo presto para la acción. Bartolomé marchó delante del grupo. Henry lo secundo. Yo debí ir tras ellos. El grupo lo cerraba Bertrand Duhesme, retirado algunos pasos. Caminamos cerca de cuatro cuadras orillando el solitario camino hasta que divisamos a unos doscientos metros la entrada a una amplia avenida que daba a una casa de dos plantas, de paredes lavadas, platinadas por la luna. Era la Malmaison. Ante aquella imagen, estupefacto, me detuve en el acto. "¿Qué haces, idiota?" El trato de Duhesme se había degradado rápidamente. Me dio un empujón por la espalda, instándome a avanzar, pero mi resistencia fue mayor. ¿Qué hacíamos allí? El solo hecho de pensar que aquella era la casa del emperador de Francia me helaba los pelos ¿Podía haber otro lugar más vigilado que ese?

Duhesme me había adelantado, pero como advirtiera que yo no lo seguía, se devolvió rápidamente, y acercándome el rostro, me espetó con una seguridad sorprendente: "Qué ingenuo eres, hombre. ¿Qué no te das cuenta de que todo está arreglado? Nos ayudan desde adentro". Reinicié la marcha. Los desconocidos iban delante, sus ropajes oscuros les ocultaban en la noche. Yo podía distinguirlos, sin embargo, porque habían desenvainado las espadas, y sus filos centelleaban bajo la luz de la luna. Una suave brisa movía la copa de los árboles. Avanzábamos por los jardines, trazando una oblicua en dirección a la casona. De improviso, tras unos arbustos, dos hombres nos salieron al paso. Vestían el uniforme oscuro de la Guardia Imperial. Bertrand Duhesme se adelantó al grupo, susurró un silbido que imitaba al de un pájaro y fue inmediatamente correspondido. Nos acercamos a ellos. "Por allá

—nos indicó, luego—. Rodeando la casa." Seguimos. ¿Dónde estaban los demás centinelas? Una mano siniestra y poderosa parecía haberlos sacado de nuestro camino. Llegamos hasta el borde de la casa. El corazón me saltaba. "¡Por detrás, rápido!" Duhesme volvió a retrasarse. Ciertamente, temía una traición y nos enviaba primero para asegurarse. Los dos desconocidos que venían con nosotros volvieron a encabezar el grupo. Bartolomé los siguió de cerca. Continuamos. Al llegar a la otra esquina, doblaron a la izquierda, tomando el camino en dirección a la entrada posterior de la casa, que según pude advertir, tenía una planta oblonga y regular. ¿Estaba el emperador en la Malmaison? La información que yo manejaba era que todavía permanecía en París. ¿Entraríamos y lo esperaríamos agazapados dentro del edificio? Un extraño pudor me hizo temer por su única habitante. La "Mulata de La Martinica", como le había llamado con tanto desprecio el magistrado. La sola idea de que el magnicidio que habíamos planificado considerase también la muerte de la emperatriz Josefina me revolvía el estómago y, hasta cierto punto, no me sentía muy seguro de estar dispuesto a acceder a ello. Mil imágenes sangrientas se me representaron durante esos breves instantes y el corazón se me apretó como un puño. Al dar vuelta a la esquina, sin embargo, todo cambió. Pude apreciar rápidamente que decorando la puerta trasera, había a lado y lado dos pequeños obeliscos de un tamaño que no superaba los tres metros.

Otro desconocido nos esperaba junto a uno de ellos. Al aproximarme a él pude notar que sus pantalones eran los de un soldado de la guardia imperial, pero que se había quitado la tricota, quedándose en mangas de camisa. Noté que tenía una pala en la mano y que justo al lado del obelisco de la izquierda, había un hoyo a medio abrir. El hombre se pasaba el antebrazo por la frente, como si estuviera secándose el sudor y nos hacía gestos para que nos apurásemos. Bartolomé se adelantó para hablar con él y con una breve seña, hizo gestos a los dos desconocidos y a Henry para que lo siguieran. Había que cavar. Los hombres abandonaron sus espadas, se quitaron las guerreras y las gorras, y se lanzaron a la tarea como si no hubiera otro día. Las paladas de tierra salían una tras otra con una velocidad que no me hubiera imaginado, mientras Bartolomé y el magistrado, sin dejar de pasear de lado a lado, aferrados siempre a sus flamantes Boutet modelo 1806, aguardaban con la ansiedad de un padre en la antesala de un parto. No habían pasado diez minutos cuando Duhesme, siempre fanfarrón, se me aproximó murmurándome entre dientes: "Vamos a cambiar la historia, mi querido; Vamos a cambiar la historia... No te descuides, mi querido. Atento, siempre atento, nadie nos puede robar este momento..." Henry se había apropiado del chuzo, y lo lanzaba contra el hueco con una agilidad olímpica, buscando allanar el terreno cada vez que se lo requirió. Súbitamente, cuando llevábamos cerca de dos metros y algo más de profundidad y las cabezas de los hombres ya habían desaparecido bajo el nivel del suelo, cuando la agonía del momento nos exasperaba por la evidente falta de resultados y algunos de los nuestros —yo el primero— pensá-bamos en abandonar, Henry hizo un último lanza-miento, y en un ruido seco, metálico y paralizante vino a dar contra una superficie regular, que lo hizo rebotar, estremecido. La excavación se detuvo. Habían hallado la cubierta de hierro de una bóveda. Los hombres se agacharon y con sus manos frenéticas rasguñaron la tierra, limpiándola, definiendo sus contornos, ansiosos por vulnerarla. Minutos antes, el hombre que nos recibió había encendido un farol, y en un gesto rápido lo hizo llegar a Henry en el fondo del pozo. Duhesme y Bartolomé se aproximaron; solo yo, porque no sabía de qué se trataba y porque también estaba más interesado en salvar la vida que en satisfacer mi curiosidad, me mantuve a cierta distancia.

"¿Pudieron abrirla?". Duhesme se frotaba las manos al borde del foso. "¡Mierda! ¡Qué contrariedad!" Me había pasado su pistola mientras se balanceaba como un ganso, calculando las posibilidades de lanzarse dentro y rematar él mismo el resto del trabajo que sus hombres no acababan de concretar. "¿Ya pudieron abrirla?" Un crujido subterráneo brotó desde las entrañas de la tierra. "¡Se mueve! ¡Se mueve!" Duhesme aplaudió y luego alzó los brazos. Ahora era un gladiador saludando a una audiencia invisible. Lo observaba desde mi rincón, agazapado detrás del otro obelisco. A esas alturas, ahítos de euforia, ninguno de aquellos hombres se preocupaba por disimular su presencia en el lugar. Me encogí de brazos, mientras miraba el Boutet, tibio entre mis manos y luego acaricié el mango de mi espada, resuelto a pelear o a huir si las circunstancias así lo requerían. Debo aclarar aquí, que no me faltaba valor para estar en ese lugar, pero comprenderá usted que ya me había percatado de que algo siniestro se tramaban Duhesme y los suyos, donde las luces de la operación inicial, concebida originalmente para salvar a Francia de la tiranía, se habían apagado bajo la codicia de un puñado de conspiradores entre los cuales no quería ser contado.

El magistrado llamó al cochero, que estaba cerca de mí, y lo instruyó para que fuera por el carruaje. "¡Apura, hombre, apura!". Henry, que estaba tras Duhesme, abandonó el chuzo y se agachó a orillas del foso. Bartolomé hizo lo propio. "¡Vamos, hay que subirlos!" "¿Pesa?" "¡Con fuerza, rápido!" De un momento a otro todos nos habíamos sumado a la tarea. "¡Rápido, rápido!" "¡Agárrala con fuerza, hombre! ¡Qué diablos! ¡Acá! ¡Dámela, hombre, que te balanceas como un mono!" Eran dos cofres. Dos lustrosos cofres de madera con remates de hierro en las esquinas y aplicaciones de cuero sobre la cubierta. Lo supe apenas los vi, pues eran de aquellos que usaba el ejército francés para el acarreo de pertrechos y equipaje. Había ayudado a Bertrand Duhesme a subir el segundo de ellos y cuando lo dejamos en tierra, tuve tiempo para acariciarle brevemente. En uno de sus costados, a la luz del farol, se distinguía con toda claridad en letras blancas "Grande Armée d'Égypt". Duhesme se arrodilló. El momento era sublime y eterno. Buscó el cerrojo y trató de abrirlo. No pudo. Henry se acordó del chuzo y fue por él. "Permítame, Monsieur". El magistrado lo detuvo. "¡Alto! Este honor solo a mí me pertenece". De un momento a otro, todos estábamos arrodillados en torno a los dos baúles, mudos testigos de un acontecimiento grandioso y terrible, como pastorcillos en el pesebre de Jesús. Bertrand Duhesme se levantó y provisto de la formidable herramienta, asestó tres golpes regulares contra la cerradura. El metal cedió. El corazón se me subió a la garganta. Puso la barra otra vez en el suelo y acuclillándose, cogió las dos asas laterales de la cubierta y lo abrió. Sus ojos brillaron como dos fuegos fatuos bajo la luz platinada de la luna. Dentro del cofre había un montón de objetos que me fueron imposibles de distinguir; era piedras, placas, rollos de papel o de papiro, una mezcolanza de utensilios de los cuales lo que más recuerdo era su aroma arcilloso y una sensación de sequedad milenaria y deliciosa que se me pegó a las narices y de la cual no pude nunca más desprenderme. El magistrado pasó con cuidado la mano por la superficie de los objetos y su rostro se demudó en una expresión lasciva que el farol del soldado francés iluminó con absoluta impudicia.

Todo estaba en silencio hasta ese momento. Súbitamente, el ladrido de perros aproximándose nos asaltó de improviso. Por mucha ayuda que los Filadelfos hubieran obtenido desde dentro de la Malmaison, habíamos sido demasiado descuidados para no ser descubiertos. Tras los perros venían los centinelas. "Allez, allez!" "¡Hay que salir de aquí!" Gritó Bertrand Duhesme. "¿Dónde mierda se metió el cochero?" "¡Ahí viene!" Los caballos relinchaban agitados, sus narices agripadas lanzaban fumarolas. "Allez, allez!" En una rápida maniobra, apoyado por Henry, cargué los dos cofres en el carruaje. Dos disparos destellaron cerca de nosotros, con fuerte estrépito. Los primeros centinelas nos daban alcance. El cochero se levantó en un gesto errático, como queriendo saltar a tierra, se llevó las manos al pecho y con una vuelta de carnero en el aire, cayó de espaldas junto al vehículo. Lo creí muerto. Un perro le saltó al pecho a Bertrand Duhesme. El otro había cogido por el tobillo a Bartolomé Dougnac. Los dos paleadores desconocidos que habían venido con nosotros volvieron por sus espadas y se enfrascaron en un duelo de metales con tres centinelas de la Guardia Imperial. Un tercer can me había saltado a la pierna enferma, haciéndome trastabillar. Con un disparo a quemarropa le reventé los sesos y traté de ponerme nuevamente de pie. Noté que el segundo carruaje también había venido hasta nosotros, pero no pude ver quién lo conducía. Al reincorporarme, me afirmé contra el primero de los coches y desenvainé mi espada. Bartolomé aullaba en el piso, todavía cogido por el perro, mientras Bertrand Duhesme, ya desembarazado del suyo, hacía esfuerzos por llegar hasta donde yo estaba. Un centinela le apareció por la espalda y lo bajó de un tiro, justo antes de que Henry apareciera por detrás de este último y lo atravesara con el chuzo. No había nada más que hacer allí. Me desplacé por el costado del carruaje y me encaramé al puesto del cochero. Cogí las riendas y azucé los caballos. Los animales salieron atropellándose, sacándome del lugar a toda velocidad. Algunos disparos acompañaron mi huida, mezclados con el grito de hombres que la distancia fue acallando. No supe qué más pasó. Para cuando tuve conciencia de todo lo que había vivido, ya transitaba por los primeros barrios de París.

Detuve el coche frente a mi residencia de la avenida Colbert y tan pronto como mis posibilidades me lo permitieron, descargué los dos pesados cofres. Por curiosidad y también porque el valor de aquellas reliquias resultaba evidente, hubiera querido subirlos hasta mi habitación en el tercer piso, pero mi condición física me lo impedía. Entonces me allané a trajinar por los rincones, esperando encontrar algún vericueto discreto donde abandonarles temporalmente para volver por ellos apenas pudiera. Noté, entonces, que una pequeña puerta de madera, situada en un costado de la casa de Mme. Mazel no tenía seguro. La abrí sigilosamente y di un vistazo hacia el interior. Daba a un oscuro pasillo al final del cual una escuálida escalera descendía hasta lo que debía ser el sótano del edificio. Cogí mis baúles y bajé con ellos, sumido en las tinieblas. Como no sabía qué cosas guardaba Mme. Mazel allí dentro, me conformé con dejarles justo al borde de la escalera, en la parte que se unía al piso inferior, de modo tal que su localización futura no me resultase difícil. Luego salí de allí tan pronto como pude, cerré la verja de la casa y me monté otra vez al carruaje, en el asiento del cochero. Sabía que tenía que deshacerme cuanto antes de él, pues había sido visto por los centinelas en la Malmaison y era, hasta ese momento, el único objeto que podía conectarme con la operación. El tiempo apuraba, las horas habían transcurrido rápidamente y mi cruzada se convirtió de pronto en una carrera contra el tiempo. Azucé los caballos y atravesé la ciudad en busca de algún sitio propicio donde cumplir mi cometido. Opté por la solución que más eficaz me pareció: Llegué hasta el Pont Neuf, desenganché los caballos, les propiné una azotaina en las ancas para hacerlos huir y luego, valiéndome de un espacio donde no había defensas fluviales, con toda mi fuerza empujé el coche hasta lanzarlo al río. La fuerza del afluente hizo todo lo demás. El carruaje trastabilló, se estremeció al borde de la plataforma y cayó crujiendo como una cáscara de nuez. Lo último que pude ver de él bajo la luz tímida de la aurora, fue un montón de despojos en agitado naufragio, que las aguas tormentosas del Sena rápidamente arrebataron del lugar.

Capítulo VIII

Aun cuando era en pleno verano, el frío de la noche descendió sin miramientos sobre la sierra de Bailén.

A pesar de sus años, la pálida luz no lo detuvo. Miró de reojo la lámpara incandescente sobre la mesa y mientras reflexionaba, se palpó las bolsas bajo los ojos, aumentadas por el esfuerzo de la lectura. Entonces pensó que habría sido conveniente citar a los franceses con un poco más de tiempo. No se había acostado. Al contrario, seguía allí, sentado a la mesa donde los recibiera esa misma mañana, con un vaso y una jarra de vino a medio vaciar por toda compañía, arrullado por la cadencia de los grillos que invadía la comarca.

El atado de cartas proveniente de Cádiz estaba también ahí, en el mismo lugar donde lo dejara Manuel La Peña, todavía atrapado dentro del lazo que el general Francisco Javier Castaños no se había dado siquiera el trabajo de desanudar. Eran las prerrogativas de los héroes, de los que escriben la historia. ¿Qué podía ser más importante que terminar la lectura de aquella enigmática libreta? Un dejo de soberbia lo hizo bostezar. ¿Y qué haría finalmente? ¿Permitiría que los franceses retornaran a Madrid, como habían pedido?

Un caballo relinchó a la distancia. El ladrido de un perro, de aquéllos que habían seguido al ejército desde Cádiz, se pudo oír en la impenetrable lejanía. Castaños entrelazó las manos para tronarse los nudillos. Ahora sólo quería terminar de leer.

* * *

El resto de la noche apenas pude cerrar los ojos. Se me había revuelto la cabeza con los últimos acontecimientos y temía de sobremanera lo que ocurriría en las próximas horas. Me había visto sorprendido por el proyecto personal de Bertrand Duhesme y

Bartolomé Dougnac, puesto en evidencia cuando el emperador no apareció por el lugar. Duhesme y Dougnac querían robar esos cofres. Toda la operación ejecutada la víspera no había tenido otro objetivo. ¿Por qué eran tan importantes? El mismo Duhesme había muerto en el intento. Más allá de todo ello, lo que me angustiaba, sin embargo, era la frase del magistrado, que todavía retumbaba en mi cabeza: "Nos ayudan desde dentro". En eso no mentía; efectivamente, yo había sido testigo de cómo todo un cuerpo de centinelas había sido alejado del lugar durante el tiempo suficiente como para que pudiésemos trabajar. ¿Estaban los Filadelfos detrás de esto? La respuesta era evidente. Entonces, el proyecto de Duhesme y Dougnac debía ser necesariamente compartido por los demás. ¿Pero lo conocían todos? Gérard no había llegado. El coronel Oudet tampoco. ¿Sabían ellos de este cambio de planes?

Los primero rayos del día me sorprendieron en esta disquisición. ¿Qué debía hacer ahora? Pensé en emprender la huida tan pronto como me fuera posible. ¿Y los baúles? ¡Bah! ¡Qué me importaba! ¡Que hagan lo que quieran con ellos! Lo que había podido ver bajo la luz mortecina de aquel farol, cuando Duhesme abrió los cofres no había sido más que un montón de piedras y pergaminos añosos que yo mismo habría tirado a la basura. ¿Era, en efecto, posible que esos hombres educados y sofisticados con los que había compartido todo este tiempo, estuvieran a tal punto convencidos de las propiedades mágicas de las reliquias, que hubieran llegado a empeñar la propia vida por apropiarse de ellos? Los franceses estaban locos. Napoleón el primero, por haberse dado la tarea de montar una costosísima expedición al Medio Oriente para ir en su búsqueda.

Maquinalmente me puse en pie. Me asee convenientemente y sin pensar en lo que hacía, me vestí con mi traje de empleado público. Desayuné calmadamente y luego me fui a trabajar. A fin de cuentas ¿Qué importaba? Ya estaba en esto. Corriendo disparado hacia cualquier lugar tampoco iba a llegar muy lejos. Si estos hombres, los Filadelfos, eran tan poderosos como para dejar al descubierto la propia casa del emperador, no era mucho lo que podía esperar para mí. En otras palabras, no tenía lugar donde esconderme. Durante la mañana, al mediodía, al día siguiente, cuando fuese, iban a venir a buscarme.

Estaba a su merced. Lo único que ignoraba era cuándo ocurriría.

Llegué temprano al tribunal. Me acomodé relajadamente en mi oficina y me di el tiempo para dar un vistazo a la prensa. Le Moniteur consignaba una noticia que en parte explicaba la ausencia del emperador: Hacía tres días que estaba en Fontainebleu. Después me enteraría de que esa misma noche —30 de octubre de 1807— cuando yo —iluso— pensaba encontrarlo en el camino a la Malmaison, Napoleón estaba concentrado en ultimar los detalles para su invasión a España. En efecto, el día 27 había firmado un acuerdo con el encargado de negocios de ese gobierno por el cual se autorizaba al ejército francés para hacer pasar sus tropas por nuestro territorio —aun cuando el general Junot ya se encontraba, de hecho, en suelo español, desde el día 18—, con miras —supuestamente— a la invasión conjunta de Portugal. Allí Napoleón compró a Manuel Godoy, Príncipe de la Paz, ofreciéndole en calidad de principado la porción meridional de Portugal. Por aquellos días —noticia triste— me enteré también de que el reino de Etruria, donde yo había servido, pasaba a manos de una hermana del emperador, Elisa Bonaparte y de que, en compensación a dicha pérdida, se le iba a entregar a la corona española la región septentrional del territorio luso.

Del ataque a la Malmaison, sorprendentemente, hasta ese mediodía nada se comentaba en los pasillos de la corte; ni siquiera Gérard Beaubourg, que cuando me abordó para pedirme algunas diligencias, apenas deslizó que Duhesme no se había presentado a trabajar. Bartolomé tampoco apareció. El instinto de supervivencia me llevó entonces a guardar silencio. Y tuve la ilusión de estar viviendo en un sueño. Todo lo que había acontecido horas atrás —esperaba yo infantilmente— no había sido más que una tonta pesadilla.

Pero mi esperanza se desvaneció luego. Abandoné el tribunal al terminar la jornada de la tarde, y había avanzado apenas una cuadra en dirección a la avenida Colbert, cuando un par de hombres me cogió por detrás, y llevándome a los empujones, me montó en un carruaje que repentinamente me salió al paso. No pude ver hacia dónde nos trasladamos, pues dos puñetazos certeros a la mejilla me aturdieron de súbito, y antes de que pudiera reaccionar, tenía las manos atadas y una oscura venda cubría mis ojos.

El coche dio algunas vueltas por la ciudad hasta que se detuvo de improviso y los hombres me hicieron bajar, a la carrera, trasladándome a un edificio silencioso y frío. Me subieron por las escaleras –muchas escaleras–, seguimos por un largo corredor y finalmente entramos a una habitación que debía ser pequeña, pues los pasos habían dejado de retumbar y las voces sonaban más cercanas, abovedadas por las paredes. Cada vez que me daban una instrucción, la acompañaban con un palmetazo en la nuca: "¡Sube aquí!" "¡Baja acá!" "¡Cabeza gacha, cabeza gacha!". Hasta que al final de nuestro periplo, oí el crujir de una silla, acomodada en frente mío, donde me hicieron sentar rápidamente. "Vamos, amigo. Estamos en confianza: Tú y yo sabemos lo que hiciste anoche ¿No es cierto? Nadie más tiene que enterarse. Ahora dinos, ¿Dónde está?" "No sé de qué me están hablando". Oí una carcajada. ¿Por qué les decía eso? Quizás simplemente para hacerles un poco más difícil el trabajo. No tenía miedo a morir, pero –qué estupidez la mía– de pronto recordé que era un soldado español y, por sobre todas las cosas, catalán, y no quería que esos malditos franceses, cuando tirasen mi cuerpo a la vuelta de la esquina, se fueran después comentando por ahí que había sido un cobarde. ¡Bastante ya habíamos hecho por cuidarle el trasero a todos esos infelices! "No tengo puta idea de lo que me están hablando", les contesté en perfecto castellano. "Qu'est que c'est?" "Le petit soldat veut jouer a les énigmes!" "Dis–nous ou est le coffre?" Un buen puñetazo directo al pómulo acompañó el comentario francés. Pronto le siguió un segundo manotazo y después un tercero. "¿Dónde está el cofre?" Ni siquiera sabían lo que estaban buscando. Me repetían una y otra vez "el cofre" "el cofre", sin reparar en que no era uno sino que dos. "Mon Dieu! C´est trés facile!" "Repondez–nous!: Ou est le coffre?" "¡La puta que os parió!": Puñetazo. "Ou est le coffre?", escupo a la cara: Dos puñetazos. Así estuve un buen rato, encomendado a mi suerte, aguantando no porque me interesasen esas putas cajas, sino más bien porque un aire de orgullo patrio que me había venido de no sé dónde, me mantenía en pie. Recordando aquella vivencia, con la tranquilidad que da el paso del tiempo, he llegado a pensar que si aquellos franceses me hubieran abordado en la calle con un poco más de gentileza y sin tener que vendarme los ojos, se hubieran limitado a decirme "Oh, disculpa, hemos perdido un par de cajas con reliquias fabulosas que el emperador se robó desde Egipto, ¿Sabes por casualidad dónde están?" Yo les habría dicho sin mayores rodeos dónde encontrarlas y ambas partes nos habríamos librado de este problema. Hoy día, porque soy porfiado y porque el peso de los acontecimientos me movió a ello, estoy atorado aquí, en el entretecho de esta casa, con tan poca luz que apenas veo lo que escribo, tratando de terminar este relato mientras lucho por no ceder a la angustia. Usted, que lee estas líneas ahora, en momentos en que yo tal vez he dejado ya de existir, debiera pensar también un poco en todo lo que pasa en torno suyo y darse cuenta quizá, que es poco el tiempo el que dedicamos a vivir nuestra vida, pues la mayor parte del día lo destinamos a cumplir los proyectos de los demás: luchamos por España o por Francia, para salvarle el culo al emperador o al rey, o simplemente para darle el gusto al malnacido que está sobre nosotros, y a final ¿Para qué tanto esfuerzo? ¿Tanto sacrificio? Si al final del día, la historia y hasta nuestros propios pares, acabarán por olvidarse de nosotros. ¡Más me hubiera valido haber visitado a las amigas de Kindelán, que con tanta fe me las encomendó cuando partí para París! Hoy quizás dónde estaría, ¡No aquí, de seguro! Con una buena mujer al lado, arando la tierra en Cataluña, dejándome crecer la panza y la barba, y criando niños para la patria.

En fin, disculpe Ud. este espacio de desahogo. Vuelvo a mi relato: El tiempo no se mide con precisión cuando uno está vendado de los ojos, ni mucho menos cuando un montón de cobardes nos han caído encima a puñetazos. No sé cuánto tiempo transcurrió. Lo único que recuerdo de aquella jornada, es que en algún momento los golpes cesaron y me quedé semiinconsciente, como si mi espíritu se preparase para abandonar el cuerpo. Había cumplido con España y con Cataluña. No había dicho ni una puta palabra y podía ahora exhibir un montón de moretones en el rostro como mudos testigos de mi valor. ¿Me iban a matar ahora? No me importaba. Unos comentarios a algunos pasos de donde estaba llamaron mi atención. Me venían de más allá de donde calculé que podía estar el umbral de la puerta, a la altura del corredor por el que había ingresado a la habitación. Un hombre mayor —lo advertí por su voz— conversaba con otros sujetos. Probablemente los mismos dos que me habían llevado hasta allí. "Ya es suficiente, ya es suficiente", les decía con voz calma y algo impostada. "Voy a hablar con él". Sentí sus pasos avanzar hasta mí con el suave crepitar de las suelas de los zapatos sobre el piso de madera, y luego el sutil chirrido que dejaron las patas de una silla al ser arrastrada desde algún lugar fuera de mi universo. Se había sentado frente a mí, pausadamente. Me acercó el rostro, perfumado, y me dijo por lo bajo al oído, como soplando la voz, de modo tal que no me resultó posible distinguirla: "Ya es suficiente, Hefestos". Entonces recordé, como una débil luz al final del túnel, extraviada en las tinieblas de la memoria, las palabras del maestro filadelfo que me había llevado durante el rito de iniciación. "No hemos sido honestos contigo. Me disculpo por ello". "¿Por qué me han traído hasta aquí?" "Calma, mi querido. Que no te turbe el odio. Los dos sabíamos que sería de este modo..." Guardé silencio. Estúpidamente, en ese preciso momento solo pensaba en mi padre y me dieron ganas de llorar. "Ahora dime, Hefestos, mi querido. ¿Dónde está el cofre?" "No es un cofre". Respondí, enigmático. Mi interlocutor calló. Noté que alejó su rostro de mi oído y permaneció haciendo algo, siempre sentado delante de mí. Imaginé que meditaba mis palabras. Entonces, otra vez, regresó y volvió a murmurarme, con cierta inquietud: "¿Qué dices, mi querido?" "Eso, que no es un cofre. Son dos". "¿Dónde los ocultaste?" "En mi residencia de la calle Colbert". "Hemos revisado la casa entera. No está allí. ¿Dónde lo ocultaste?" "Donde os dije. En mi residencia de la calle Colbert. Pero no están en mi habitación. Están en el subterráneo de la casa, bajando las escaleras". "Vamos a revisar". El hombre se puso de pie. Un tono agudo había salido de sus labios con esta última frase, dejando traslucir en algo su verdadero timbre de voz. Lo sentí caminar hacia la puerta, tronar los dedos y perderse por el corredor. Alguien lo siguió.

Pasó mucho rato después de este encuentro. Tenía las muñecas entumecidas, atadas al respaldo de la silla y un sabor a fierro en la boca. Era sangre. Sangre que había escurrido por mi rostro y de mi nariz, rota por los golpes. No supe cuánto tiempo más transcurrió. Me volví a dormir. Desperté cuando sentí que alguien desataba la cuerda por mi espalda. Me levantaron y me llevaron con ellos, bajamos las escaleras y me montaron otra vez en un carruaje. Tal vez el mismo en el que me habían traído horas –o quizás días– antes. En la esquina de la casa de Mme. Mazel me echaron a la calle. Caí de rodillas y allí estuve, un buen rato, mientras oía el coche partir al galope, alejándose rápidamente del lugar. Me quité la venda y no vi nada. Había caído la noche. Me esforcé por levantarme. Gradualmente mis pupilas fueron captando el débil centelleo de los faroles de la avenida y pude orientarme. Las piernas me hormigueaban y las mejillas me ardían. Llegué hasta la casa de Mme. Mazel. Allí, al costado de la entrada principal, estaba la puertecita de madera que bajaba al subterráneo. Estaba abierta. ¿Habían vuelto a buscarla los Filadelfos? Ya no me importaba. No era mi batalla. Ahora solo quería dormir un rato, lavarme, vestirme y marcharme del lugar. Tenía la llave de la casa. Los hombres no me la habían quitado. Pero no fue necesario usarla. La puerta estaba abierta y el cerrojo forzado, probablemente por un patadón o algo semejante. Subí las escaleras y cuando pasé por el piso en que vivía Mme. Mazel, lo que vi me sobrecogió: El piso de la sala estaba lleno de objetos, papeles en el suelo, plantas sacadas de los maceteros, cajones volcados. Los cojines de los sillones habían sido removidos de su lugar y los mismos muebles de arrimo habían sido desplazados. Era como si un pequeño huracán hubiera atravesado toda la habitación, perdiéndose más allá del comedor, en dirección a la cocina. Aunque las energías me faltaban, no pude dejar de detenerme y penetrar por el vestíbulo hasta el centro de aquél caos, estupefacto por la escena. No sabía qué hora era. No importaba. En una esquina, agazapada en las tinieblas, sentada sobre una silla del comedor, encontré a Mme. Mazel. Los visillos de las ventanas estaban todavía sin correr, y a la luz débil de los faroles de la calle, con su postura rígida, casi catatónica, me asemejaba una estatua de porcelana. Noté su espalda de piedra, rigurosamente apegada al respaldo, y las manos muertas, descansando simétricamente, como dos mariposas nocturnas apoyadas en los muslos. Las rodillas juntas, dobladas en noventa grados como dos escuadras, y los pies de plomo, uno junto al otro, clavados al piso. Su vestido de tarde, siempre ordenado, tenía un color inescrutable, escondido por la noche. Sólo su cabeza, más nívea que nunca al impacto blanquecino de la luz, se me revelaba con nitidez, mucho más porque, como era habitual, el cabello estaba recogido en una red que parecía ser ya parte de su cuerpo. Mme. Mazel tenía la cabeza algo gacha, y su mirada parecía perderse en un punto infinito, donde nadie podía ir a buscarla.

Olvidando mis sufrimientos pasados, me acerqué con cuidado, y cuando estuve cerca de ella, me agaché no sin gran esfuerzo, para quedar a su altura. "Mme. Mazel... ¿Está Ud. bien?" El tiempo se había detenido en el salón. ¿Cuánto había transcurrido desde que tomase asiento en esa silla? No quise ni siquiera imaginar la escena que había vivido. ¿A qué hora habían llegado los Filadelfos? La viuda aquella jamás salía de casa y, seguramente, había estado allí cuando esa banda de enajenados entró al lugar, rompiendo puertas y destrozándolo todo, aturdidos por el irresistible frenesí de encontrar aquello que tanto buscaban y que yo había tenido la pésima idea de traer a casa. Ocurrió temprano, sin duda, pues luego noté que todavía había alguna ventana abierta, como ella acostumbraba a dejar al mediodía y, también porque la vajilla del almuerzo, todavía sin servir, descansaba en un rincón bajo la mesa del comedor, astillada en mil pedazos. "¡Mme. Mazel!, ¡Mme. Mazel! ¡Perdóneme!" Las lágrimas bajaron, como dos hilos tibios, por las mejillas agrietadas de la anciana, hasta el dorso de sus manos. Entonces noté que bajo ellas había algo. Lo retiré con cuidado y lo miré a la penumbra. Era el retrato de un hombre, de un muchacho, sin duda. Más no pude ver. La noche me lo había impedido. "Mme. Mazel, venga, vamos, yo la llevaré a su cuarto. Es hora de que descanse". La mujer jamás me miró. Ahora pienso que ello fue mejor, pues mi aspecto de seguro ha de haber sido lamentable, y si mi rostro estaba tan golpeado y ensangrentado como imaginaba, su reacción pudo haber sido de espanto. Las fuerzas me volvían de súbito. Yo era el culpable de todo eso. Un dolor agudo, profundo, me calaba las entrañas. La ayudé a ponerse de pie y lentamente la llevé a su dormitorio. Allí había más desorden, la marquesa desplazada, el colchón corrido, cortado a cuchilladas y el relleno repartido por la habitación. La senté en un rincón y con una energía que no sabía que tenía, rearmé la marquesa, junté las tiras de lana repartidas por el suelo y las puse otra vez en su lugar; puse las sábanas, colgué los visillos, recogí sus joyas, sus collares, sus anillos diseminados por el piso y los guardé otra vez en sus cofrecillos. No sé si fue suficiente. La recosté en su cama y luego me dispuse a abandonar el lugar. Antes de salir, sin embargo, cuando creía que la viuda estaba ya quedándose dormida, con un zarpazo rápido me cogió por el antebrazo, apretándome con fuerza. Entonces, haciendo esfuerzos por incorporarse, me dijo a media voz, con toda la energía que le quedaba "No llame Ud. a la policía. ¿Me entiende? No llame a la policía". Asentí con espanto. La rapidez con que se había movido para detenerme, con el único objeto de prevenirme de acudir a la policía me había dejado helado. Al salir de su habitación cerré la puerta y crucé otra vez por el salón. No me quedaban energías para hacer nada más. Solo quería dormir. Al avanzar me encontré otra vez con el retrato boca arriba, descansando sobre el cojín de una silla. La misma donde había estado sentada Mme. Mazel. Por alguna razón me detuve en él. Lo levanté y lo acerqué a la ventana con el fin de captar la luz de la calle. Fue inútil, nada pude ver. Pero tampoco era necesario; no resultaba difícil adivinar que se trataba del retrato de uno de sus hijos, de esos que la guerra y la revolución se habían llevado.

Al día siguiente abrí los ojos ya bien entrada la mañana. Había dormido bien a pesar de mis golpes, de las bolsas amoratadas bajo los ojos y de las magulladuras en los pómulos. Algo me decía que, habiendo ellos obtenido lo que buscaban, ya no tenía yo de qué preocuparme más que de juntar las pocas cosas que tenía y emprender la marcha de regreso a Cataluña. No volvería al tribunal. Mis días en París habían terminado. A pesar de ello, y debido a que todavía no me sentía en condiciones de levantarme, pensé en guardar cama por el día, y evaluar mi situación a la mañana siguiente. Me volví a dormir. Como a eso del mediodía, sin embargo, alguien tocó a la puerta de mi habitación. El llamado me sobresaltó ¿Otra vez? ¿Venían otra vez por mí? "¡Adelante!" La puerta se abrió con lentitud. Un aire fresco vino desde el pasillo y llenó la atmósfera. Unos pasos sutiles y delicados se aventuraron al interior. Me llené de alegría; era Vivianne. "Bon jour, Vincent". Al principio me observó con desazón. El lugar le era desconocido y muy probablemente, el hombre que encontró acostado aquél día, lleno de moretones y de magulladuras en el rostro era muy diferente al que recordaba, y la constatación de este hecho no le causó ningún placer. A pesar de ello, cuando nos miramos a los ojos y logramos reconocernos el uno al otro, no pudimos evitar sonreír con efusividad. "¡Vivianne!" En un gesto pueril abrí los brazos y la llamé. Ella se acercó, me abrazó cálidamente y luego me besó en la mejilla. Después se sentó al borde de la cama, me tomó la mano y volvió a sonreír. Me miró con un poco más de cuidado y repasó mis golpes, que debían de ser muy feos, pues a los pocos minutos se había puesto a llorar. "¿Quién le ha hecho esto, Monsieur?" "Es una historia muy larga, Vivianne." Me dijo que Gérard la había mandado; que había vuelto a casa un poco antes del mediodía y que, preocupado por mi ausencia de hoy, la había instruido para venir hasta acá y hacerme una visita. "Por fin nos encontramos". Me dijo luego. Había recuperado la sonrisa. Mientras me tomaba la mano, me puso al corriente de todo lo que había pasado por aquellos días en la casa de los Beaubourg. Muy temprano esa mañana, Mme. Geneviève había recibido un mensaje que la había dejado visiblemente consternada. Vivianne la vio caer sobre el canapé del salón después de que lo hubo leído, con las manos cruzadas al pecho y en un estado de excitación tal que llegó a creer que se desmayaría. En lugar de eso, se incorporó rápidamente, corrió a su habitación, se arregló y salió a la carrera con rumbo desconocido. "¿A dónde iba?" Le pregunté. Vivianne bajó la vista. Apreté su mano mientras le fruncía el ceño. El día estaba despejado. La luz de la tarde de aquel día de otoño sentaba bien a su rostro rosado y lozano. El lunar en la mejilla nunca había sido tan hermoso. "¿Me prometes que guardarás el secreto?" Me había tuteado. Yo estaba en la gloria. "Por supuesto". "Cuando Mme. Geneviève salió, el mensaje quedó sobre la mesita del salón. Lo guardé para entregárselo más tarde." "¿Qué decía?" Vivianne bajó otra vez la vista. Se había sonrojado. "Iba a ver a M. Duhesme." "¿Duhesme, dices?" Me incorporé, sobresaltado. Vivianne continuó. "M. Duhesme le había escrito. Le pedía que lo fuera a ver. Había sufrido un accidente practicando la cacería y ahora estaba grave en su casa del barrio de Saint Germain." "Entonces no ha muerto", pensé. "¿Estás segura?" Vivianne entornó la mirada. "Por supuesto. Leí el mensaje. Era su letra..." "¿Y Bartolomé Doug-nac?" "¿Quién, el secretario del magistrado? Lo ignoro". "¿Y qué pasó después, cuando regresó Mme. Geneviève?" "M. Gérard volvió antes que ella. Me dio instrucciones para que viniera a verte y algo lo oí murmurar acerca de todas estas ausencias en el Tribunal de Comercio. Tuve que esperar a que regresara Madame para venir hasta acá, pues no tenía con quién dejar a los niños. M. Gérard esperó conmigo. No se veía muy contento. Cuando Mme. Geneviève volvió, se encerró con ella en el dormitorio y los oí hablar con cierta brusquedad." "Discutían". "Sí. Pero no sé qué se decían. Aparentemente, M. Gérard no sabía tanto como madame acerca del estado de salud del magistrado Duhesme."

A media tarde Vivianne bajó. Fue al mercado por algunas provisiones para mí y regresó cuando ya atardecía. Me dio de comer, me arregló la cama y me acomodó las almohadas. Después me dio otro beso en la mejilla, acarició mi rostro lastimado, tomó mi mano y me prometió que volvería en cuanto pudiera. Estaba muy contento de haberla visto y llegué a soñar incluso que podría irme con ella.

Al día siguiente, me levanté y di algunas vueltas por la habitación. Arrimé una silla a la ventana y me puse a mirar la gente pasar. Estaba cubierto y lloviznaba tristemente. Un par de hombres, apostados en una esquina, enfundados en sus abrigos, no se movieron del lugar durante todo el tiempo que los observé. De tarde en tarde, alzaban la vista para mirar hacia la parte del edificio donde se localizaba mi pieza. ¿Me estaban vigilando? Había sido demasiado optimista el día anterior. ¿Eran los *Filadelfos*? ¿Hombres de Duhesme? ¿La policía? Tal vez era un poco de todo eso. En efecto, había dos hombres haciendo guardia frente a mi residencia, pero podía haber varios más. Si bien los Filadelfos se habían salido con la suya, yo no debía descuidar los tentáculos que la policía del astuto Fouché había desplegado por la ciudad y en donde era probable que ya estuvieran tras de mí. Por otra parte, los Filadelfos no podían estar tan tranquilos. Oficialmente yo era uno de ellos y sabía del complot contra Napoleón; había participado de la operación para robar los cofres y si caía en manos de la policía, corrían el riesgo de que les entregase información vital para atrapar a varios de los conjurados: Bertrand Duhesme, Jacques Oudet, el mismo Gérard Beaubourg. Entonces, más de alguno podía estar arrepentido de haberme dejado partir. Ello, sin contar a los demás, los que por cálculo, por azar o por influencia ya sabían de la operación y perteneciendo a otros tantos grupos o movimientos de corte político o místico, veían en la posibilidad de interrogarme una oportunidad inmejorable para dar con el paradero de las reliquias. Bajé hasta la cocina y me preparé algo de comer. Al descender, observé con cierta satisfacción que la casa estaba ordenada nuevamente. En el salón me encontré con Mme. Mazel, sentada en el canapé, afanada en su tejido. Al pasar me saludó con una tranquilidad envidiable. "¿Cómo amaneció hoy día, Monsieur?" El trato de la mujer se había hecho más cordial conmigo. Yo le respondí con gentileza, feliz de encontrarla más repuesta y más aún por notar en su tono de voz un cierto dejo de cariño que hasta el día anterior no existía. "Esa joven, ¿Cómo se llamaba?" "Vivianne" "Sí, Vivianne". "Vino temprano ayer a preguntar por usted. Era muy atenta. La dejé subir a verle sin preguntarle, espero no haber cometido alguna imprudencia". "Todo lo contrario, Mme. Mazel. Le estoy muy agradecido". Mientras le hablaba, bajé el rostro y evité la luz directa. Esperaba con aquél gesto disimular mi aspecto todavía a mal traer. "Preparé pastel. ¿Le gusta el pastel de manzana? Si desea probarlo, está en la mesa de la cocina." ¿Qué había hecho yo para ganarme tanta consideración? Si, en cambio, llegase ella a saber que todo lo que había pasado dos días atrás había sido ocasionado por mi culpa, muy probablemente no me la habría encontrado tan tranquila como esa tarde. En fin, mientras me cortaba un trozo de pastel, me di tiempo para pensar en sus palabras, libradas a último minuto aquella tarde: "No llame a la policía." En rigor, lo menos que yo quería hacer ese día era haberla llamado y buena parte de mis atenciones hacia la viuda estuvieron dadas a intentar evitar que ella lo hiciese. Entonces, cuando me planteó tan inesperada petición, no pude menos que asentir. De todos modos, con aquella frase me daba a entender que ella también ocultaba cosas. Cosas que no quería que salieran a la luz. Tal vez había tenido algún tipo de nexo político con los enemigos de Napoleón a los que temía, o derechamente había ciertas cosas que prefería mantener en reserva. Como fuera, en ese delgado plano de ideas nos habíamos entendido perfectamente: los dos éramos, hasta cierto punto, prófugos y eso había fortalecido nuestros vínculos.

El sol se había puesto tras los edificios y yo había regresado al lecho cuando otra vez oí tocar a la puerta de mi dormitorio. ¿Ahora sí, venían por mí? Mantenía una bujía encendida en el velador junto a mi cama y bajo las frazadas había escondido un puñal. Esa era mi muy escuálida precaución. Si las cosas se complicaban, tenía dos opciones entre las cuales todavía no había podido escoger: atacar a mi agresor o suicidarme. Como fuera, esperaba la contingencia del momento para tomar una resolución.

Un hombre elegante apareció en el umbral de la puerta. Vestía sombrero negro, gabán gris y bufanda, por lo que en un principio me costó descubrir de quién se trataba. Una vez dentro, mientras miraba en derredor suyo, se quitó con toda sobriedad el sombrero y la bufanda, y buscó maquinalmente un lugar donde colgarlos. Yo había visto decenas de veces ese mismo gesto y lo reconocí: era Gérard Beaubourg. Mi súbita satisfacción se tornó rápidamente en temor. Cogí el puñal bajo las sábanas. Había recordado que él también era parte de los Filadelfos y que, en consecuencia, también le convenía mi muerte. Esta vez, de ser necesario, ya me había decidido a luchar. Gérard caminó hasta mi lecho y saludó amablemente. "¿Cómo estás amigo mío? Hablé con Vivianne ayer por la tarde y me dijo que te estabas recuperando." Apreté el puñal bajo la sábana. Gérard se devolvió sin esperar mi respuesta. Iba por una silla que luego acomodó cerca de mí. Se sentó, se sobó las manos, se cruzó de piernas y me sonrió con malicia, escondiendo los labios tras la espesa barba. "¿Cómo te hiciste eso?" No supe qué responder. Gérard agachó la cabeza para acariciarse la barba y sobarse los ojos. Era su forma de expresar molestia. "En fin. No es necesario que me digas nada —continuó—. Ya todo París lo sabe. Bertrand Duhesme salió de allí con un forado en la espalda. Afortunadamente, el hombrón es muy fuerte y va a estar de vuelta más pronto de lo que pensamos". "¿Y los demás?" Inquirí. "¿Los demás? No tengo la menor idea. Nadie dice ni comenta nada. Solo sé que Bartolomé libró junto a Duhesme y se ha quedado en su casa del barrio Saint Germain, cuidándole". Gérard se cruzó de brazos. "En rigor, amigo mío. He venido a expresarte mi desazón, cuando en verdad debería estar molesto con Duhesme y esos otros que planificaron el golpe haciéndome a un lado." Fruncí el ceño. "Entonces, el plan de matar a Napoleón jamás existió. Todo el tiempo el objetivo fueron los cofres con las reliquias", pensé. "A pesar de que seas masón como yo, y estés acostumbrado al secretismo en muchas cosas, te puede sorprender la forma en que los Filadelfos se han conducido en todo esto. Te confieso que yo tampoco conocía este objetivo oculto hasta el día de ayer, cuando me enteré de lo que pasó." "¿Te lo ha confirmado alguien?" Gérard hizo un gesto de desgano. "Nadie". Respondió. "Pero tampoco es necesario que alguien me lo confirme. ¿Crees tú que Duhesme y tú mismo habrían podido acercarse a la Malmaison y salir con vida de allí si no hubieran estado los Filadelfos detrás? ¡Por favor! ¿Necesitas alguna otra confirmación?" "¿Y Napoleón?" "No lo sé." Gérard se oía cansado mientras hablaba. De esa manera ocultaba la incomodidad que le producía el tener que responder tantas veces "no sé" a mis preguntas. "Siempre fui de la idea de acabar con él. Tú lo sabes. Yo no he mentido en eso. El problema es que no puedes hacer las dos cosas a la vez: O vas por Napoleón o vas por el tesoro, pero no puedes ir por ambos. ¿La razón? Una vez que tomaste la decisión y fuiste por el segundo, ya causaste el ruido suficiente como para alertar a Fouché y toda su gente acerca de la conspiración que se levantaba en torno suyo." Tosí. No sé por qué lo hice. No tenía ganas de toser, pero no me atrevía a preguntar nada más. Era como si con aquella reacción, estuviera obviando tener que decir nada. Gérard continuó: "En fin. Las cosas van mal. No puedes mantener oculto algo así por mucho tiempo. Los que hicieron este cambio de planes a última hora, van a sufrir las consecuencias. ¡Qué digo! ¡Todos vamos a sufrirlas!" Hizo una pausa y luego, sosteniendo mi mirada, me interrogó con tono grave: "Bueno. Me he arriesgado mucho en venir a verte. Necesitaba hacerlo. Tú, como soldado, comprenderás que hay cosas que están más allá de la amistad y que sólo se entienden en el mundo del deber. Hay algo que necesito saber, cuanto antes: ¿Qué pasó con el cofre? ¿Existe? ¿Lo vieron?" "No sé" Respondí. "¿De qué hablas? ¡Tú estuviste ahí!" "Efectivamente, fui con ellos a la casa, estaban haciendo una excavación, pero las cosas anduvieron mal... me monté en uno de los carruajes y hui del lugar cuando nos rodearon los hombres de la Guardia. No vi nada más." "Eso es mentira. Me estás mintiendo, Vincent" "¿Por qué dices eso?"

"Duhesme comentó que encontró unos cofres y que tú lo ayudaste a cargarlos en uno de los coches..." "¿Hablaste con Duhesme? No me lo habías dicho." Yo sabía la respuesta cuando pregunté esto y había medido la reacción que obtendría de Gérard. "No. No he hablado con Duhesme." "¿Y, entonces?" "Alguien más lo hizo. Alguien cercano..." Gérard había bajado la mirada. Estaba encolerizado, pero desarmado. No se animaba a meter a Geneviève en esto, sobre todo porque le torturaba tener que explicar a un tercero el grado de confianza que ese bruto podía tener con su mujer. Gérard calló. Yo podía intuir cómo los pensamientos se estorbaban unos con otros en su cabeza, afiebrada por los acontecimientos. "En todo caso –continuó–, aunque no me lo digas. Sé bien que algo encontraron allí. Se comenta que el emperador anda como un loco. La policía ha conducido redadas por todas partes, buscando aquello que se le perdió. Sin ir más lejos, hoy tuve la noticia de que agentes del gobierno habían entrado a la Fraternidad N° 30. Irrumpieron mientras estaban en el templo, en mitad de los trabajos. ¿Puedes creerlo? Esto, que ni siquiera había pasado en los días más oscuros de la revolución, ocurre hoy día. Y no fuimos los únicos. Durante toda la noche los perros de Fouché dieron vuelta logias por la ciudad, y la cacería de brujas continuaba hoy día." "¿Y encontraron algo?" "Eso es lo que quisiera que me dijeras. En todo caso, las cosas van a empeorar. Hoy se publicó en la prensa que el emperador decidió mantener en París al general Savary, a quien no hacía mucho había nombrado como embajador en San Petersburgo. ¿Sabes quién es Savary? Es uno de los hombres más cercanos al emperador, quizá más que Joseph Fouché, y se comenta que está pensando seriamente en cambiarlo por este último. Si bien ya todos despreciamos a Fouché porque es un astuto, un solapado sin escrúpulos, nadie quiere encontrarse con Savary, que ha sabido reemplazar la inteligencia del primero por la brutalidad más pura. Es un perro de caza, amigo mío y está dispuesto a arrasar medio París para encontrar lo que el emperador le ha pedido. Más aún, esta tarde me enteré de que él mismo, en persona, había liderado los registros a algunas logias, desatando una especie de competencia perversa con el Duque de Otranto.

Capítulo IX

El estado de mis lesiones mejoró mucho en los días siguientes. Gérard me había visitado un viernes, de modo tal que al domingo, cuando me volví a mirar en el espejo, la inflamación y buena parte de las equimosis habían remitido casi por completo. Ese día almorcé con Mme. Mazel; tocó a mi puerta temprano en la mañana y me formuló la invitación en términos tan cordiales, que no pude rechazarla. Había preparado un estofado de pavo con papas salteadas, acompañado de un excelente cabernet. La decoración de la mesa había sido especialmente cuidada. Como si eso no fuera suficiente, de postre había más pastel de manzana espolvoreada con canela, del que pude degustar a mis anchas.

No quise preguntarle mucho más por su familia. Todo lo que sabía de ella ya lo he expuesto aquí en otra parte y, por otro lado, a pesar de las atenciones también noté que no estaba muy proclive a ventilar más detalles acerca de ella. "Se siente sola", pensé mientras apuraba mi copa de cabernet y comentaba acerca de la inestabilidad del tiempo en París por aquellos días. El retrato que con tanto celo guardaba entre la manos la otra noche, colgaba ahora de una pared. No le destiné mucho rato, debo reconocerlo, pero habiendo advertido que se trataba de un objeto especialmente valioso para ella, solo por educación me atreví a preguntarle algunas cosas, mientras lo señalaba con la vista: "¿Y cuál de sus dos hijos es el que aparece allí?" Ella había mirado al retrato, meditado un instante sumida otra vez en su habitual circunspección, y como atropellándose al hablar, me había indicado finalmente que se trataba del mayor, el que había muerto en la batalla de Austerlitz. Se llamaba Tobías Mazel.

Había recién subido a mi habitación, cuando a los minutos alguien llamó a la puerta. Era, otra vez, Mme. Mazel; venía para entregarme un sobre que alguien había llevado hasta la casa momentos antes.

Curioso, apenas estuve nuevamente a solas, me senté a la mesa y revisé su contenido. En su interior venía un pequeño mensaje, redactado con una letra angulosa y apretada:

> "Querido Hefestos, no necesito presentaciones. Le escribo para hacerle saber el resultado de nuestras pesquisas: Apenas Ud. me indicó que los cofres estaban en el subterráneo de su casa, mis hombres volvieron y registraron todo el lugar. El resultado fue sorpresivo: habían desaparecido. Mis hombres volvieron a examinar otra vez, con más cuidado, las habitaciones superiores del edificio, incluida la suya, y no encontraron nada. Ud. se preguntará ahora, por qué lo dejé en libertad, si todavía no logramos recuperar lo que tanto hemos buscado; la respuesta es sencilla: porque confío en Ud. Le creo cuando me dice que los cargó desde donde ambos sabemos y los escondió en el subterráneo; pero ha de saber que alguien los sacó de allí cuando Ud. no estaba. No necesito explicarle aquí la importancia que las reliquias tienen para nosotros. De caer en manos equivocadas, los efectos nocivos que ello podría acarrear para Francia, son insospechados.
>
> "Tengo la esperanza de que todavía guarde algún antecedente que nos permita dar con su paradero o de que, en el peor de los casos si aún no lo posee, aquél que se lo ha llevado ceda a la tentación de ponerse en contacto con Ud.
>
> "Si así fuere, por el futuro de Francia y por la República, debe hacérnoslo saber cuanto antes.
>
> "Estaremos en contacto.
>
> "Atentamente suyo, Hermes. *Maestro Filadelfo.*"

El día no me daba respiro. ¿Podía acaso ser eso cierto? ¿Se les habían perdido los cofres? ¿Los había perdido yo? La angustia estaba de vuelta.

Gérard me había citado para esa noche. La convocatoria era

enigmática: a las diez de la noche en el Tribunal de Comercio. ¡Diez de la noche! Él, como Juez Presidente, poseía copia de las llaves del edificio. Obviamente, su intención era que nos reuniésemos en un lugar neutral, donde pudiéramos hablar sin ser vistos. Estuve puntual en el lugar. Al salir, procuré que nadie me siguiera. Gérard me había dicho que dejaría abierta una de las puertas traseras del palacio, por donde habitualmente transitaba personal de aseo. Al entrar, yo debía, a mi vez, cerrar la puerta tras de mí. Así lo hice. Avancé por el corredor, salí al vestíbulo, cogí una de las escaleras y ascendí hasta el piso superior. Caminé por el pasillo, débilmente iluminado, hasta el pabellón de las oficinas de los magistrados y me presenté puntualmente a la puerta del Juez Presidente. Golpeé. Alguien caminó desde el interior, giró el pomo, abrió y me hizo entrar. Era el propio Gérard Beaubourg. "Adelante, Vincent. Toma asiento". La habitación estaba algo más iluminada que el pasillo. Dos o tres luces permitían una visión razonable, pero tenebrosa. Había dos hombres más junto a Gérard. Ambos me saludaron al entrar. A uno lo reconocí de inmediato; era el coronel Jacques Oudet, de los Filadelfos. El segundo, un hombre de contextura media, de unos cincuenta y tantos años, me era desconocido. "Querido amigo —abrió los fuegos Gérard, una vez que estuvimos todos sentados—, espero que no te sorprenda esta reunión. Ya conoces al coronel Oudet, aquí presente. Él —me dijo, indicando al hombre desconocido— es el general Claude Francois de Malet. Me ha pedido especialmente hablar contigo. Debes saber, Vincent, que este es un momento muy importante para los que estamos aquí reunidos, una muestra de confianza de los Filadelfos y de Malet hacia ti. Él es nuestro Gran Maestro y, a pesar del riesgo que ello implica, ha preferido abandonar el anonimato y presentarse a rostro descubierto en esta reunión. De más está decir, mi querido amigo, que con este encuentro todos los presentes exponemos la propia vida. Eso no debe importarnos hoy día, sin embargo. Hay un objetivo más importante; tú bien sabes de lo que estoy hablando..." Asentí con resignación. En ese momento ya tenía suficientemente claro que me había convertido en un espectador de mi propia vida. Gérard continuó: "Sabemos —más allá de lo que me dijiste el otro día— que el tesoro fue encontrado por ti y por Duhesme en la Malmaison, que tú lograste sacarlo del lugar y que posteriormente lo extraviaste. Me has dado una versión —es cierto— pero la información con que los Filadelfos contamos nos dice algo diferente ¿Lo has extraviado? ¿Lo tienes guardado en alguna parte? ¿Se lo has confiado a un tercero que desconocemos? Necesitamos saber dónde lo dejaste, Vincent. El Gran Maestro Filadelfo me ha pedido hablar contigo, pues cree que, si hay algo que todavía no nos has dicho, después de que lo oigas podrías recordar otros detalles". Debo reconocer que el comentario de Gérard me desagradó y estuve cerca de ceder al impulso de retirarme del lugar, aun cuando debería haberlo asumido, pues era efectivo que a él no le había dicho la verdad, cosa que sí había hecho, sin embargo, con los Filadelfos, a través de Hermes.

"Bienvenido, querido hermano —dijo entonces el general Malet. Tenía un tono reposado y masticaba cada frase al hablar, como si la hubiera preparado con anterioridad—. Gérard ya me ha presentado. Soy el Gran Maestro de los Filadelfos. Dirigí la reunión en que fuiste iniciado entre nosotros y conozco suficiente acerca de vos y de vuestros votos por la Libertad y la República. Después de meditarlo durante algunos días, conociendo el actual estado de las cosas y sobre todo, lo que has debido pasar recientemente por nosotros y a manos de algunos de los nuestros, estimé del todo relevante acercarme a vos para sostener esta conversación, que espero, sabrás valorar en su justa medida." Asentí sin responder. No me hacía feliz la ocasión. Malet continuó: "Nos hemos dado cuenta, Vincent, de que hay una parte del problema que no te hemos revelado, que tal vez haría cambiar tu actitud hacia nosotros y hacia la reliquia. No te hemos dicho por qué el tesoro es tan importante para nosotros ni por qué nos resulta tan de vital importancia el recuperarlo". Me crucé de brazos. Noté que el coronel Oudet y Gérard imitaban el gesto. "Has de saber, mi querido, que el origen del tesoro es mucho más alambicado de lo que se dice en las sobremesas de las logias. Es cierto que, si bien se habla con propiedad de que lo componen textos desconocidos del gran Hermes Trismegisto, probablemente nadie te ha comentado cuál es el origen de tales dictados. La historia es algo confusa aquí, debo advertíroslo, pues se funde con el mito y con la leyenda, pero bien espero que con la ayuda de vuestra formación masónica, rica en simbología, puedas desentrañar por ti mismo el verdadero significado de esta historia." Me arrellané en mi asiento. Era un cómodo y elegante butacón de cuero, como todos los que había en el oficio del Juez Presidente. Malet prosiguió: "Digamos primeramente, que el origen de la reliquia –a la que algunos llaman "Espíritu" y otros tantos "Tesoro"–, no tiene una única versión. El mito griego, con todas sus limitaciones, nos entrega la que me parece la más precisa: cuenta la historia que en un tiempo anterior al nuestro, el titán Prometeo, filántropo y benefactor de la humanidad, robó el fuego sagrado de los dioses para dárselo a los hombres. Nadie ha sido capaz de describir con claridad en qué consiste este Fuego Sagrado. Algunos han querido asimilarle con la Sabiduría, otros con la Razón. Nosotros los Filadelfos creemos que está relacionado con esa parte de la naturaleza humana que llamamos Alma y que nos abre como individuos la puerta al mundo del más allá." "¿La vida eterna?" Pregunté entre dientes. "De eso hemos venido a hablarte". Acotó Jacques Oudet. Malet continuó: "Huelga decir, hermano mío, que Prometeo fue castigado duramente por Zeus por haber puesto en poder de los hombres las luces de un fuego que sólo estaba reservado a éstos últimos. Fue encadenado al monte Cáucaso y todas las tardes un águila descendía de los cielos a devorar sus entrañas. El suplicio estaba destinado a ser eterno, pues éstas, en lugar de extinguirse por el ataque del animal, se regeneraban permanentemente." "¿Entiendes de lo que estamos hablando, Vicent?" Me asaltó Gérard de improviso. "El mito de Prometeo no es más que eso. Un mito, una verdad codificada por los símbolos. Por eso te reitero la pregunta ¿Entiendes la importancia de esto?" Asentí con la cabeza. Solo ansiaba que Malet continuara con la historia. Y así lo hizo: "Todo comenzó así un día para nosotros. A partir de aquí las múltiples versiones de la historia se confunden" "¿El Santo Grial? –Pregunté– ¿La copa en que Cristo bebió en la última cena?" Oudet, sonrió. "No –Me dijo–. El origen de este mito es muy posterior al que nos hemos referido. Más allá del parecido del Grial con la antorcha prometeica, no hay una conexión directa entre la naturaleza del tesoro y la primera". "Otros relatos parecen acercarse más –acotó Gérard–. Así por ejemplo, el del Arca de la Alianza –que se refiere en el Pentateuco– y de la cual se dice que contenía las sagradas escrituras y los Diez Mandamientos que representaban la alianza entre Dios y el pueblo de Israel."

"No debemos olvidar –prosiguió Malet– que se ha atribuido a Moisés –por inspiración divina, según se ha indicado– la autoría de dichos textos. Hay quienes han criticado esta fuente, pues, como correctamente se sostiene, en tales escrituras Moisés aparece como un personaje más en una historia que es contada por terceros cuyo nombre desconocemos. A ello se ha contestado, no obstante, que la crítica original olvida el destino que tuvieron las sagradas escrituras guardadas en el Templo de Salomón: el Templo fue destruido por primera vez por el rey babilonio Nabucodonosor, quien violó el Santo Sanctorum, donde se guardaba el Arca de la Alianza y se apropió de ella. Hizo esto no porque le importasen las escrituras que allí se guardaban, sino que los metales y joyas preciosas en que había sido finamente labrada el Arca. Nunca más se supo de ella. Los textos sagrados, entonces, debieron ser restaurados a partir de copias que quedaron en poder de los maestros de la ley y, muy probablemente, de los textos mutilados que dejó el invasor babilonio: El nombre de uno de aquellos hombres que acometió semejante tarea –que debieron de ser varios– quedó guardado por la historia: Esdras. De ahí que en las versiones posteriores el Pentateuco se refiera a Moisés en tercera persona, pues constituye éste una reconstrucción del texto original." Jacques Oudet tomó la palabra. Se cruzó de piernas, abrió los brazos mostrando el plexo solar y acotó con firmeza, mientras fruncía el ceño: "La historia que Monsieur Malet acaba aquí de contar en breves palabras es de la mayor importancia, como Ud. verá: Su valor fundamental radica en un elemento que se ha enunciado, pero que quizá no ha sido advertido aún: El tesoro judío no consistía, en rigor, en metales ni en joyas preciosas, ni siquiera en una reliquia física relevante. Consistía, en cambio, en un texto, en un conjunto de historias, de frases sabias, de normas dirigidas al pueblo de Israel. En otras palabras, el verdadero tesoro era La Palabra." "Pero todavía la historia del pueblo de Israel –prosiguió Malet–, es demasiado moderna para nosotros. En la búsqueda por definir la verdadera naturaleza de nuestro tesoro, debemos retroceder en el pasado todavía un poco más, a fin de que podamos dar con el paradero final del Fuego Sagrado de Prometeo. Digamos, primeramente, que Moisés, el gran profeta del pueblo judío, cuando asumió la tarea de liberar al pueblo de Israel de la dominación egipcia, ocupaba por razón del destino un lugar privilegiado en esa sociedad. Gracias a su cultura y a su formación excepcionales, sin los cuales no habría podido — probablemente– hacer todo lo que hizo y del modo en que lo hizo, pudo sacar a los suyos de Egipto y llevarlos a través del desierto hasta la fértil franja de tierra que ocupaba el margen sur occidental del Mar Mediterráneo; la Tierra Prometida. Pero Moisés no era solo el gran profeta de los hebreos. Antes –y quizás lo que resulta más importante– había sido parte de la cohorte de sacerdotes de Egipto. En esta función tuvo la oportunidad de conocer los textos sagrados que informaban la religión de esa nación. De todos ellos, había algunos que por su contenido gozaban de una posición predominante: Los que se referían a la vida de ultratumba. La vida más allá de la muerte.”

"La respuesta parece algo más clara ahora –acotó Jacques Oudet tomando la palabra–. Tal como se ha sostenido recientemente, nosotros creemos que los textos que componen el Pentateuco, en gran medida se inspiraron en la religión egipcia dominante.”

"Volviendo al centro de nuestra disquisición –retomó Malet–: Hemos dicho que el tesoro tiene su raíz última en el mito de Prometeo y el Fuego Sagrado, y que su contenido radica fundamentalmente en la palabra sagrada: El código de los dioses. También hemos dicho que esa palabra sagrada versaba en sus más valiosos aspectos, sobre la vida de ultratumba, y que su origen estaba dado por la religión de los egipcios.” "Entonces –me atreví a intervenir– ¿Dónde quedaron los textos sagrados de los egipcios, si lo que escribió Moisés no era más que una copia de ellos?”

"La respuesta es sencilla, querido hermano –prosiguió Malet–: Esos textos quedaron en Egipto. Allí permanecieron después de Ramsés II e incluso después de la llegada de Alejandro Magno y la dominación griega. Allí los fue a buscar el hombre sin el cual esta reunión no habría tenido sentido: el general Napoleón Bonaparte.”

"Gracias a ese hombre –opinó Gérard– o tal vez por culpa de ese hombre, un texto que dormía el profundo sueño del olvido, ha vuelto a la vida impensadamente, para convertirse en nuestro problema."

"¿Y qué relación tiene la reliquia con el poder político de Napoleón?" Me atreví a preguntar. "Porque de todo lo que me habéis relatado, no veo la conexión".

Jacques Oudet tomó la palabra: "Eso es algo más difícil de explicar —el Coronel se sonrió—. La tradición iniciática y esotérica cultivada desde antiguo en las sobremesas de las logias y sociedades secretas de Europa parece haber sido más precisa en esto último. La reliquia, mi querido, el Código de los Dioses, es como una puerta; como un dios Jano: con una de sus cabezas mira hacia nuestro universo y con la otra hacia la ultratumba. De este modo, quien sepa controlarlo, puede hacer que las energías del universo fluyan desde este lado hacia aquél otro o viceversa. El poder que esto otorga a su poseedor, como Ud. podrá apreciar, es enorme."

Gérard se sonrió también. "¿Comprendes ahora de lo que estamos hablando, Vincent? Los antiguos creían que las puertas del universo se abrían siempre dos veces en el año." "En los solsticios." Acoté, con cierta arrogancia, haciendo cierta gala de mi formación iniciática. "Exacto, amigo mío —continuó Gérard Beaubourg—. Solo dos momentos en el año. ¿Pero te imaginas ahora, si en lugar de tener que esperar a estos precisos y breves momentos, que son iguales para todos los seres de la Tierra, cualquiera de nosotros pudiera controlar las puertas del universo a voluntad? Eso es demasiado poder para un solo hombre. ¡Qué digo! ¡También para una nación completa! ¡Un continente! En fin, nadie debe tener este poder, mi querido, debemos arrebatarlo de la faz de nuestro planeta. Es demasiado peligroso para todos." Los ojos de Gérard destellaban en la penumbra. Me sentí sobrecogido. Aun así acoté: "¿Y qué piensan hacer ustedes con la reliquia, si logramos recuperarla? ¿Están dispuestos a destruirla?" Todos bajaron la mirada. Era esa una pregunta que arañaba el corazón de todos los presentes, incluyéndome. "Créame, querido hermano —Malet tomó la palabra. Su tono se había vuelto sombrío—, que estoy seguro de que cada uno de nosotros se ha pasado noches enteras en vela tratando de dilucidar este punto con su consciencia. ¿Se atrevería Ud. a destruirlo? ¿El Fuego de Prometeo o como se llame? ¿El regalo más sublime que los dioses han dado a los seres humanos?" Todos bajamos la mirada. Malet inhaló profundamente, dio un largo suspiro y luego prosiguió: "No, mi querido. No podemos hacer algo así. ¿Acaso nosotros, unos pequeños hombres, que la historia pronto olvidará, podemos arrogarnos la autoridad para destruir aquello que los dioses nos dieron? ¿Tenemos la autoridad para truncar así sus planes? ¿El futuro de una humanidad que en nuestra pequeñez seremos siempre incapaces de anticipar?" "¿Y qué harán entonces?" Jacques Oudet intervino: "Lo ocultaremos otra vez." "¿Dónde?" Pregunté. Los hombres se miraron. Noté que no se atrevían a contestar. Malet otra vez me salió al paso: "Vamos a esconderlo donde nunca más se lo encuentre. Lo sacaremos de Francia y de Europa, y si todo resulta bien, lo esconderemos en un lugar donde nadie lo busque." "¿Qué lugar es ese?" Otra vez se miraron. Mis preguntas se sucedían una tras otra. Yo actuaba de esta manera a fin de impedirles pensar antes de contestar. "Lo vamos a enviar a los Estados Unidos. Es una democracia. Una república como la que queremos recuperar para Francia. Nadie lo buscará allí." "¿Y cómo vamos a quitárselo al que ahora lo posee? —Proseguí con mis tontas preguntas—. Nadie puede enfrentarse contra un poder así." Oudet sonrió con cierto alivio. "Pensamos que la reliquia está temporalmente inactiva, mi querido". "¿Cómo es eso?" "Inactiva. Que su aptitud para abrir las puertas del universo está temporalmente fuera de uso." "¿Por qué ocurriría algo así?" "Bueno, es una conclusión en la que creemos, pero que no podemos tampoco confirmar. Verás: La reliquia no funciona por sí sola. Para operar correctamente necesita además contar con el falo de Osiris. No resulta sencillo obtener uno." "¿Falo de Osiris? Mon Dieu!" Sonreí nervioso. Mis interlocutores también lo hicieron. Había algo tragicómico en todo esto. Jacques Oudet se explicó: "Sí, querido hermano. El falo de Osiris. En otras palabras, en lenguaje simbólico, el falo de Osiris es un obelisco. Vosotros desenterrasteis los cofres de debajo de uno de los obeliscos que el emperador tenía a la entrada posterior de la Malmaison. Su localización no era al azar. Para poder operar, la reliquia debe estar sepultada debajo de una de estas estructuras. Así se logra conectar la tierra con el cielo". "¿Y por qué piensan que está inactiva la reliquia?" "Porque no hay muchos obeliscos en París, y los que existen los tenemos vigilados. Esto puede ser un problema para el tenedor del tesoro. Si alguien llegase a fabricar un obelisco o a mover alguno de los ya existentes, lo sabremos y eso nos alertará acerca de su paradero. En conclusión, pensamos que aquél que hoy lo tiene en su poder, o bien desconoce el verdadero poder de la reliquia, o —lo que es más probable— lo mantiene escondido aguardando a que se aquieten las aguas. El emperador sabe bien esto último. Por eso confía en que lo recuperará. Todos están esperando a que el ladrón se equivoque. Nosotros también".

Capítulo X

Gérard bajó conmigo y me acompañó hasta la puerta. "Mañana hay tenida." Me dijo. "Vendrán hermanos de todas las logias del valle. Podrías asistir..." Me palmoteó la espalda. "Vamos. Habrá mucha gente. Nadie te pondrá atención. Piensa que Malet, Oudet y yo no hemos dejado de hacerlo. A veces, es la mejor forma de ocultarse." Dicho esto, se metió la mano en el bolsillo y la sacó con un puñado de francos que guardó en el mío; suficientes como para proveer a mi manutención por varios días. Quise rechazarlo, pero me insistió con gentileza: "Acéptalos. Sé que los necesitas. Algún día me lo devolverás." Le di un abrazo fraterno. Había sido mi protector y financista durante demasiado tiempo. Luego abrí la puerta del servicio, la misma por la que había entrado, y abandoné el lugar. Acepté el dinero y la invitación. La noche siguiente estaba en el bello edificio donde funcionaba la Fraternidad N° 30. Había mucha gente y calculé que cabríamos con justeza en el templo. Los hermanos se agolpaban en el frontis del inmueble. Se abrazaban con tal calidez, que cualquiera habría pensado que había pasado una eternidad desde el último día en que se vieron. A mí también me tocó. "¡Vincent, de vuelta!" Dijo alguien tan pronto me aproximé. "¡Gusto en verle querido hermano!" Sabían mi nombre, y si los hubiera apurado un poco, varios habrían dicho mi apellido. Yo, en cambio, apenas recordaba el rostro de varios de ellos. Entramos. Me sentí extraño, como si estuviera viviendo la última noche en que disfrutaría de aquella fraternidad. Me revestí de mis paramentos y avancé con la multitud hasta el lugar donde siempre tomaba asiento. Gérard me ubicó tempranamente. Me acompañó hasta mi rincón y se acomodó junto a mí. Los hermanos se distribuyeron por el salón, con un bullicio de fiesta. Crepitaron los pasos sobre el frío suelo mientras cada uno encontraba su lugar, hasta que gradualmente, a la espera del inicio de los trabajos, todos nos fuimos calmando. Una par de arañas inmensas colgaba desde el cielo raso, con sus bujías encendidas, esparciendo una luz trémula, amarillenta, sobre todos los presentes. Vi entrar a Joseph Fouché, el mismo al que ayer medio París culpaba de haber allanado los templos masónicos, con la misma serenidad de siempre. Vestía con elegancia paramentos tan y más coloridos que los míos, y fue acomodado en un lugar de importancia, cerca de la testera. René Savary, duque de Rovigo —que en verdad se llamaba Anne Jean Mary René Savary— era el otro sospechoso de aquel acto sacrílego. Ambos hombres disputaban el control de la policía del emperador. Él también era nuestro hermano. Lo pude ver al otro lado de la sala, enfrentando mi sitial, con su faldón levantado y el rostro pintado de arrogancia. Gérard me lo había señalado discretamente tan pronto nos sentamos. También estaban ahí Claude Francois de Malet y Jacques Joseph Oudet, tan distantes y discretos, que nadie pareció fijarse en ellos. Alguien pidió la palabra, esbozó algunas ideas acerca de nuestro gran maestro, José Bonaparte —quien es, como usted sabrá, el hermano mayor del emperador—, y un escalofrío me recorrió la espalda. No había venido. Ni él ni ninguno de los familiares de Napoleón se habían dejado ver en los últimos días. No importaba. Todos ensayamos un nutrido aplauso por él. Luego habló Fouché y el salón quedó en silencio. Mientras le oía, reparé en la mezcla perfecta de admiración y temor que había en todos nosotros por aquél hombre, al punto que llegué a convencerme de que todo le podía ser perdonado.

No importaba que a varios de los ahí presentes los hubiera investigado, perseguido, seguido o incluso detenido. Un aura perenne de carisma lo revestía de intocabilidad y con eso bastaba a todo el mundo —el emperador incluido— para excusarle. Tenía un tono de voz cálido, cercano, fraterno y entretenía nuestra mirada al hablar, balanceándose como un ave zancuda al borde de la cornisa, donde la aguda nariz hacía el resto. Tuve tiempo para admirar sus paramentos, los puños de su traje, cuidadosamente labrados en códigos desconocidos y su vistoso collarín, siempre luminoso. En un momento, mientras seguía su discurso, sentí curiosidad de ver lo que ocurría al otro extremo del salón. Desde allí, donde menos luz llegaba, como un perro sabueso que olfatea la presa, Savary seguía los movimientos de su oponente. A esas alturas, en el comidillo inextinguible de los comentarios que antecedieron al inicio de la reunión, me pareció oír, quizá del propio Gérard Beaubourg, que los días de Fouché estaban contados y que, más temprano que tarde, veríamos el entronizamiento del frío pero eficiente can. Yo aposté porque así no fuera.

Un par de hermanos dormitó cerca de mí mientras Fouché terminaba su discurso. Pude apreciar sus peluquines blancos, cuidadosamente empolvados. Del otro lado, cerca de Savary, otros dos comentaban algo entre dientes, algo sabroso, pues lo vi sonreír con cierta malicia mientras se pasaban un mensaje. Al otro rincón de la sala, un masón ya entrado en años, tosió afanosamente. El templo era un universo en sí mismo. No faltaba nadie. Del más estudioso al más perezoso, el honesto, el intrigante y el tacaño; el joven y el anciano, el dotado de carisma y el que carecía de él. Todos, como una gran familia, un cuerpo colectivo, desplegado en cientos de células autónomas. Y entre ellos, como un avatar del mismísimo dios Jano, estaba yo, viendo emerger los acontecimientos en un extremo del salón, y morir del otro, allí donde faltaba toda luz. Me di cuenta, entonces, que nunca más volvería a ese lugar, donde tantos hombres me habían acogido y que después tanto, tanto añoraría. Ese lugar que amé en demasía y que hoy día, mientras escribo estas líneas, cargadas de nostalgia, recuerdo con inmenso cariño. No habría de volver a esta logia, ciertamente, pero si el que gobierna sobre los hombres lo permite, algún día llegaría a ver la luz en otra. Ese día, sin embargo, la rueda de la diosa Fortuna había girado nuevamente. Una sutil revolución se había operado en el universo y el destino –entonces lo supe–, ya había escogido sus cartas. Yo era una de ellas. Pronto terminaría la tenida, se apagarían las luces, se cerraría el templo. Entonces yo saldría al mundo: la misma calle, la misma ciudad, el mismo tiempo ¿Qué podía esperar de nuevo? Habían volado los cuervos sobre las agujas de París, y todo, todo, todo estaba a punto de cambiar para siempre.

Gérard me fue a dejar hasta mi residencia de la avenida Colbert. Descendió del carruaje conmigo y me dio un fuerte abrazo. Montó otra vez en el coche y partió en mitad de la noche. Lo miré alejarse con el corazón apretado, presa de un extraño presentimiento. Luego abrí la puerta de la verja que cerraba el acceso al edificio de tres plantas de Mme. Mazel y acercándome a la puerta principal, hurgué entre mis ropas en busca de las llaves. Así estuve unos segundos revisando entre mis bolsillos, hasta que logré dar con ellas. Era más de medianoche y la calle permanecía bajo un absoluto silencio. Metí la llave en la cerradura y la giré. Sentí el movimiento de los cilindros dentro del tambor y el fatigoso desplazamiento de los cerrojos. Abrí y entré. La atmósfera cálida y seca del interior del edificio me rodeó inmediatamente. Entonces, súbitamente, el ruido de pasos en las escaleras me sorprendió. Era un tropel. Y luego, una esbelta sombra que raudamente me saltó encima. Caí de espaldas, otra vez, impulsado fuera de la casa, y cuando mi agresor, que había aterrizado junto conmigo y sobre mí se incorporó, lo cogí del abrigo y lo hice otra vez perder el equilibrio. Pero era muy ágil. Rápidamente se desembarazó de mí a costa de abandonar su grueso gabán. Se había girado de medio lado y pude ver su rostro, sorprendentemente nítido, a la luz de los faroles de la avenida. Era el muchacho aquél, el mismo que tantas veces había visto rondándome. La visión duró apenas un instante, antes de que se perdiera a toda carrera bajando por la calle. Había visto su nariz gruesa y prominente formando un pequeño y oscuro triángulo en aquella parte del rostro donde debían ir el bigote y la boca; sus cabellos lacios, desordenados, algo ensortijados; sus ojos pequeños e inquisitivos, y sus cejas bien pobladas. Su rostro parecía blanquísimo a contra luz y pude darme cuenta de que carecía de vellos. No superaba, probablemente, los veinte años. En la caída yo me llevé la peor parte. El gabán había quedado en el suelo, con uno de sus bordes siempre asido por mi mano. Lo recogí para examinarlo y lo llevé conmigo dentro de la casa. Antes de subir, fui al piso en que habitaba sola Mme. Mazel y di una rápida vuelta por el lugar. Todo estaba en orden. Me acerqué hasta la habitación de la viuda y apegué una oreja a la puerta. Me pareció oír un sutil ronquido. Me calmé. Repentinamente había temido por ella. Luego retomé el camino de las escaleras y subí hasta mi habitación. Esperaba encontrarme con el mismo escenario que había debido lamentar en los últimos días: cajones volteados, armarios desvencijados, papeles revueltos. Lo sorprendente de todo esto fue, sin embargo, que al entrar descubrí que todo estaba en el mismo lugar en que lo había dejado. El intruso no había entrado hasta allí.

El gabán no tenía nada de especial. Estaba algo raído en los puños y el forro se había descosido en algunas partes. Nada que me ayudase a saber de quién se trataba. Ciertamente, tenía ya algunos años y su uso había sido intenso. A la altura del bolsillo interior, bordado con hilo blanco, tenía las iniciales "A. D.", que debían corresponder, probablemente, a su nombre. Era una pista interesante.

Procuré conciliar el sueño. Debí haber dormido por espacio de algunas horas, cuando unos sutiles golpes en la ventana me devolvieron a la vigilia. Abrí los ojos, asustado. En la calle, cada cierto rato, alguien voceaba mi nombre: "Vincent! Vincent!" Luego venían dos o tres golpes en los cristales. Eran piedrecillas. Alguien las estaba arrojando desde el exterior. Puse atención. Era una voz femenina. Me acerqué con cuidado a la ventana y observé: Allá abajo, en la acera, alguien me hacía señas. El extraño estaba envuelto en un abrigo oscuro, con un gorro y una bufanda que me impedían reconocer de quién se trataba: "¡Vincent, por favor, soy yo, Vivianne!" Bajé las escaleras. Raudo, abrí la puerta de calle, e hice entrar a mi pequeña visitante. Apenas estuvo cerca de mí, Vivianne me abrazó y se puso a llorar. Estaba visiblemente agitada. "¿Qué pasa?" Pregunté, contagiado por la inquietud. "Monsieur Gérard, Madame Geneviève..." "¿Qué? ¿Les ha ocurrido algo?" Me sentí miserable. Vivianne me tironeó hacia la calle. "¡Debes venir conmigo! ¡Pronto, pronto!" Se había venido corriendo, desde el número 216 de la rue de St. Agustín. La seguí, también a la carrera. "He dejado a los niños solos por venir a buscarte, debo volver, debes venir..." "¿Qué ha pasado?" Vivianne caminaba a paso rápido, agitada. Hablaba sin ponerme atención, como si tuviera un público invisible frente a ella. "Monsieur ya sabe de lo que le voy a hablar. Ayer en la tarde, cuando M. Gérard salió de casa para juntarse con usted, Mme. Geneviève salió también, al poco rato, sin un destino conocido. Monsieur adivinará que esa conducta de Mme. Geneviève es habitual y que cada vez que M. Gérard se ausentaba, ella lo hacía después. Mme. conoce bien sus horarios y sabe cuándo M. Gérard volverá tarde. Pasada la medianoche, oí llegar a M. Gérard. Yo estaba en mi dormitorio. Me había dormido hacía algún rato y no sabía si Mme. Geneviève había también regresado. Al rato M. Gérard salió de su habitación, lo oí en la sala, dando vueltas como si fuera un animal enjaulado. A los minutos me estaba golpeando la puerta. Apenas pude ponerme bata, pues entró sin esperar a que le respondiera. Me interrogó desde el umbral de la puerta. Estaba muy molesto. Me dijo que Madame no estaba y luego me preguntó por ella, que a dónde había ido, que a qué hora había salido, que cómo se había vestido, un montón de cosas. Me dejó hablando sola, me pareció que se volvió a su dormitorio. Pensé que iba a dormir. Todo estaba muy tenso. Luego lo escuché revolviendo los cajones, tirando de los armarios, me levanté y fui a verlo. Guardó algo en su bolsillo. Pienso que era un arma. Luego salió haciéndome a un lado. Me tomó del brazo con tal fuerza que me dejó los dedos marcados. Luego siguió, como un loco, diciendo un montón de cosas que no quise escuchar, se volvió a poner el abrigo y salió golpeando la puerta. No ha regresado desde entonces y Mme. Geneviève tampoco lo ha hecho. Estoy muy asustada."

Llegamos hasta la puerta de la casa. Todo estaba a oscuras. "¡Ven conmigo, tienes que subir conmigo!" Estaba descompensada. Me tuteaba sin darse cuenta. La seguí obedientemente. Revisamos la casa. Solo estaban los niños durmiendo en sus habitaciones. "¡No han regresado! Mon Dieu!" "Voy a buscarlos" "¿Dónde? ¿Sabes dónde los puedes encontrar?" Un sentimiento de angustia me llenaba el pecho. Había una mezcla viscosa de odio, rabia, celo y miedo que me hacía hervir la sangre. Vivianne lo sabía y yo también; todos lo habíamos visto sin querer reconocerlo. Pero ¿Podía ser posible? ¿Mme. Geneviève engañaba a Gérard con ese puerco de Duhesme? Quise escupir sin poder establecer a cuál de los dos despreciaba más. Peor aún, si Gérard había ido a cobrar venganza por aquella afrenta, en esos breves instantes de cólera, tampoco yo era capaz de precisar si quería ir a buscarlo para detenerlo, para protegerlo o para ayudarle a completar la tarea. La sola imagen de Mme. Geneviève desnuda, a merced de un bruto infame y repulsivo como Bertrand Duhesme me había crispado los pelos. Abracé a Vivianne. No sé por qué lo hice. La acerqué muy fuerte contra mi pecho y la mantuve así, por un tiempo tan largo como el infinito. Ella también lo hizo. "Voy a buscarlos" Le dije. Luego la besé otra vez en la mejilla y salí babeando rabia.

Caminé y troté cuanto pude por las calles oscuras y desiertas de París. Había lloviznado durante la noche y la luz de los faroles brillaba sobre el húmedo pavimento. Recordé que el barrio donde vivía Bartolomé quedaba en dirección al poniente, a unas diez cuadras de la calle St. Agustín, y me encaminé hacia allá, con el firme propósito de dar con el edificio de tres plantas frente al cual nos habíamos detenido aquella vez con Duhesme. Había estado allí solo una vez y me costó orientarme. ¿Lograría dar con el edificio? Fui y volví innumerables veces. Revisé el nombre de las calles, otras tantas, y cuando estaba a punto de darme por vencido, me encontré a boca de jarro con el lugar. Estaba en mitad de la calle. No lejos de allí, había notado la existencia del carruaje de Duhesme. Me acerqué con cuidado. La puerta de la mampara estaba sin cerrojo. Me deslicé al interior con la habilidad de un bandido en medio de la noche. Noté que la primera planta del edificio correspondía a un servicio de pompas fúnebres, cosa que no había notado la primera vez que fui hasta allí con Bertrand Duhesme, y el dato me pareció escalofriante. La puerta interior estaba también abierta. Había sido forzada recientemente, pues encontré la ventana rota y vidrios en el suelo. Ante mí aparecía una larga y delgada escalera que conducía a los pisos superiores. Sin pensarlo mucho, me aventuré por ella. Monté al segundo piso y me concentré en escuchar algún ruido, cualquier cosa que me guiase, pero fue infructuoso. Recorrí el pasillo hasta el fondo. A lado y lado había puertas, todas cerradas. Regresé a las escaleras y subí al piso superior. Otra vez, volví a ejecutar la misma maniobra, avanzando a paso lento por el corredor. Cuando estaba en eso, a medio camino noté que una puerta estaba entreabierta. Era la única, de modo tal que no tenía muchas opciones. Acerqué el oído al espacio que quedaba entre la hoja y el umbral y me esforcé en auscultar el interior. No escuché nada. Abrí y entré sin hacer ruido. Súbitamente me di cuenta de que no llevaba nada con qué defenderme. Esta contrariedad me obligó a avanzar con la mayor cautela. Era un pequeño apartamento sumido en la tiniebla. A mi derecha, lo primero que encontré fue la puerta abierta de la cocina, que se oponía, por el otro lado del corredor, a la puerta de una pequeña alacena, que abrí y registré silenciosamente. Todo estaba a oscuras. Las cortinas descorridas, apenas me brindaban una visión recortada de las cosas. Agucé la visión. Llegué a la sala. Salté un par de sillas tumbadas en mi camino. Más allá, esquivé un jarrón volcado en el piso, en medio de una negra posa de agua, y a la entrada de otro pasillo que se perdía hacia el fondo, una botella de brandy medio vacía tirada en un rincón. Un vetusto diván arrimado a una pared bajo un cuadro con unas mujeres bailando, completaba lo que pude ver del lugar. Una luz tenue venía desde el segundo corredor. Seguí más allá de la posa de agua y la botella, y alcancé el último umbral. La puerta estaba completamente abierta. Era un dormitorio. Había una cama desordenada, con las sábanas abiertas hacia atrás y las almohadas en el piso. La luz venía de la bujía de una lámpara sobre uno de los veladores. Creí sentir un extraño calor en el ambiente mientras un perfume de mujer me abofeteaba de súbito. Entonces la vi. Estaba sentada a un costado de la cama, a contra luz de la lámpara. Vi sus piernas cruzadas, desnudas, largas y pulidas como las hojas de una navaja. Los dedos de uno de sus pies —del que quedaba en el aire—, sorpresivamente largos, se abrían rítmicamente, como las branquias de los peces en el mar. Apenas una camisa la cubría. Tenía las manos en el rostro y sus cabellos caían desordenados sobre él, ocultándolo. A pesar de que todo estaba en silencio, no advirtió mi presencia. No podía ser otra. A pesar de que no vi su rostro, descubrí inmediatamente que se trataba de Geneviève.

No supe qué hacer. Pensé en acercarme a ella, sorprenderla, aterrorizarla con mi gesto e interrogarla por el paradero de Gérard; pero un montón de dudas me inmovilizaron. ¿Y si Gérard no la había encontrado? ¿Y Duhesme? Sentí ruidos. Afuera alguien había subido las escaleras y se aproximaba por el pasillo. Geneviève también los sintió. Regresé a la carrera. "¿Bertrand, eres tú?" Alcancé la alacena y me escondí en el interior. Apenas pude cerrar la puerta. Oí cómo Geneviève avanzó por el corredor hasta la sala. "¿Bertrand?" Alguien más entró en el apartamento. Sentí su caminar pesado. "Querida, sí. Soy yo." Duhesme se acercó a ella. ¿La besó? ¿La abrazó? Por espacio de unos segundos no pude oír nada. Luego Geneviève volvió a hablar. "¿Dónde está? ¿Qué has hecho con él?" Otra vez silencio. "¿Dónde está, Bertrand?" "¿De verdad quieres saberlo? ¡Vamos! Que ha venido hasta aquí con el claro propósito de matarnos" "¿Dónde está ahora?" "¿Dónde está ahora? ¿Dónde está ahora? ¡Por favor! ¡Simplemente lo he sacado de aquí! ¿Me entiendes? Nos he defendido a los dos. Eres testigo de que no podía ser más educado con él." "Sí bueno – Geneviève sollozaba–, pero quiero saber qué le has hecho." "Lo he calmado. Eso es todo. Lo he sacado de aquí, he hablado con él y luego lo he calmado. ¿Algo más?" "¿Se ha ido? Ahora todos lo sabrán, Bertrand..." "¡Ahh... amor mío! Todo a su tiempo. Cada día tiene su afán. Mañana nos ocuparemos de los comentarios de la gente." "Eres un frívolo. No sé qué estoy haciendo aquí contigo." Hablaban muy cerca de donde yo me encontraba. Diría que estaban exactamente fuera de la puerta de la alacena. Oí unos golpes secos. Bertrand se quejó: "¡No me golpees, cariño! ¿Qué querías que hiciera? Ehh... ¿A dónde vas?" "Me voy de aquí. ¡No sé por qué hago esto!" Alguien se apoyó contra la puerta, arañándola. "¡Vamos! No he terminado contigo. Además, no puedes irte así. Estás casi desnuda." "¡Suéltame ya!" Sujeté la puerta con firmeza. Sentí como si un animal la envistiera repetidas veces del otro lado. La pequeña voz de Mme. Geneviève afloraba en una cadencia empalagosa. Bertrand Duhesme bufaba como un toro. Súbitamente todo acabó. Otra vez se desplazaban por el apartamento. Las voces se alejaban. Quise salir, no lo conseguí. Alguien tocaba ahora a la puerta que daba al exterior. Volví a mi escondite. Los pasos volvieron desde el fondo. Se abrió la puerta. "¿Terminaron ya?" Era la voz de Duhesme, hablando hacia afuera. "Está todo listo, Monsieur." "Bien. Entren. Van a llevarla a su casa. Si les pregunta algo, no saben nada ¿Entienden?" "Sí, señor." Duhesme volvió a internarse por el departamento. Los hombres se quedaron en la sala, aguardando. Me pareció que miraban la pintura en la pared, pues hicieron algunos comentarios sobre ella. "¡Qué cuadro tan feo!" "¿Y a quién le importa? ¿Acaso crees que las mujeres que el jefe trae acá se ponen a mirar la decoración?" "¡Ja! Es cierto." "El jefe viene seguido para acá. No hay falda que se le haya escapado en París." "¿Te fijaste como estaba? Sudaba como un caballo." "¡Ja! ¿Y a ti te ha gustado, acaso? El jefe es así. Cuando llega acá solo se vuelve a vestir cuando se va." A los minutos Duhesme volvió acompañado de Mme. Geneviève. "Te vas con ellos, ¿Bueno?" "¿Y tú? ¿No me irás a dejar?" "Voy a casa, cariño. Ya es muy tarde. Te prometo que todo estará bien". Todos salieron. Oí sus pasos perderse por el pasillo. Mientras ello ocurría, yo seguía en mi escondite, sin atreverme todavía a salir. Temía que Bertrand Duhesme se hubiera quedado en el departamento, distraído en cualquier cosa, o que hubiera dejado a alguno de sus hombres ordenando aquél desastre. No sé cuánto rato pasó. Creo incluso que llegué a dormirme por algunos minutos. Cuando desperté, todo seguía en silencio. Abrí la puerta. Recorrí el lugar. Allí estaba la cama, todavía desecha. La bugía había sido apagada. El florero había sido levantado, pero la posa de agua permanecía en el mismo lugar. Las sillas también habían sido reacomodadas. Estaba amaneciendo. A la luz de la aurora, pude ver con más detalle el cuadro de las bailarinas. No me pareció, en rigor, tan feo. Mis razones para concluir aquello eran más emocionales que estéticas: La firma de Mme. Marie Claire Duhesme estaba en una de sus esquinas. Lo había pintado para su marido.

Después de aquella mañana, pasaron tres días antes de que nadie supiera del destino de Gérard Beaubourg. Durante esas tres jornadas imaginé que podía estar oculto en algún lugar, meditando, lamiendo sus heridas. También pensé que podría haber enloquecido; quizás alguien lo vería por allí, en algún barrio de la periferia, desvariando, hablando solo, alcoholizado, como un vagabundo. O que había huido de París. Esta posibilidad me entusiasmaba: molesto con la frívola sociedad capitalina, lo abandonaba todo para empezar de nuevo. La opción que menos me gustaba consistía en creer que podía estar encerrado en alguna parte, secuestrado por Duhesme o por quién sabe quién. Lo único que jamás quise imaginar fue, en todo caso, la posibilidad de que pudiera estar muerto. Y así fue. Su cuerpo apareció al norte de París, embancado en una de las orillas del Sena, semi desnudo, con un corte longitudinal y profundo debajo del ombligo. Del informe forense se filtró que había estado varios días sumergido. Cuando los fenómenos cadavéricos hicieron lo suyo, el cuerpo volvió a flotar y el Sena lo devolvió allí donde fue encontrado. Ciertamente, sus días habían terminado aquella noche, a manos de Duhesme o de sus hombres, y yo no había hecho nada para impedirlo.

Capítulo XI

Osiris fue el dios principal de Egipto. El mito dice que un día, su hermano Set, envidioso de su poder, conspiró para matarle. Para ello le tendió la siguiente trampa: hizo construir un cofre de madera del tamaño de un hombre que hizo pasear durante una cena a la cual había sido especialmente invitado el dios. En esa ocasión, habiendo llamado la atención de los comensales, los desafió a entrar en la caja bajo pretexto de una recompensa. Los dioses aceptaron. Cuando llegó el turno de Osiris, una vez que este se tendió al interior del cofre, el resto de los invitados, todos cómplices de Set, se abalanzaron sobre él y lo sellaron, dejándole preso en su interior. El pérfido Set ordenó luego lanzar el cofre con su cargamento al Nilo, con la esperanza de que nadie lo rescatara jamás. La urna, sin embargo, flotó arrastrada por las aguas hasta desembocar en el mar y luego navegó por el Mediterráneo hasta las costas de la ciudad de Biblos, en Fenicia. Allí permaneció mucho tiempo sin que nadie le encontrase. Tanto tiempo estuvo, que a su lado creció una acacia que le abrazó completamente. Cuando la diosa Isis, esposa de Osiris, se enteró de lo que había ocurrido, metamorfoseada en golondrina, voló hasta allí y lo rescató; pero Set, advertido por sus secuaces, se enteró de aquello y temió que Isis, quien conocía el misterio de la vida eterna, se la devolviese. Por eso fue al encuentro de la mujer y mediante una artimaña logró engañarla para que descuidara el cofre por el tiempo suficiente como para abrir su contenido, extraer del interior el cuerpo del malogrado Osiris y descuartizar su cadáver en catorces trozos que repartió por todo Egipto. Para cuando Isis regresó y descubrió que el cuerpo de Osiris había sido profanado y desmembrado, enloqueció. Así vagó muchos años por los valles y planicies del alto y bajo Egipto en busca de los trozos, que habían sido repartidos por todo el país, y con una paciencia infinita los fue reuniendo hasta que el cadáver de Osiris estuvo otras vez completo. Para preservar su integridad y lograr que los miembros se mantuvieran unidos unos a otros, vendó el cuerpo, dándole ese aspecto momificado con que se lo conoce. Los temores de Set se hicieron realidad: Isis, que conocía la ruta que los espíritus de los muertos hacen por los senderos del inframundo, buscó su alma desnuda en aquellos confines y la devolvió a la vida. Pero la tarea no era sencilla: Para que el alma del dios pudiera regresar de la muerte, era necesario que su cuerpo estuviera plenamente restaurado, sin que ningún miembro dejase de ser encontrado y repuesto en su lugar. Isis cumplió con este cometido rigurosamente, salvo por una sola excepción: El falo, que nunca se recuperó. Set lo había lanzado al mar donde fue devorado por los peces. Así nació el obelisco, que imita la forma del falo del dios. Bajo él, a fin de mantener la unidad entre el cuerpo material y el miembro simbólico, Isis mandó que fuera sepultado el cofre que contenía los restos carnales del dios. Solo una vez que esto aconteció, Osiris pudo volver a la vida.

Yo meditaba sobre todas estas cosas mientras permanecía sentado ante el ataúd de Gérard Beaubourg. Había sido instalado en mitad del templo principal de la Fraternidad N° 30, con un par de candelabros en ambos extremos. El piso se había cubierto de ofrendas florales: Abogados de París, Funcionarios del Palacio de Nevers, Ministerio del Interior, Logias del valle, y un cuanto hay. Había llegado muy temprano por la mañana, casi a la misma hora en que el cofre fue trasladado desde el Servicio Médico Legal, y pude apreciar cómo a medida que avanzaban las horas, los asientos de ambos lados del salón se habían ido completando de asistentes. Le Moniteur lo informó en un lugar principal: "Homicidio del Juez Gérard Beaubourg. El cuerpo del malogrado jurista fue encontrado por unos niños a veinte kilómetros al norte de París, mientras jugaban a orillas del Sena. No hay sospechosos." Algunos funcionarios del tribunal, que me reconocieron cuando entraron, me comentaron que el Palacio de Nevers había sido cerrado por el día. También esa jornada, doce de noviembre de 1807, Le Moniteur había dedicado su titular a otra noticia que me afectaba igualmente: el general Junot, quien había sido mandatado por Napoleón para ocupar militarmente Portugal, debía arribar ese día con sus tropas —un ejército de 25.000

hombres– a Salamanca, de modo que dentro de una semana estaría en condiciones de cruzar las montañas en dirección a Lisboa. Pensé entonces que, a pesar de que ya no tenía la reliquia, todo le seguía resultando a ese miserable. Esta idea acabó por derrumbarme.

¡Con qué gusto habría cambiado cien veces mi lugar por mi querido amigo y hermano masón! Era cerca del mediodía cuando entró Geneviève. Venía de riguroso negro y un velo le cubría el rostro. Vivianne y sus hijos la acompañaban. Geneviève se detuvo a las puertas del templo, dio un vistazo en derredor, trastabilló por un instante y luego se desvaneció aparatosamente, abandonándose sobre los brazos de aquélla y de dos asistentes que se apuraron en socorrerla. Le arrimaron una silla y alguien corrió por un vaso de agua. La escena resultó dramática y dolorosa. Vivianne se acuclilló frente a ella y empezó a sobarle las manos y la cara, mientras otra tomaba a los niños y los retiraba discretamente del lugar. Todo estaba en silencio. Su llanto lastimero me desgarró las entrañas y me pareció como si la escena de hace tres días jamás hubiera acontecido. Desde mi rincón la observé sin perderla de vista. Ambos sabíamos quién había sido el responsable de aquel crimen y ninguno de los dos había hablado. Yo era tan cómplice como ella. Pensé en acudir a la policía y denunciar a Duhesme, pero cuando me acordé de mi frágil situación y de la relación que tenía con los Filadelfos y el cofre perdido del emperador, lo descarté. No necesitaba, en todo caso, de nadie más. Tenía demasiado claro que el único fin que debía perseguir durante los días siguientes era vengar a Gérard. Debo reconocer, sin embargo, que el llanto de Geneviève en algo modificó mis planes, pues la había incluido inicialmente dentro de mi proyecto de vendetta, pero la descarté a partir de ese momento: ella era culpable de callar, y antes, de engañar a Gérard; pero no era responsable de su muerte y yo era, hasta cierto punto, testigo de que nunca la buscó. Bertrand Duhesme, quien oficialmente seguía recuperándose en su casa del barrio Saint Germain de su "herida de caza", como era de esperarse, no se atrevió a comparecer. Habría sido demasiada ignominia. El detalle, sin embargo, no pasó más allá de ser una anécdota despreciable, pues más tarde me enteré –y cuesta incluso escribir esto– de que el ataúd donde había sido puesto el cuerpo de Gérard había sido donado por él. Alguien comentó, incluso, que el negocio de pompas fúnebres que estaba en el primer piso del edificio donde acostumbraba a citarse con Geneviève, era de su propiedad. Me puse de pie y fui hasta la viuda. La saludé con absoluto recogimiento, buscando su mirada vidriosa más allá del velo, y luego me volví a sentar. Entonces pensé que tal vez su llanto no era tan honesto, o que, cuando menos, había allí una mezcla de sentimientos donde la culpa ocupaba la mayor parte y el amor la más pequeña. A partir de ese momento sus días cambiarían radicalmente: debería abandonar su cómoda residencia en el número 216 de la calle St. Agustín y arrendar un espacio más pequeño y modesto; el escuálido montepío que habría de recibir a contar del próximo mes como viuda del juez no le iba a permitir mucho más. Tal vez la propia Vivianne debería también dejarla y, quién sabe, habría de regresar a su casa de la Vendée. Cuando pensé en esto último, creí que podría hablar con ella y proponerle un futuro conmigo en Cataluña; me imaginé nuestra vida en el campo, arando la tierra, el valle fértil y las montañas. Era este un proyecto que me reconfortaba, pero del que también pronto empecé a temer cuando me enteré de los progresos del ejército francés en tierra española, donde seguramente todos resultaríamos afectados.

Marie Claire Duhesme se hizo presente en el lugar. Una escena surrealista estaba próxima a desarrollarse ante mis ojos: Se aproximó hasta Geneviève y la saludó cálidamente. Allí estaban las dos mujeres. La primera, había perdido a su marido a manos del marido de la segunda, de quien era su amante. La una lo sabía todo. La otra, todo lo ignoraba. Marie Claire avanzó hasta el ataúd, que permanecía cerrado desde el principio, se persignó delante de un retrato del magistrado, colocado sobre él y luego depositó un ramo de flores a sus pies. Desde mi posición pude ver con nitidez su rostro pálido y su mirada siempre extraviada, y tuve la impresión de que aquella mujer vivía permanentemente en un mundo paralelo. Tomó asiento cerca de la viuda con un rosario entre las manos, y estuvo murmurando algunas oraciones por espacio de una hora. Después se puso nuevamente de pie, se despidió de Geneviève y abandonó el lugar. Yo salí tras ella. Tuve un impulso tonto de querer hablarle. Fui por mi abrigo en el vestíbulo exterior y la alcancé a la salida del edificio. Me aproximé y la saludé respetuosamente. Su cabello rubio estaba tomado debajo de la nuca en un apretado moño y su rostro irradiaba un tono opalino que me hizo pensar en la luna. Si Gérard hubiera representado a Osiris en este mundo, Geneviève a Isis y el pérfido Bertrand Duhesme a Set; ciertamente Marie Claire Duhesme habría sido Neftis, la aciaga y nostálgica diosa de la penumbra. La saludé con agrado y le sonreí generosamente. Mi gesto no se correspondía con la situación. No me importaba. Ella me saludó también. En sus ojos extraviados, noté sin embargo, y no sin cierta desazón, que no me recordaba. No supe qué más decirle. Había hecho el tonto. Marie Claire siguió su camino y abordó el coche. Yo la seguí con la mirada. Una vez que se sentó, volvió el rostro hacia la ventanilla y nuestras miradas se cruzaron otra vez, pero no sé, en verdad, si me estaba viendo. Perdone usted esta tonta disquisición; con la distancia de los meses, eso hoy día carece de toda importancia y no es más que un recuerdo sobre el que vuelvo con el secreto deseo de alimentar mi ego, herido por las experiencias.

Cuando el carruaje se alejó, metí las manos en los bolsillos de mi abrigo. En uno de ellos encontré un papel que alguien había puesto allí mientras lo había dejado colgado en el vestíbulo del edificio. Lo abrí. Decía: "Mt. 7, 7; Jn. 1,1". Obviamente, se trataba de una cita bíblica. Me sentí desconcertado. Regresé al templo. Había mucha gente. Miré hacia todos lados con la secreta esperanza de que alguno de los asistentes llamase mi atención. Fue inútil. Las personas se habían ido renovando paulatinamente en el curso del día y muy probablemente, el que había puesto el papel en mi abrigo ya no estaba. Pensé también que podía tratarse de un error. Entre tantos abrigos, cualquiera podía confundirse. Una mujer ya entrada en años, abandonaba el lugar en ese preciso momento. Me percaté de que cargaba una biblia. Me le acerqué y la abordé a la carrera: "Bon jour, Madame. ¿Me permite su biblia un momento?" La mujer me miró con un aire de sorpresa. Noté que mi tono de voz la había contrariado; creí parecer como un policía fiscalizando a la gente. La mujer me alcanzó el texto. Volví a meter la mano en mi bolsillo, saqué otra vez el papel y repasé los datos de los versículos citados en él. La mujer me observó con extrañeza; iba apurada. El primero de ellos era Mateo 7, 7: "Pedid, y se os dará; buscad, y encontraréis; llamad, y se os abrirá." Y el segundo, Juan 1,1: "En el principio era el Verbo, y el Verbo era con Dios, y el Verbo era Dios." No podía ser una confusión. Quien había dejado ese papel en mi bolsillo sabía exactamente a quien iba dirigido. Era un mensaje en clave: ¿Pedid y se os dará? Tenía que recuperar ese cofre. Una sensación extraña me decía que estaba muy cerca.

Volví a mi residencia de la avenida Colbert. Comí algo rápido y esperé a que anocheciera. Sabía que todavía me seguían, pero también me percaté de que los hombres que quién sabe quién había puesto tras de mí, se turnaban con cada vez mayor distancia, de modo tal que tuve la impresión de que gradualmente estaba siendo descartado. No podía esperar a muy tarde. Apagué la luz de mi habitación simulando dormir, aguardé unos minutos y luego me deslicé por las escaleras. Había notado un par de días atrás que una pequeña ventana a media altura daba justo a la parte posterior del edificio. Si salía por allí y seguía angulando por entre los inmuebles vecinos, tal vez podría llegar a la calle paralela, del otro lado de la manzana. Así lo hice. Iba en busca de Malet. Atravesé París a la carrera. La última vez que me reuní con él, Oudet y el difunto Gérard Beaubourg, Malet me había dado un papel con una calle y un número. Me dijo que si me presentaba allí a la hora de las diez de la noche, alguien me recibiría. Alguien de los Filadelfos.

Golpeé a la puerta. Estaba en el noroeste de la ciudad, cerca de la Place Vendome. Era una casa de dos plantas, discreta, ubicada en un pasaje con una sola salida, por donde no transitaba mucha gente. Nadie abrió. Volví a tocar. "¿Quién vive?" Una voz de mujer anciana afloró como un murmullo desde el interior. "¡El que huyó de la caverna!" "¿Qué buscáis aquí?" "¡El amor fraternal!" "¿Cuántos nombres tiene el Eterno?" "¡Solo uno!" "¿Cuál es ese?" "¡....!" La puerta se abrió. La anciana me dejó entrar. Llevaba los grises cabellos tomados en un moño a medio desarmar y algunas greñas caían sobre su frente. Parecía una mujer del servicio. Era un poco gibada y carecía de toda belleza. "¿A quién busca?" "A Monsieur". "Él no vive aquí." "Me dijo que aquí lo encontraría." "Espere un momento." Se perdió tras una puerta al final del pasillo. Una bujía adosada al muro me permitía ver un poco del decorado de la casa. Las paredes estaban cubiertas de un papel en tonos cafés, con motivos florales. La mujer regresó a los minutos. "Venga. Sígame. Monsieur no vive aquí. Alguien lo va a ir a buscar ahora. Ud. debe esperarlo". Me condujo hasta una pequeña habitación. Era un estudio. Había un imponente escritorio en medio y un confortable butacón tras él. En la pared del costado había un aparador colmado de libros y del otro lado una ventana con las cortinas corridas. La anciana encendió la bujía de una lámpara sobre la mesa. Bajo ella, una pequeña calavera de piedra me observaba desde sus cuencas vacías. Había una silla frente al escritorio. Allí me senté. Había pasado casi una hora cuando oí pasos avanzando por el corredor. Se abrió la puerta; era Claude Francois de Malet. "Hermano mío". Me abrazó con firmeza. Noté que su voz tenía cierta afectación. La noticia de la muerte de Gérard todo lo había remecido. "Has corrido un gran riesgo en venir hasta acá." "Nadie me siguió, querido hermano." "Los hombres de Napoleón nos pisan los talones. No dudaría en pensar que la muerte de Gérard se deba a la mano de ellos..." Miré a Malet con desconfianza; me sorprendió que no estuviera al tanto de las causas del deceso de Gérard Beaubourg, como yo. Obviamente, en el poco tiempo transcurrido, nadie había todavía conectado la relación de Bertrand Duhesme y Geneviève con la muerte de su marido, y si alguien lo sabía —quizás también Malet—, guardaba riguroso silencio respecto de ello. Yo hice lo propio: "Es cierto, han de haber sido los agentes del emperador." Y en seguida añadí: "Por eso no podía esperar a hablar con usted." Le relaté entonces el incidente con el papel dejado en mi abrigo y lo interrogué directamente acerca de qué sabía él acerca de eso. Malet, que se había sentado en el butacón detrás del escritorio, se cruzó de brazos y descansó la mirada en la pantalla de la lámpara. "Mmm... el Logos Primordial." Murmuró entre dientes. "El que está detrás de ese acertijo, sabe bien de lo que está hablando." "¿Qué es eso de logos primordial? ¿Qué quiere Ud. decir con ello?" Pregunté. "In Principio erat Verbum et Verbum erat apud Deum et Deus erat Verbum." Así suena en latín el versículo 1, 1 de Juan, que alguien citó en el papel que encontraste. Corresponde a la traducción realizada desde el griego antiguo al latín por Jerónimo en la versión bíblica de la Vulgata." "Todos conocemos ese versículo –comenté–. No tiene nada de especial." Malet llenó su pipa. La encendió. Dio una profunda bocanada, se hizo hacia atrás como buscando la inspiración en alguna parte y luego prosiguió. "¿Que no tiene nada de especial? Querido hermano: ese versículo lo es todo y lo dice todo; la esencia misma de la reliquia está recogida en esa expresión." Me encogí de hombros. Malet volvió a inspirar. Disfrutaba el momento. El humo escapaba de sus labios en gruesas volutas. "Lo que ocurre –prosiguió–, es que al efectuar esa traducción, se perdió gran parte del significado original del versículo. Hay palabras del griego que no tienen equivalente en latín, de ahí que se haya definido equivocadamente la esencia de Dios como Verbo. Al hacer esto, Jerónimo acabó por sumirla en una total oscuridad." "¿Y cuál era, entonces, la expresión correcta?" "Veamos, si la hubiésemos transcrito directamente del griego a nuestro idioma, diría: En el principio era el logos, y el logos era con Dios, y el logos era Dios ¿Entiendes ahora?" Me crucé de brazos. "¿El Logos? ¿Qué es eso?" "Es difícil de definir... Claramente, el Logos es Dios, la esencia de Dios. Pero ¿Qué es el Logos Primordial en sí mismo? Es muy difícil de traducir en palabras. San Agustín lo definió como La energía del Universo que surge antes del tiempo." "¿Y en términos sencillos?" "¡Ja! No hay términos sencillos para esto, querido hermano. ¿Quiere Ud. términos sencillos? Bueno. El Logos es la reliquia. Es, en cierto modo, una forma de referirse a ella." "¿Es Dios? ¿La reliquia es Dios?" "No. Es su esencia. Su manifestación." Malet volvió a inspirar, mientras me observaba de reojo, detrás de sus lentes, con un gesto de desprecio. Tenía que explicar algo difícil a un lego como yo y eso lo exasperaba. "Rosas a los cerdos." Habría adivinado que pensó, mientras buscaba la forma de acercarme a tan sofisticado conocimiento: "El Logos une los dos mundos –dijo–: el nuestro y el de los espíritus." "¿En términos aún más sencillos?" Imploré. "Armonía". Respondió secamente. Y añadió después: "El Logos permite al individuo reunirse con la divinidad a través de la armonía; Nadie va al Padre sino a través del Hijo. El Logos está en la ejecución armónica de las artes, en la expresión armónica de nuestros pensamientos, en el diseño y expresión armónico de toda obra originada en el genio humano, etc." "¿Y su relación con la reliquia?" Pregunté. "En las dos subyace el Logos. Ambas –la Armonía y la Reliquia– son puertas. Puertas que conectan el más acá con el más allá. La diferencia está en el tamaño: La armonía es como una micro puerta, por donde puedes hacer fluir pequeñas cantidades de energía espiritual, apenas perceptible por los individuos. La reliquia, en cambio, es un portal gigantesco, con la capacidad para desequilibrar las fuerzas del universo en un abrir y cerrar de ojos. Su poder es inconmensurable."

Debo confesar aquí, que me tomó un cierto tiempo entender a cabalidad estas ideas, pero creo que al menos he podido en estas líneas verter con razonable fidelidad los comentarios que en aquella jornada recibí de Monsieur Malet. "¿Y a dónde nos lleva esta pista, entonces?" Pregunté. "No lo sé. Por el momento a ninguna parte. El que tiene el tesoro sabe que lo estamos buscando y se ha atrevido a aproximarse. Es probable que vuelva a hacerlo nuevamente en los próximos días. Debemos estar atentos." Suspiré con desgano. No nos habíamos movido de donde empezamos. "Una cosa más –agregó Malet–. Difícilmente un masón habría citado la biblia para comunicarse con vos. No es uno de los nuestros. Podría tratarse tal vez de algún movimiento místico de corte cristiano. Muy pocos manejan el concepto del Logos Primordial." Troné los dedos. Ya era cerca de la medianoche. Hice ademán de despedirme. Necesitaba volver a mi habitación de la avenida Colbert. Antes de dejarme ir, Claude Francois de Malet me retuvo un instante; buscó un objeto dentro de la gaveta del escritorio que luego me aproximó dentro del puño cerrado. Lo dejó caer en mi mano. Lo miré con curiosidad: era una pata de conejo disecada; blanca como la leche. "¿Y esto?" Le pregunté consternado, y cuando esperaba que el Gran Maestro Filadelfo me revelase su último sentido esotérico y filosófico, me dijo descuidadamente, al tiempo que esbozaba una astuta sonrisa: "Nada. Eso es simplemente para la suerte; nada más."

Al tercer día tuvieron lugar los funerales de Gérard Beaubourg en el pequeño cementerio del Calvario. Los masones avanzamos siguiendo el cortejo por la calle Mont Cenis y entramos al camposanto rodeando por el norte la iglesia de Saint Pierre de Montmartre, a cuyo costado se emplazaba. Una vez que el féretro estuvo situado sobre la fosa, nos reunimos en torno suyo e hicimos el rito de estilo. El lugar escogido no era muy espacioso. Los hombres debieron repartirse entre las tumbas y nuestra cadena pasó incluso por detrás de los mausoleos. Mientras así obrábamos, los demás asistentes nos miraban con curiosidad. Había demasiada gente y de súbito, el pequeño cementerio se había atestado de personas, arrinconadas contra los muros. Geneviève ocupaba un lugar principal a un costado de la urna. Los días de velatorio le habían calmado. Los niños la habían acompañado. Detrás de la viuda estaba Vivianne, según pude ver, y más atrás aún, confundida con la multitud, Marie Claire Duhesme. Claude Francois de Malet y Jacques Oudet también. Estos últimos, temerosos de que su condición masónica pudiera ser ventilada, evitaron la cadena y prefirieron un lugar más discreto fuera de ella. Varios les imitaron. Era una mañana fría y el cielo estaba cubierto de nubes. Mientras el maestro hablaba, había empezado a lloviznar y pronto, casi al tiempo en que el cofre descendía a las entrañas de la tierra, se largó el aguacero. La gente se dispersó rápidamente, pero Geneviève permaneció en el lugar, a un costado del foso. Había dejado caer un ramo de flores al interior y se cruzaba de brazos, tiritando, mientras Vivianne, con un paraguas en la mano, hacía esfuerzos por guarecerla. Marie Claire Duhesme se le había aproximado. La abrazó sutilmente y luego se cruzó las manos por delante, sin dejar de mirar al fondo del pozo. Yo tampoco me moví. Los últimos asistentes, dos ancianos que se desplazaban con dificultad, saludaron a la viuda y se retiraron arrastrando los pasos. Creí que no había nadie más. Me acerqué a Geneviève, la saludé por enésima vez y le ofrecí mi brazo para salir del lugar. Oí que Marie Claire le había hecho la misma propuesta. Su carruaje la esperaba afuera del recinto y me pareció entender incluso que pretendía llevarla hasta su casa del barrio Saint Germain para almorzar. No quería que estuviera sola. Geneviève declinó cortésmente la invitación de Mme. Duhesme y aceptó la mía. Marie Claire me observó y entornó la mirada; parecía como si recién hubiese notado mi presencia. Mme. Beaubourg puso su mano en mi brazo y me apretó cálidamente. Nos pusimos en marcha. El gesto me había revitalizado. "Debemos irnos, Mme." le dije, mientras la lluvia no dejaba de caer. Vivianne y los niños nos siguieron. Me giré discretamente para mirarla. Me sonrió. Me volví para seguir avanzando, pero una súbita intuición me paró en seco; había yo visto algo: Una persona, un hombre, nos espiaba agazapado detrás de un mausoleo. Volví la cabeza, enfocándolo ¿Podía ser cierto? Tan pronto nuestras miradas se cruzaron, el hombre escondió la cabeza, pegándola contra el muro. Me inquieté. Retiré con cuidado el brazo de Mme. Beaubourg del mío y le recomendé continuar hasta su carruaje. Las mujeres me miraron con inquietud. ¿Qué le pasa a éste? Parecían decir. Me despedí y me alejé en dirección a donde había visto al desconocido. Era un espacio pequeño y cerrado, pero un sinfín de obstáculos me separaba de él. Salté criptas, rodeé lápidas, volqué floreros. El desconocido advirtió mis intenciones. Lo vi anticipar mis movimientos y encaramarse sobre las tumbas como un acróbata. Vestía un abrigo negro y una bufanda. Su rostro me había quedado grabado: Barba poblada y cabellos escasos, grises y cortos; ojos pequeños, frente marcada. A pesar de su madura edad, estaba en mejores condiciones físicas que yo y pronto me sacó ventaja; alcanzó el acceso principal del cementerio y se aventó a la calle a toda carrera. No pude alcanzarlo. Un fuerte dolor en ese muñón de rodilla que me quedaba, me lo impidió. Más aún. Al rato estaba sentado sobre una de las tumbas, frotando mi pierna como un enajenado. Geneviève había seguido la escena. Al verme en el suelo mandó a Vivianne por mí: "¿Viene con nosotros, Monsieur? Mme. me ha dicho que podemos llevarlo hasta su casa." Geneviève había ya montado en el carruaje y me observaba a través de la ventana. Yo la miré un instante. Sus ojos todavía humedecidos, brillaban a la luz opalina de aquél día nublado y sin quererlo de veras, decliné la invitación.

Capítulo XII

Dos días más tarde recibí una citación del departamento de policía. Esto probablemente no hubiera debido extrañarme, pues yo formaba parte del círculo íntimo del difunto Gérard Beaubourg y parecía natural que durante la investigación fuera requerido mi testimonio, pero debo reconocer aquí que cuando tuve ante mis ojos el documento solo pensé en los cofres y el atentado a la Malmaison. Lo bueno de todo eso fue que nadie vino a sacarme de la cama a las tres de la mañana para interrogarme y se me permitió trasladarme voluntariamente y por mi propio pie hasta el edificio de la prefectura. Llegué hasta allí alrededor de las diez de la mañana del siguiente día y no debí esperar mucho antes de ser atendido. Un hombrón pusilánime con aspecto enmohecido me preguntó mi nombre y mi relación con Gérard. Yo respondí con dificultad; la mayor parte de las cosas que sabía –incluyendo el pequeño detalle de lo que había presenciado en el departamento de Bertrand Duhesme– no las podía decir. En ello se me iba, literalmente, la vida. El hombrecillo apuntó algunas cosas sobre mi relación de trabajo con Gérard en el Tribunal de Comercio y sobre la forma en que nos habíamos conocido, con lo cual pareció dar por terminado el interrogatorio. Luego se puso de pie y se perdió por el pasillo. Yo esperaba que con eso terminara aquél trámite, pero estaba equivocado. Pasaron unos minutos antes de que el piso de parqué volviera a crepitar. Esta vez los pasos eran más gruesos, más pesados, y hasta diría que el aire era violentamente aventado hacia adelante por el gesto enérgico y voluminoso del individuo que avanzaba por él desde las profundidades. Era el mismísimo Anne Jean Marie René Savary, duque de Rovigo. Vestía impecablemente el uniforme del ejército francés y cuando apareció en el umbral del corredor toda la escena pareció iluminarse. Algunos pasos más atrás, lo escoltaba el hombrecillo que me había entrevistado, todavía con el cuadernillo entre las manos. El duque de Rovigo fijó en mí sus ojos oscuros y avanzó hasta mi posición con tal velocidad que pensé que se me iba a lanzar encima. Antes de que ello ocurriera, detenido en seco a unos centímetros del mesón que nos separaba, ignorando la butaca vacía que había junto a él, apoyó los puños sobre la cubierta y doblando un poco los brazos se inclinó hacia adelante. Había fruncido el ceño y –sería por las mejillas rellenas colgando a lado y lado de la pequeña nariz o por el corte de cabello, peinado hacia adelante– todo en él me daba la sensación de estar delante de un perro de caza al momento en que indica la presa. "¿Es usted Vincent Bernales?" Asentí con un movimiento de cabeza. "Acompáñeme." Se hizo a un lado y me indicó el pasillo con una mano mientras agitaba la otra queriendo apurarme. Cuando me paré me di cuenta de que era unos centímetros más bajo que yo y que su barriga describía una curva perfecta desde epigastrio hasta el pubis.

Me interné por el pasillo tras él. El hombrecillo pusilánime nos escoltaba. Me hizo pasar a una habitación que no era la suya –después pensé, en todo caso, que ninguna de esas oficinas podría haberle pertenecido, pues él estaba allí por un requerimiento especial de Napoleón– pues era demasiado austera para albergar el ego de un duque. Me hizo sentar, quitó el cuadernillo al hombrecillo y luego se sentó frente a mí, tras la mesa. "¿Conoce Ud. a Vivianne Saint Dennis?" La pregunta del duque me había golpeado de sorpresa. No sabía en verdad qué responder, pues desconocía el apellido de Vivianne. "Vivianne Saint Dennis. La criada de Monsieur Beaubourg." Aclaró. "Sí, por supuesto. Era la criada del magistrado. Vive con la familia." Un escalofrío me recorrió la espalda. ¿Cuánto había hablado Vivianne? De un momento a otro temí pasar de la categoría de testigo a la de sospechoso. "Esta mujer dice que cuando M. Beaubourg no llegó, ella lo fue a ver a Ud. para que saliera a buscarlo." Los ojos de Anne Jean Marie René Savary se habían empequeñecido. Su voz había pasado de arrogante a insolente. Tenía un tono altisonante muy impostado que no le acompañaba y que ponía en evidencia lo que en verdad era: un ser carente de todo sentido común sin un ápice de agudeza mental. "Sí. Es efectivo. Vivianne me fue a buscar tarde, la noche en que desapareció. Me dijo que el magistrado no había regresado y me pidió ayuda para buscarlo." "¿Y lo encontró Ud.?" No sé bien a qué le tuve miedo. Soy un soldado. Antes y después de esa ocasión arriesgué la vida en innumerables ocasiones sin cuestionarme siquiera la posibilidad de morir. Esa mañana, sin embargo, tal vez porque me costaba demasiado separar lo que podía decir de aquello que debía callar, las rodillas me temblaban y me sentía a mí mismo como un niño rindiendo un examen. "No. No lo encontré." Savary dio un puñetazo sobre el mesón que hizo saltar el tintero. Tiempo después, pensando en aquél gesto, he llegado a concluir que estaba calculado. Respondiera lo que yo respondiera, él iba a asestar de todos modos el golpe porque probablemente lo había visto en alguien a quien admiraba, tal vez en el mismísimo Napoleón, y pensaba ridículamente que así llegaba a parecérsele. Yo salté con el gesto —que no esperaba— al igual que el hombrecillo pusilánime junto a mí —a esas alturas una sombra borrosa— y repitió la pregunta: "¿Lo encontró Ud.?" Lo miré a los ojos. Más allá de su tonta pregunta, me causaba curiosidad el vacío mental que anidaba en su cabeza. A pesar de que ambos éramos hermanos masones y de que había estado sentado frente a él, no me había reconocido. Más aún, cualquiera fuera la persona que hubiera estado allí, el resultado habría sido siempre el mismo, porque el gran defecto de Anne Jean Marie René Savary era precisamente ese: su incurable ceguera. Éste era el hombre por el cual Napoleón quería reemplazar al astuto Joseph Fouché. La razón de ello era obvia: el emperador temía al marqués de Otranto y si lo había tolerado hasta ahora era únicamente porque no había encontrado el momento oportuno para deshacerse de él. En rigor, bajo la forma que tenía el Sire de ver las cosas, con ese súper ego colmado de fatuidad, no concebía la posibilidad de necesitar bajo su mando a nadie más que pensara aparte de su persona; confrontar opiniones o transar posiciones debía ser para Napoleón la cosa más aburrida y molesta del mundo; Savary, en cambio, era todo lo que él necesitaba: una herramienta sin cabeza. Una palanca humana eficiente y precisa; una caja de resonancia; un adicto enamorado de su autoridad. Savary se inclinó hacia atrás para descansar su humanidad en el respaldo de la silla. Si alguna vez vio en logia a Gérard Beaubourg, no lo recordaba. Su muerte no le

importaba. Estaba ahí interrogándome únicamente porque pensaba
que debía hacerlo, para poder decir después al emperador que lo
había investigado y que había remecido las paredes de la prefectura
de policía con su enfermiza vitalidad en los pocos días en que se
hizo cargo de la investigación. Prueba de ello serían los tinteros
volcados bajo sus puñetazos y los gritos que resonaron hasta la calle.
Los cofres le importaban más. El emperador, seguramente, algo
le había hablado de ellos, lo suficiente como para dejarle en claro
que debía voltear todo París, si fuese necesario, para recuperarlos.
"Como le he dicho —respondí ahora, recuperando mi aplomo—, no
lo encontré. Cojeo de una pierna. Me cuesta avanzar rápido. No
llegué muy lejos buscándolo." "Pero Vivianne Saint Dennis declaró
que Ud. le había dicho que sabía perfectamente dónde buscarlo."
"Fue sólo un decir. Solo le dije eso para calmarla." "Y su esposa,
Geneviève Trudon —Savary había recurrido a su apellido de soltera—.
¿Recuerda si la vio Ud. esa noche?" Savary se cruzó de brazos. Se
había puesto un espéculo en el ojo derecho y oteaba a la distancia
las notas del cuaderno, aparentando no prestarme atención. "No."
"¿"No" qué?" "No recuerdo haberla visto" Mentí. ¿Cuánto había
hablado Vivianne? Con todas esas piezas sobre el tablero, no era
difícil inferir lo que había pasado.

Amarré mis manos entrelazando los dedos a la altura del regazo.
Esperaba que Savary no hubiera advertido el gesto de incomodidad.
"Está bien... —esbozó. La imagen de la tinta desparramándose sobre
la mesa parecía calmarle— Es suficiente por hoy. Ya puede irse." Me
dispuse a salir. No había acabado de incorporarme cuando me hizo
sentar de nuevo. "Espere un minuto. Siéntese por favor." Me senté.
"Quiero preguntarle algo más. ¿Sabe Ud. si el magistrado participaba
de algún tipo de asociación digamos secreta?" "¿A qué se refiere
con eso?" "Lo que le acabo de sugerir..." "Secreta ¿Cómo qué?"
"Dígamelo Ud." Me crucé de brazos. Tenía una salida honrosa a la
pregunta: Savary era también masón, al igual que yo... Podía hablarle
algo de eso para no tener que mencionar a... "No lo sé. Creo que el
magistrado era, bueno; participaba de la Francmasonería." Savary se
quitó el espéculo. Frunció el ceño y me miró con desconfianza. El
tema le desagradaba. "¿Y cómo sabe Ud. eso?" "No lo sé. Solo le

digo lo que se comentaba en el Tribunal de Comercio." "¿Y alguna otra asociación de esa índole? En realidad, no le estoy preguntando por la Masonería." "¿Cómo cuál?" Savary dejó el cuadernillo sobre la mesa, del lado opuesto de la mancha de tinta que nadie se atrevía a limpiar. "¿Ha escuchado Ud. hablar de Los Filadelfos?" "No. Nunca. No tengo idea de lo que pudiera ser eso."

Era hora de almorzar cuando rehíce el camino a casa. Entré a la residencia de Mme. Mazel y subí las escaleras pausadamente hasta mi dormitorio. El interrogatorio me había dejado extenuado y sólo quería echar el cuerpo un rato. No pude hacerlo. Antes de llegar arriba observé que la puerta de la habitación estaba entreabierta. La visión del pestillo asomando hacia el pasillo me resultó sobrecogedora. Subí en silencio. No llevaba nada con qué defenderme, de modo que el factor sorpresa podía ser mi única salida. ¿Habrían encontrado el puñal bajo la almohada? Podía arreglármelas con eso. Al menos era mejor a que hallasen la pistola en el armario. Asomé un ojo por el intersticio que quedaba entre la hoja de la puerta y el marco. Allí estaba. Era él. El muchacho ese; joven, alto, espigado, desgarbado como un ave zancuda. Su prominente nariz cortaba el aire mientras registraba mis pertenencias. Se había vuelto a poner el abrigo que le quitara el otro día y noté que había separado algunos documentos de la logia y del Tribunal de Comercio. En un momento giró y me dio la espalda. Me pareció que, aparte de él, no había nadie más en la habitación. Abrí la puerta de súbito, corrí y me le abalancé encima con la agilidad de un felino. El muchacho giró, abrió los verdes ojos horrorizado, dejó escapar un grito de espanto y se entregó a su destino. Mi puño derecho cayó como un mazo en mitad de su rostro y la sangre le brotó de las narices como un manantial. Un patadón de defensa se descargó contra mi rodilla lisiada haciéndome trastabillar de dolor. No importó. Fui más rápido que él. Lo cogí por el cuello y le repetí la dosis de puñetazos directo a las cuencas de los ojos. No acerté; el último de los golpes aterrizó en la quijada volándole un par de dientes; el muchacho empezó a gritar. Me senté sobre él y estaba listo para rematarlo cuando un mazazo se descargó contra mi oído derecho. No había sido él. Yo me había equivocado. Sus cómplices venían en su ayuda, franqueándole la huida. Luego sentí otro golpe, duro, muy duro contra la nuca, y un patadón, y luego otros más, contra las costillas. No recuerdo nada más. Debo haberme desvanecido un rato al cabo del cual recuperé la conciencia sumido en un fuerte dolor. No podía moverme. Solo supe que estaba todavía allí, en la habitación que rentaba a Mme. Mazel, pues reconocí algunas de mis cosas tiradas en el suelo, muy cerca de donde descansaba también mi cabeza y todo mi cuerpo.

Después de eso me dormí. Lo sé, porque tuve un sueño muy extraño; volvía en el tiempo, a esos hermosos días en que era todavía parte del ejército español. Me había iniciado recién en la masonería de Etruria y disfrutaba de mis primeras luces paseando por las iglesias de Florencia. Un día pasaba frente a la basílica de la Santa Cruz en dirección al mercado, cuando me hizo parar un hombre. Era de noche y apenas pude ver su rostro. El hombre se descubrió y se dejó ver bajo la luz de la luna. Era el David de Miguel Ángel. Me miró con sus ojos fríos tomándome muy firme por el hombro y me susurró unas palabras al oído. Era la palabra perdida. Y luego me dijo: "¿Ya veis? Con ella podrás entrar..." Entonces volví sobre mis pasos y golpeé a las puertas de la iglesia, de las que me habían dicho daban al Paraíso. Esperé mucho tiempo, no sé cuánto. Sólo sé que luego no me importó, porque las puertas se entreabrieron, dejando ver sus pestillos, como la puerta de mi dormitorio en casa de Mme. Mazel. Yo me asomé al interior, de igual modo que lo había hecho esta tarde, pero no era mi pieza; pues dentro todo estaba a oscuras y fluía hacia el exterior un aire abovedado. También había una mujer muy hermosa que me daba la espalda. Creí que era Geneviève Beaubourg. Tenía los cabellos muy rubios, más rubios que de costumbre, pero éstos no le lucían pues los llevaba rigurosamente tomados bajo la nuca. Estaba casi desnuda, como el otro día, cuando vi sus piernas flotar en el departamento de Bertrand Duhesme, o quizás todavía más, pues apenas la cubría una túnica de una tela muy delgada que a diferencia de aquella vez, dejaba entrever todos sus secretos. La mujer se giró, flameando una capa que hasta ese momento yo no había visto y me observó mientras me sonreía. Sus cabellos se habían desatado y me abría los brazos pidiéndome que me acercara. Era muy hermosa. Entonces me di cuenta de que no era Geneviève sino que Marie Claire Duhesme. Yo quise ir hasta donde estaba, pues en ese momento me di cuenta de que la amaba intensamente; que desde ese día, cuando apareció levitando en el recibidor de la casa de su marido y me habló tan ingenuamente del pubis de su abuela retratado para el infinito, no había dejado de pensar en ella y me arrojé a sus pies, hermosos como el mármol. Ella se agachó sobre mí, acarició mis cabellos y me susurró al oído diciéndome que también me amaba y que al igual que yo, desde ese día extraño, solo pensaba en mí y en mis ojos saltones. Entonces me hizo poner otra vez de pie y tomándome de la mano me llevó hasta el final de la nave donde debía estar la sacristía. Pero allí no había nada de eso; en su lugar, pintado sobre el muro inmenso, había un fresco de Miguel Ángel, el mismo que está pintado en Roma en la Capilla Sixtina, pero en lugar de Cristo estaba Gérard en el medio, moviendo los brazos en émbolo, y en torno a él todos los demás: los franceses, los españoles, los prusianos, los ingleses; todos: hombres y mujeres, con sus rostros felices o aterrorizados. Marie Claire Duhesme me los fue señalando uno a uno: Allá abajo, en el infierno, con unas orejas enormes, en lugar de Minos, estaba Napoleón con su corona envenenada, y junto a él Savary metamorfoseado en bulldog. Lafayette, Dumoriez y Luis XVI lo acompañaban, y a poca distancia, desnudos y con el rostro desencajado por el espanto, Carlos IV de España, Manuel Godoy y la reina María Luisa. Fernando VII estaba también con ellos. Entre los ingleses reconocí a Jorge III de Inglaterra y junto a él, a William Pitt, su enclenque primer ministro. Robespierre no se había salvado, ni tampoco Jean Paul Marat. Dantón, en cambio —cosa curiosa— había sido elevado a los cielos y junto a él, Carlota Corday, con el puñal al cinto, y la emperatriz Josefina, con sus flores. Berthier había sido también ascendido y Murat tras él. Más abajo, entre el cielo y la tierra, había una mujer escribiendo; no sé si habría sido salvada. Era madame de Staël. Junto a ella, corriendo el mismo destino, estaba Joseph Fouché, marqués de Otranto, y un poco alejado del grupo, el conde de Mirabeau. Después de esto no me atreví a mirar más, pues me había dado cuenta de que los rostros se multiplicaban y que si buscaba con detalle podría incluso haberme encontrado a mí mismo. Me aferré a Marie Claire, escondiendo mi cara en su cuello como si fuera un niño, mientras le repetía que la amaba infinitas veces. Mi propio llanto me despertó. Todavía no amanecía.

Me levanté con dificultad mareado y angustiado, de modo que solo tuve energías para llegar hasta la cama y tenderme de nuevo. Allí estuve varias horas sin poder conciliar el sueño, todavía perplejo, hasta que me dormí un poco antes del amanecer. Mi descanso, sin embargo, no se prolongó por mucho rato, pues unos golpes en la puerta me volvieron a la vigilia. Era Mme. Mazel, visiblemente molesta. Se presentó con el ceño fruncido y el rostro macilento. Me dedicó un breve saludó y luego pasó directo al motivo de su temprana visita: me dijo que estaba agotada, que en las últimas semanas habían ocurrido demasiadas cosas y que lo único que quería era que me fuera. Le encontré toda la razón. Luego le pedí que me diera la cuenta de lo que le debía desde el último cobro, buscando ganar algo de tiempo, pero me contestó con sequedad que no era necesario, que lo dejara como estaba. Sólo quería que agarrara pronto mis cosas y que no volviera jamás. Asumí que tenía demasiados motivos para estar molesta conmigo, en especial por todos esos episodios violentos que habían tenido por escenario su casa y de los cuales, sin quererlo, yo era el principal responsable. No me dejó hablar. Apenas había abierto yo la boca, cuando la veterana dio la media vuelta y desapareció escaleras abajo. Volví sobre mis pasos, me senté en la cama y me puse a pensar en lo que haría durante los próximos días: no tenía muchas opciones, en rigor, por lo que tomé la única decisión posible; retornar a Cataluña y olvidarme de todo lo demás. Estuve hasta el mediodía ordenando mis cosas. No eran muchas, debo decir, pues resolví que lo mejor era llevar un bolso pequeño y todo lo demás echarlo a la basura. No olvidé el Boutet 1806 ni el puñal. El resto eran apenas un par de mudas de ropa y este cuaderno. Gracias a mis ahorros, todavía contaba con bastante del dinero que me había dado Gérard antes de morir y cuando bajé las escaleras, pasé a despedirme de mi casera. Golpeé a la puerta de la sala pero no esperé a que me abriera; asumí que no lo haría, por lo que entré y la obligué a recibirme. Ella estaba donde siempre la había visto, sentada a la ventana, mirando pasar la gente por la avenida Colbert, sin nada más con que llenar la vida. Un fuerte sentimiento de culpa me abordó cuando entré otra vez a aquella habitación, pues lo primero que me saltó a la memoria fue la noche aquella en que la encontré sentada en mitad de la sala revuelta, llorando. Los Filadelfos no solo habían roto sus cosas, sino que se habían llevado lo que quizás más importaba, su dignidad y sus recuerdos. Jamás vi ni volvería a ver a una persona tan sola y tan triste como ella; la vejez y la pobreza ya la habían visitado; solo faltaba la muerte, que no tardaría en llegar.

Me acerqué con el mayor respeto y me senté en una silla, cerca, justo frente a ella. Mme. Mazel volvió el rostro y me miró con sus ojos verdes y profundos. Estaba muy delgada y las arrugas se le habían marcado con fuerza por debajo de los párpados. Tenía el semblante duro, contenido, como si de un momento a otro, todo el odio se le hubiera venido encima. No la culpé; yo le había fallado. Ahora la dejaba con su pastel de manzana y su tristeza perenne. No supe qué decirle, metí la mano en mi bolsillo y saqué todo el dinero que tenía; quería dárselo para reparar, de algún modo, el daño que le había causado. Ella miró los billetes y apretó los labios. Como todos los días vestía cuidadosamente, un traje gris bien planchado, abotonado hasta el cuello y esperaba. En cada mirada que dedicaba hacia la ventana, esperaba; como si creyese que de un momento a otro alguien vendría a buscarla. Entonces, su vida volvería a florecer: iría al teatro del brazo de aquel desconocido, caminaría por el boulevard con un ramillete de flores o pasearía por la campiña los domingos. Pero esos días habían pasado. Yo tal vez, pude haberla invitado ¿Por qué no lo había hecho? ¡Más seguro habría estado dedicando mis días a cuidar de aquella anciana, antes que andar persiguiendo quimeras por París! "Mme. Mazel, he venido a despedirme. Disculpe Ud. por todas las molestias." Ella bajó la cabeza, rechazó el dinero mostrando el dorso de una mano que aleteó en el aire y luego de enjugar una lágrima, volvió otra vez a mirar por la ventana. No hubo palabras. Yo estuve allí unos segundos todavía, esperando alguna otra reacción hasta que asumí que nada más ocurriría. Entonces me levanté, saludé, cogí mi bolso y caminé en silencio hasta la puerta. Las llaves sonaron cuando las deposité en un platillo sobre la mesita. Luego cerré, bajé las escaleras y salí. Ahora no tenía dónde llegar y París se me hizo inmenso bajo las nubes del invierno.

Lo primero que hice fue almorzar. Como aquél iba a ser mi último día en París y me quedaba algo de dinero, me había hecho el firme propósito de comer bien. Con este fin me dirigí hacia un pequeño restaurant ubicado a dos cuadras de allí, en la calle del Tribunal de Comercio, muy frecuentado a esa hora del día por dependientes de los edificios circundantes y por los abogados. Encontré una mesita en el segundo piso que tenía vista hacia la avenida y ordené sopa de vacuno, que era el plato del día. Ya estaba sentado cuando me empecé a incomodar. Recordé que había dejado de manera demasiado abrupta mi lugar en el tribunal y el recinto empezaba a llenarse de gente conocida. Dos o tres veces me saludaron a la distancia. Nadie se acercó. El Palacio de Nevers era demasiado grande y demasiado impersonal como para que alguien se ocupara de mí. Pensé entonces que cuando Napoleón acabara de construir el nuevo edificio de los tribunales —actualmente en ejecución, no muy lejos de allí—, la gente ni siquiera se saludaría. Mi reflexión, de todas formas, pronto se desvaneció, pues caí en cuenta de que yo me estaba yendo de ese lugar y que si regresaba alguna vez a París, cosa que a esas alturas me parecía bastante difícil, aquél ya no sería mi barrio. Las audiencias habían terminado a esa hora del día. Desde mi posición pude ver la marea de gente fluyendo hacia el exterior. No me resultaba, en rigor, difícil distinguir quién hacía qué dentro del grupo, pues jueces y abogados vestían una toga negra hasta los tobillos y corbata blanca. Los demás, en cambio, separados en azules y escarlatas, eran administrativos. Los restantes —formales pero variopintos—, los comerciantes o factores, verdaderos interesados en la solución de sus casos.

Estaba ya en el postre cuando tuve una visión siniestra: el juez Bertrand Duhesme salía del edificio. Lo distinguí con facilidad por su figura corpulenta y alta. Tras él venía Bartolomé Dougnac, cargando un dossier con documentos. Duhesme miró un instante hacia mi lugar. ¿Me habría visto? La sola posibilidad de que así hubiera sido me sobrecogió; pero se trataba, en todo caso, una idea imposible. No tan aventurado era, en cambio, la opción de que cruzaran la calle y vinieran a sentarse a mi lado para almorzar. Apuré de comer, mientras daba una rápida mirada en derredor. El segundo piso tenía todavía, en efecto, varias mesas vacías. Pedí la cuenta y me alisté para pagar. El garzón me recordó que el menú incluía un café, que desprecié muy a mi pesar. Me puse de pie y fui hasta las escaleras. Me detuve en seco: Duhesme y Dougnac ya subían confundidos en un grupo de recién llegados. Retrocedí, me acerqué a un garzón y le pregunté por el baño "¿El baño, Monsieur?" "Sí, por favor, es urgente." "Abajo. Sólo abajo. Desde el año pasado que no tenemos baño arriba." Los hombres ya llegaban al salón. "Necesito bajar luego ¿Tiene otra escalera?" El tiempo apremiaba. "¿Otra escalera, Monsieur, no, sólo la que Ud. ve allí." Volví al lugar donde me había sentado. Alguien ya hacía el aseo. Giré hacia la izquierda y me fui alejando por el pequeño corredor que formaban las mesas ordenadas a lado y lado. No tenía escapatoria. Me verían inevitablemente. "¡Vincent!" La agripada voz de Dougnac sonó en el aire. No quise mirar. Seguí por el corredor, caminando a buen paso, pero sin correr. "¡Es Vincent, magistrado!" Un garzón se me atravesó. Alcancé a ver cómo la bandeja que portaba se doblaba hacia su cuerpo desbordando la vajilla. El estridente ruido de loza rota coronó la escena. "¡Vincent!" Di una vuelta en "U" bordeando a todo en derredor las mesas, reconduciendo mi periplo hacia la escalera. Los miré con el rabillo del ojo: Duhesme no se movía; me observaba estático con los brazos cruzados mientras Dougnac saltaba ladrando en torno suyo como un perro faldero. No se animaban a perseguirme: durante el día eran personas respetables. De todos modos, la actitud apacible de aquellos hombres no me extrañaba: Duhesme me había tenido vigilado todo el tiempo y, ciertamente, a esas alturas sabía que yo no tenía el tesoro. Me aventé a la escalera y me lancé a la calle. Nunca corrí —mi pierna lisiada no me lo permitía—, pero no dejé de caminar a marcha forzada hasta que estuve lo suficientemente lejos del lugar.

Al rato me empecé a sentir mareado. No sé si había sido por lo que había comido o por todo lo que estaba viviendo, que la cabeza me empezó a dar vueltas casi al punto de desfallecer. Una angustia atroz de perder la vida me rondó y ya no me sentí dueño de mis actos. Abandoné mi equipaje y seguí hacia el sur, atravesando el Pont Neuf, en dirección al barrio de Saint Germain. Dentro de mi turbación, razoné que si Duhesme había almorzado en el centro ese día, no regresaría a casa sino hasta la tarde. Iba a ver a Marie Claire. Solo quería despedirme. Las últimas notas del sueño mágico que había vivido la víspera, todavía sonaban en mi cabeza. Recuerdo que sudaba como un enajenado. Camine casi una hora. No me importó. Apenas vi la silueta de su casa recortada contra el cielo, el corazón me empezó a saltar y un impulso vigoroso inflamó cada músculo de mi cuerpo. Avanzaba queriendo huir. Cada paso hacia adelante era la reafirmación de un deseo que me acobardaba. Mi caminar se ralentizó; mis ojos se entretuvieron en los árboles de la avenida, con sus ramajes desnudos y blanquecinos como osamentas colgantes. Sobre la ciudad, el cielo gris, cubierto de nubes, me sofocaba.

Llamé a la puerta. Un desconocido me abrió. No era Henry. "Busco a Mme. Marie Claire Duhesme." "¿Tiene Ud. audiencia? Mme. está ocupada en este momento." El individuo me había mirado de pies a cabeza. Era su momento para ejercer sobre mí la tiranía. "Diga a Mme. que le traigo un mensaje importante de Mme. Geneviève Beaubourg" mentí, sin saber qué otra cosa inventar. Me hizo pasar y me dejó esperando junto a la mampara. Sus pasos se perdieron por el pasillo. Al cabo de unos minutos volvió y me pidió que lo siguiera. Cruzamos la casona hasta el patio. Al llegar al exterior, me señaló un escaño arrimado a la orilla de una avenida de arbustos perfectamente recortados. Marie Claire miraba hacia la pileta, cruzada de piernas, mientras los niños jugaban en el suelo. Saludé al mayordomo y seguí. Todo me temblaba. Apenas podía caminar y cojeaba escandalosamente. A pesar de que estaba nublado, me pareció como si en aquel jardín todo hubiera sido extrañamente luminoso. Unos abetos de hojas perennes crecían al final del predio y algunas plantas habían florecido desafiando al invierno. Los niños me vieron llegar. Uno de ellos se cruzó de brazos, me examinó de pies a cabeza y luego echó a correr tras su hermano, girando en torno a la fuente. Marie Claire no volvió la vista, estaba inmóvil; a la distancia distinguí su hermoso perfil griego, su nariz prominente y recta, y ya más cerca, su tez pálida y tersa, y sus pestañas largas y finas. "Madame..." Giró un poco el rostro para mirarme. Sus ojos claros, pálidos como las aguas de una vertiente al amanecer, estaban renovados por la frescura del día. "Tenía que hablar con Ud." Marie

155

Claire Duhesme sonrió con inocencia. Cerca de nosotros, el pájaro de pico azul se tomaba de los barrotes de su jaula. Noté entonces que era eso lo que ella tanto observaba. "¿Con quién tengo el gusto Monsieur?" "Soy Vicente. Vicente Bernales. Ya antes había estado en su casa, conversando con Ud. al igual que ahora." "¿Es amigo de mi marido?" "Trabajaba en el Tribunal de Comercio. También nos vimos hace unos días, en el funeral del magistrado Beaubourg." Volvió a sonreír. "Sí, ya lo recuerdo. ¿Qué lo trae por acá?" "Necesitaba hablar con Ud." "¿Conmigo? ¡Mon Dieu! Hace mucho tiempo que nadie viene a visitarme." "Madame." "Por favor, siéntese. No se quede ahí parado como otra escultura de mármol. Ya hay demasiadas en mi jardín." Me senté junto a ella. La cabeza otra vez me daba vueltas y empezaba a ver con dificultad ¿Qué me estaba pasando? Llegué a pensar que había sido envenenado, aunque el fuerte golpe que había recibido el día anterior también podía explicarlo. La miré otra vez a los ojos y me quedé en silencio. Me sentía sucio, mal oliente, indigno de estar allí, tan cerca de ella. "Usted dirá Monsieur." "Madame, he venido a despedirme." "¿A despedirse? ¿De mí?" "Madame, me avergüenzo de mí mismo. Mi deseo es superior a mi voluntad. Tenía que verla antes de partir." "¿Y va Ud. muy lejos?" Los ojos de Marie Claire se habían humedecido. "Regreso a Cataluña." En su rostro se formó una sonrisa nerviosa. ¿Qué había en ella? ¿Sorpresa, temor, afecto? Su corazón me resultaba insondable. Uno de los niños se paró sobre el parapeto de la fuente. Advirtiendo la maniobra, Marie Claire volvió el rostro de súbito para increparlo. Así se derrumbó nuestro momento. Ella me volvió a sonreír. "*Soy madre de dos niños, no me abochorne el día*", parecía suplicarme, pero yo tenía que continuar: "Madame, he venido para decirle que desde el día en que la conocí, Ud. dejó una marca indeleble en mi corazón, que..." Marie Claire volvió el rostro. Estaba incómoda, molesta. Me sentí podrido; cuando la llegué a ver, apenas sí pudo recordarme; yo no era nadie para ella, cuando más, un ser enclenque, un pobre lisiado sin patrimonio ni apellido. Su mirada se llenó de desprecio: ¿Andaba detrás de su fortuna? ¿Actuaba quizás por envidia del magistrado? ¿A través de ese gesto ruin, osaba parecérmele un poco? ¿Probar aquello que sólo estaba reservado para él? ¿Qué me había imaginado? ¿Qué se imaginaba este hombrecito solapado, que se aprovechaba de las horas en que el señor de la casa trabaja para venir a coquetearle? "Usted es un buen hombre, Vicente." Marie Claire volvió otra vez el rostro hacia mí y me miró directamente a los ojos. Me había aplastado con aquella frase, que hasta hoy resuena en mis oídos. Con esa frase, llena de elegancia, de empatía, de estatura, devolvía las cosas a su orden natural: Yo era el peón, el advenedizo, y ella la señora de la casa. "Usted es un buen hombre." Me volvió a decir. "Espero que le vaya bien en su país." Yo hubiera querido que las cosas tuvieran otro desenlace; que al escuchar mi confesión, ella se hubiera lanzado a mis brazos llorando de alegría, diciéndome "Sí, sí, yo también te amo..." Tal como había soñado; pero la realidad era muy distinta. El frío entró en el jardín, y se instaló sobre mi cabeza con todo el peso del universo. "Nunca la olvidaré, Madame. Sépalo Ud." Enjugué una lágrima vergonzosa. "Gracias, Monsieur. Ya va siendo hora de que se vaya..." En un gesto rápido alcancé su mano y se la tomé. Fue solo un instante. Ella la retiró en el acto. Nunca olvidaré la geografía de sus dedos tibios y suaves. "Es hora de que se retire Monsieur. Gracias por su visita. Excúseme Ud." Me levanté lentamente. Repasé a mi alrededor las verdes enredaderas escalando por los edificios y en el centro, el pájaro de pico azul en su interminable periplo por la jaula. De súbito me pareció como si la temperatura hubiera descendido varios grados, como si se preparase para nevar. Si ello ocurría, el pájaro, ciertamente, no sobreviviría; ese no era su lugar en el mundo. Me pregunté entonces, qué pasaría si alguien abriera la jaula para dejarlo ir ¿Escaparía? ¿Huiría del jardín de Duhesme? Tal vez sí; de todos modos no se libraría de su mortal destino, pues estaba demasiado lejos de casa.

Capítulo XIII

El resto de la tarde lo pasé merodeando por París. Había sido soldado, masón, filadelfo, funcionario público, conspirador, amante frustrado y espía. Ahora era, oficialmente, un vago. El cambio se operó en mí de inmediato, y lo supe cuando sorprendí al hombre que había perseguido en el cementerio el otro día, siguiéndome. Un par de días antes, de haber vivido la misma escena, habría dado la media vuelta y lo habría encarado, intentando darle alcance, del mismo modo que lo había hecho el otro día. Hoy, sin embargo, nada me importaba. Antes de eso, pasé varias horas sentado bajo un escaño a la sombra de un abeto en una plaza cercana a la casa de Marie Claire, lamiendo mis heridas. Me habría dejado morir allí si hubiera podido, pero estaba demasiado vivo y el frío de la tarde me había obligado a emprender de nuevo la marcha. Se encendieron los faroles de las calles y una lluvia fina empezó a humedecerlo todo. El hombre seguía tras mío, sin perderme la vista. Me seguía con una arrogancia que rozaba la impudicia, como si para él mismo no tuviera importancia el que yo notase o no su presencia. Para cuando me apercibí del lugar donde estaba, la noche ya había caído. El sector me era familiar: la rue de St. Agustín en el barrio de Feydeau. A media cuadra estaba el N° 216. No dudé entonces en lo que debía de hacer. Al llegar frente a la puerta de la familia Beaubourg me detuve y llamé. Debía ver a Vivianne para despedirme de ella. La lluvia se había acentuado y algunos peatones corrían por la acera, buscando abrigo. Nadie bajaba; volví a tocar. Mientras tanto, mi escolta me observaba desde el otro lado de la calle, guarecido bajo la cornisa de un edificio. Oí pasos que descendían, luego un movimiento de chapas que se descorren y de pomos que giran. Era Vivianne. Apenas me vio, se lanzó a mi cuello y me abrazó con fuerza. "Has venido, Vincent, has venido." Respondí a su abrazo. Luego la alejé de mi cuerpo y la miré a los ojos. Estaba agitada. Mi ego hubiera querido que se debiera a mi sola presencia. "Ven, por favor, sube, sube..." Me tuteaba con la libertad de quienes comparten demasiados secretos. Estaba sola con los niños. Subí hasta la sala. Todo allí se había teñido de un cariz triste. En un brazo del colgador descansaba uno de los sombreros de Gérard. Las cortinas estaban cerradas y había un retrato del difunto sobre la mesa de arrimo junto a una vela encendida y unas flores. Me hizo sentar en el canapé. "He venido a despedirme." Vivianne se había acomodado junto a mí. Mis palabras parecían haberla tomado por sorpresa. "¿Te vas?" El rostro se le había desdibujado. Desde mi rincón y pese a la poca luz, alcancé a leer algunos de los títulos de los libros en la repisa, entre los que destaqué "Corpus Hermeticum" y "Polychronicon"; seguramente ya estaban allí el día que llegué a esa casa, pero no les había prestado atención. Ese día en cambio, con todo lo que había vivido las últimas semanas, fue lo primero que saltó a mi vista. "¿Y Madame?" "Acaba de salir. Ha venido a buscarla ¿Lo crees posible? Ha venido ese mal nacido a buscarla..." "¿A quién te refieres?" Vivianne recogió el rostro en una mueca de sorpresa. Su tono era violento. "¿De qué otro podría estar hablando? Me parece insólito que haya tenido la desfachatez de venir a esta casa, con todo lo que hemos sufrido por su culpa." No podía estar hablando de otra persona que Duhesme. En mi incredulidad, la obligué a confirmarlo. "Sí. Ese hombre. Ella me mandó llevarle un mensaje al tribunal hoy poco después del mediodía. Jamás antes me había pedido hacer una cosa así." "¿Y sabes por qué lo ha hecho? ¿Ya no le interesa el qué dirán?" "No pensé que Madame se atreviera a hacer una cosa así." Vivianne bajó la vista y se cruzó de brazos; intentaba contener su frustración. Luego continuó: "En todo caso, debo reconocer que esta vez el motivo se debe a otra cosa..." "¿A qué te refieres?" "Hoy en la mañana Madame recibió una carta. La deslizaron por debajo de la puerta y no esperaron a que bajara a abrir. Cuando Madame la abrió yo estaba con ella y pude observar que su rostro se paralizó de espanto." "¿Qué decía? ¿Pudiste leerla?" "Fue por esa carta que me pidió que le llevara un mensaje urgente al juez Duhesme." "¿Qué decía?" Volví a preguntar inquieto, mientras Vivianne se encogía de hombros. Hablar del contenido de la carta significaba reconocer otra vez que leía los mensajes privados de Mme. Beaubourg a sus espaldas. "Creo que hablaba de ti, Vincent.""¿Recuerdas lo que decía?" Se puso de pie mientras mordisqueaba su labio inferior. Tomó la escalera y subió a la habitación. Oí el crujido de la puerta y luego el suave roce de una gaveta que se abre. A los dos minutos estaba de vuelta con un papel doblado que me acercó mientras permanecía de pie frente a mí. "El mensaje parecía ser demasiado importante para Madame. No se separó de él durante todo el día. Apenas tuve tiempo para darle un vistazo rápido..." "¿Y qué es esto?" Vivianne me sonrió: "Lo que recuerdo de él. Transcribí lo que leí." Desdoblé el documento con secreta ansiedad; era la letra de Vivianne. Con algunos borrones, decía: "Madame Geneviève; usted no me conoce. Me dirijo a Ud. porque tengo los cofres que su marido buscaba. Si desea recuperarlos, venga esta noche a verme; estaré en las barracas de la isla Louviers a las 21.00 horas. La esperaré sólo diez minutos. El secreto vale un millón de francos. PD: No avise al cojo. Si llego a verla llegar en compañía de él, jamás obtendrá lo que está buscando."

Obviamente, el cojo era yo. Me paré de un salto. Me costaba creerlo. "Alguien" había venido hasta Mme. Beaubourg para ofrecerle los cofres. Miré la hora: Faltaban diez minutos para las nueve. "¡No puede ser cierto! ¿Es verdad todo esto? ¿Es verdad lo que has escrito aquí?" Vivianne se encogió de hombros. "¡Demonios!¡Qué cosas digo!" Tomé aire. Vivianne había vuelto a sentarse en el canapé. Proseguí: "¿Qué lugar es ese? ¿Dónde está esa isla? ¿Me puedes acompañar?" "¿La isla Louviers, dices? En el Sena, al este de la isla de Saint Louis." "¿Y qué hay allí?" "No sé. Nada... nada importante. Son solo barracas y almacenes donde los mercaderes guardan madera." "Debo ir allá, ahora... ¿Me acompañas?" "Jamás llegarás, son cinco para las nueve." "¿Me puedes acompañar?" Vivianne tomó mi mano. Había visto mi rostro desencajado por la desesperación. "Debes irte ya. Yo no puedo seguirte. Estoy con los niños..." Me acompañó a la puerta. Al bajar las escaleras, azotaba sin querer mi bastón contra las paredes. Al llegar abajo me abrazó y me besó en los labios. Yo la tomé con fuerza. Estaba demasiado ansioso para razonar. Luego salí al trote, dando zancadas, queriendo robarle al reloj los minutos que ya no tenía. Avancé algunas cuadras. Ya eran más de las nueve y mi destino estaba muy lejos. A pesar de eso, seguía avanzando, envuelto en un sudor frío que me mojaba la espalda.

Oí cascos de caballo chocando contra el adoquinado. Era un coche que se aproximaba. No le había prestado atención y esperaba a que me adelantase cuando de súbito se detuvo junto a mí. Me paré en seco. "¡Suba!" Miré hacia la ventanilla, sombría e inescrutable. "¡Suba, Monsieur!" "¿Se dirige a mí? Voy apurado. No puedo atenderlo." "Monsieur, a Ud. le hablo. Suba por favor." Había reiniciado mi marcha y el coche avanzaba conmigo. Volví a mirar hacia la cabina. Un hombre maduro, de cabeza blanca y rala se asomó por la ventana. Era mi escolta. El mismo que me había espiado en el cementerio el día del sepelio de Gérard y que me había seguido todo ese día. "¡Déjeme tranquilo! ¡No tengo nada que hablar con usted!" "Monsieur, estoy aquí para ayudarle. Suba por favor. No llegará a donde va sin un coche. Ud. no tiene nada que perder." Me detuve. ¿Qué hora era? ¿Las nueve y quince? Todavía tenía que atravesar medio París. El hombre notó mi turbación y volvió a acometer con su ofrecimiento: "Suba Monsieur. Suba ahora, lo llevaré hasta donde guste." Obedecí. El hombre se arrimó hasta el rincón opuesto y desde ahí me habló con tono sereno. "Lamento que nos conozcamos en estas circunstancias, Monsieur. Mi nombre es Étienne Lousteau." "¿Para quién trabaja?" "Eso no importa ahora, Monsieur; digamos que mi única misión es la de ayudarle a cumplir su objetivo." "¿Cuál de todos?" "El más importante: ayudarle a encontrar lo que está buscando." El coche avanzaba lentamente, en compás de espera. "Ud. dirá, Monsieur. ¿Dónde vamos? El tiempo apremia." Puse ambas manos sobre la empuñadura de mi bastón. Ya no tenía alternativas, debía entregarme a lo que me deparase el destino: "A la isla Louviers." El hombre se hizo un poco hacia adelante para avisar al cochero. Le oí repetir mis palabras en tono demandante: "¡Monsieur, a la isla Louviers! Allez, allez!" La fusta agitó los caballos y un fuerte arranque me hundió en el respaldo del asiento. Casi galopábamos por pleno París. "Allez, allez!" Había dejado de lloviznar y la luna brillaba por entre las nubes. Humedecidos por el agua, los adoquines de la calle centelleaban al paso del carruaje.

Avanzamos por la rue Saint Roch para doblar en dirección al

este por la rue Honore. "Lamento haber sido tan poco educado el otro día en el campo santo." Me habló de nuevo el hombre aquél. "Comprenderá Ud. Monsieur, que hay cosas que es mejor que me las guarde, por la seguridad de ambos." "¿Es Ud. Filadelfo?" El hombre pareció sonreírse. La casi nula luz reinante me impedía ver su rostro. Sus dientes, sin embargo, blancos y sorprendentemente bien conservados, brillaban en la noche. "Digamos, mi señor, que vengo bien recomendado." En un gesto mecánico observé sus manos. ¿Llevaba acaso aquél hombre el anillo con forma de sol de Hermes, mi maestro filadelfo? La sola posibilidad de que fuese así me había causado una cierta simpatía hacia el desconocido. "Debemos recuperar esos cofres antes de que caigan en manos equivocadas. El emperador y nuestros enemigos nos pisan los talones y Ud. ha pasado a convertirse en una pieza clave en todo esto." "¿Y quiénes son nuestros enemigos? ¿Podemos confiar en alguien, acaso?" "¿Nuestros enemigos? Los ingleses, obviamente. El oro inglés financia a los enemigos de Francia en toda Europa y aquí en París también." "Y Napoleón, ¿Qué hay de él, entonces?" "¿El emperador? Nada. Tampoco queremos que el tesoro vuelva a manos suyas. Entonces, no hay muchos en quienes confiar." "¿Qué piensa hacer entonces, si recuperamos el Espíritu?" "Estamos trabajando en ello ¿Me entiende? Hay que sacar los cofres de París y de Francia cuanto antes. Estamos estudiando varias rutas: el norte por Normandía, el sur por Tolón o por algún puerto de Italia, cruzando los Alpes; la Confederación Helvética es también una posibilidad..." "¿Alguna otra?" "España, desde luego..." En la rue de Saint Martin doblamos otra vez hacia el sur; nos acercábamos.

El coche alcanzó el borde del Sena y retomó en dirección al este. Étienne Lousteau prosiguió: "España es una apuesta arriesgada. El emperador se está preparando para invadirla dentro de los próximos días. Toda la Grande Armée estará allí dentro de un mes. El mismo Napoleón tal vez también vaya con ella..." Las palabras de Lousteau me cayeron como un balde de agua fría. ¿Era posible? Hasta ese preciso momento yo guardaba la secreta esperanza de que todos esos movimientos de tropas no quedaran en nada. Me sentí perdido. A mi derecha habíamos pasado la isla Saint Louis y nos aproximábamos al puente de acceso a la isla Louvier. El coche bajó la velocidad. Atravesamos hasta llegar a un portón de fierro con una de sus hojas semiabiertas. El cochero se bajó, terminó de correr la hoja, volvió a montar y avanzó unos cien metros. Étienne y yo descendimos del carruaje. Calculé que a esas alturas eran cuando menos las nueve y media de la noche. Bajo la luz de la luna se dibujaban las rumas de tablones ordenados como castillos de madera. Más adentro, los almacenes de depósito, con sus techos de dos aguas, abrillantados por la lluvia y al otro extremo, un área de acopio para el desembarque. Todo estaba en silencio. Dimos algunas vueltas por el lugar casi sin distinguir nada. Étienne, con mi aquiescencia, ordenó al cochero encender un farol para iluminarnos y volvimos a recorrer el entorno. "Monsieur..." Lousteau portaba la linterna. Bajo su trémula luz habíamos divisado algo tendido en el suelo. Nos aproximamos. Alzó el candil y dejó que su amarillenta luz nos aclarara el paisaje: Era el chico de siempre. Estaba muerto, tendido boca arriba, con los verdes ojos abiertos, mirando al infinito en un eterno gesto de espanto. La lluvia había lavado su rostro y mojado sus ropas que también reconocí: el viejo gabán y la boina. Me agaché sobre él, buscando un hálito de vida; era inútil. Étienne Lousteau se inclinó conmigo. Observé su rostro desfigurado por los golpes, donde reconocí al menos un par de mi autoría. Los restantes eran recientes. Le habían fracturado la nariz y cuando lo tomé de la nuca me di cuenta de que le habían roto el cuello como a un pollo. "¿Lo conoce Ud.?" Mi compañero me interrogó frunciendo el ceño. Sus ojos pequeños y agudos brillaban a la luz del farol. "Sí. Este chico me ha seguido todo el tiempo. Jamás supe de quién se trataba." Revisé los bolsillos del gabán. No había nada en ellos, si acaso las dos letras bordadas por dentro: "A. D." "Es inútil. Duhesme nos ganó la partida." Concluí. "Entonces, ganaron los ingleses." Murmuró Lousteau, entre dientes. "¿Los ingleses, dice Ud.?" "Por cierto, no va a creer Ud. que el whisky que Duhesme bebe en su casa lo compra en el almacén de la esquina ¿Cierto?" "¿Qué hacemos ahora? Ya tienen los cofres..." Murmuré, angustiado. "¿El chico estaba solo?" Preguntó Étienne Lousteau. "Lo ignoro. Siempre lo vi solo, aunque debe de haber tenido cómplices, pues el otro día uno de ellos me azotó la cabeza cuando intenté atraparlo en mi habitación." De súbito notamos que varios hombres con linternas en las manos venían en nuestra dirección. No alcanzamos a apercibirnos de ello cuando ya estaban sobre nosotros. Le quitaron el candil a mi compañero y nos redujeron atándonos las manos por detrás de la espalda. "Hum... un hombre muerto y dos sospechosos." Uno de los recién llegados se abrió paso entre el grupo; se aproximó hasta nosotros y nos miró de pies a cabeza. Un asistente sostenía un farol junto a nosotros y me permitió ver de quién se trataba: Joseph Fouché, duque de Otranto; a la sazón, todavía ministro de la policía general de Napoleón. "¿Puedo saber qué hacen ustedes aquí, caballeros?" Fouché empuñaba su bastón con la derecha y escondía la izquierda tras la espalda. Era su postura habitual: elegante y distinguida. A su pregunta, ninguno de nosotros habló. "A ver, a ver... ¿No me dirán ahora que solo pasaban por aquí y se encontraron de casualidad con el cadáver de este hombre? ¿No es cierto?" Agaché la cabeza. "¿No van a hablar, caballeros? ¡Qué contrariedad! Imagino que a estas alturas tienen suficientemente claro que puedo hacerlos detener por homicidio." Nos pidió nuestros nombres. Dos de sus agentes nos revisaron mientras otros tantos se abocaban al examen del cadáver.

"¿Tiene identificación?" Fouché interrogaba ahora al agente que revisaba el cuerpo. "No, Monsieur." "¿Quién es esta persona? ¿Saben cómo se llama?" La pregunta del Duque de Otranto venía ahora hacia nosotros. "Mon Dieu! ¡Que el cuco les ha comido la lengua!" De súbito, otro hombre llegó al trote hasta nosotros. Por su capa noté que también era agente de la policía. Murmuró algunas palabras al oído de Fouché que este respondió con igual recato, mientras nos apuntaba con el dedo. El agente asintió mientras nos miraba y luego vino hasta nosotros, tomando a mi compañero por el antebrazo. Iba a sacarnos de allí cuando noté que otro grupo de hombres, también provistos de linternas, avanzaba cortándonos la retirada. Noté que eran militares pues vestían uniforme de la Grande Armée. Los encabezaba un hombre rechoncho, de rostro canino. Vestía una capa oscura que lo envolvía por entero y de la cual se esforzaba por asomar el pecho con sus medallas y charretelas. Se trataba, como podrá anticiparse, de Anne Jean Marie René Savary, duque de Rovigo, comisionado especial del emperador, que irrumpió en la escena con cierta violencia: "¡Monsieur Fouché! ¿Por qué no me extraña verlo aquí esta noche?" El aludido se volvió hacia su interlocutor. Otra vez, con el puño del bastón en la derecha y la izquierda tras la espalda. "¡Pero si no es el Duque de Rovigo! Mon Dieu! ¡A qué molestarse en venir con el frío que hace esta noche!" Estaban a cinco pasos de mí. No me costó mucho darme cuenta de cuánto se odiaban. Los hombres de Savary se acercaron a los agentes de Fouché, todavía acuclillados sobre el cadáver y tomándolos del brazo los obligaron a alejarse del cuerpo. Algunos llevaban los sables desenvainados y se desplegaban por el lugar en una actitud evidentemente hostil. Uno de los agentes de Fouché se desahogó en un gruñido de protesta que el Duque de Otranto acalló con un rápido gesto de manos. "Ud. no tiene por qué estar acá, Monsieur Savary. Este es un delito común y lo investigo de acuerdo a mi competencia." Anne Jean Marie René Savary se puso las manos en las caderas y dejó escapar una carcajada, al tiempo que le respondía: "¡Ja! ¡Monsieur! ¡La mejor prueba de que este no es un delito común es que Ud. mismo ha considerado necesario venir a inspeccionar el cuerpo! ¿Cuántas veces al año es posible ver al Jefe de la Policía levantando cadáveres por París? Monsieur, Monsieur!" Fouché frunció el ceño. Su mirada fluía ahíta de desprecio. A pesar de eso, el tono de su voz no cambió y siguió con su cadencia reposada y cálida: "Monsieur Savary, lamento que se haya molestado en venir. Por mi parte, debo seguir con mi trabajo. Ahora, si Ud. tiene la amabilidad, voy a ordenar el levantamiento del cadáver." "Usted no irá a ningún lado con ese cuerpo, Duque." Mientras Savary decía esto, sus hombres se apresuraban a recoger lo que quedaba del malogrado muchacho. La escena se tornaba patética. Joseph Fouché volvió el rostro hacia donde nosotros estábamos y murmuró entre dientes, con contenida furia: "Inepto, jamás llegarás a Maestro..." lo que me causó cierta simpatía, al punto que no pude evitar sonreír. El aludido, en cambio, montó en notoria cólera y como si hubiera estado esperando algún comentario que le permitiera desatar su ira, le espetó con violencia: "¡Esto es lo que pasa cuando los políticos se hacen cargo de la policía! ¡Nada funciona como debe!" Fouché no se dignó en contestar. Apenas había dado un paso en dirección

nuestra cuando Savary agregó, en forzado sarcasmo: "¿A dónde cree
Ud. que va, Monsieur? ¡Usted está detenido! ¿Me entiende?" Fouché
se volvió hacia el Duque de Rovigo y con estudiado tono le replicó:
"¿Detenido? ¿Yo? ¡Qué vergüenza, Monsieur! ¡Cuánto más tengo
que soportar! Mon Dieu! ¿Acaso no se da usted cuenta de que trata
con el Ministro de la Policía de Francia? ¡Espero que le valga la pena
este gustito suyo!"

El agente de la policía que estaba junto a mi compañero me tomó
también por el brazo y tirando de los dos, nos sacó rápidamente del
lugar. El coche en el que habíamos llegado estaba en el mismo sitio,
con cochero y todo. Al llegar allí, nos hizo parar; pasó por nuestra
espalda y uno a uno fue desanudando las cuerdas con que nos habían
apretado las muñecas. Volví la vista a Étienne Lousteau con un gesto
de sorpresa, pero no tuve tiempo para apreciar su reacción, pues
cuando nos giramos para mirar al agente de la policía, éste nos apuró
con voz inquieta: "Ahora suban a su coche y salgan de aquí lo más
pronto que puedan. ¿Me oyeron? ¡Váyanse! ¡No los quiero aquí! Allez,
allez!" El carruaje arrancó con fuerza, pero a las pocas cuadras de salir
de allí se evidenció nuestro andar errático; la razón era muy simple:
el cochero esperaba las instrucciones de Étienne Lousteau y aquél
estaba, a su vez, a la espera de las mías. ¿Qué hacíamos ahora? Todo
parecía indicar que Duhesme y los ingleses habían ganado la partida,
de modo que el pesar que deja el fracaso se había instalado hacía rato
sobre nuestras cabezas. "¿Qué hacemos, Monsieur?" Me preguntó,
suplicante, mi compañero de habitáculo, esperando una orientación
en la oscuridad del horizonte. A esas alturas, Bertrand Duhesme
debía ya estar muy lejos. Miré por la ventana mientras naufragaba
en un piélago de ideas que no era capaz de ordenar correctamente.
"Vamos a la rue Colbert." "¿Dónde, Monsieur? ¿La rue Colbert
ha dicho?" "Sí." Respondí, preso de una extraña seguridad. "A mi
antigua morada, la casa de Mme. Mazel." "¿Le puedo preguntar qué
hay ahí, Monsieur? Yo esperaba que ahora nos dirigiéramos hacia el
barrio de Saint Germain, a casa de Duhesme..." "He sido un tonto...
—murmuré— Un completo inepto." El cochero agitó las riendas; los
caballos arrancaron otra vez, apoderándose de las calles." "¿Qué
vamos a encontrar en casa de su antigua casera, Monsieur?" "Lo

que andamos buscando. Los cofres, el tesoro... ¡Qué tonto he sido! Mon Dieu!" "¿Qué dice Ud.?" (Podía adivinar la cara de sorpresa de Étienne Lousteau) "Ahora lo veo todo con claridad: el chico muerto en las barracas, era el hijo menor de Mme. Mazel, Albert Danton." "¿Danton, dice?" "Sí. Albert Danton; Mazel es el apellido de soltera de Madame; tanto ella como sus hijos dejaron de usar el apellido de su marido luego de su muerte, por la carga "revolucionaria" que llevaba asociada. Tenía temor de ser discriminada por el régimen." "¿Y Albert?" "Está desaparecido desde hace más de un año. Desertó del ejército cuando tenía dieciséis. Probablemente ha de haber estado viviendo en el subterráneo de la casa desde ese día." Étienne se acomodó en el asiento. Yo proseguí: "El día que trasladé los cofres desde la Malmaison, no pude subirlos hasta mi cuarto; eran demasiado pesados. Como no encontré otro lugar cercano donde llevarlos, los escondí en el subterráneo. Albert debe de haber estado allí cuando los bajé. Vio todo lo que hice. Al día siguiente, cuando volví por los cofres, no pude encontrarlos, pero en realidad no busqué demasiado. Apenas noté que no estaban junto a la escalera donde los había dejado, entré en pánico y dejé el lugar creyendo que se los habían llevado. No podría haber imaginado que el chico los iba a mover disimulándolos con las demás cosas que había en ese lugar." "¿Y por qué cree Ud. que lo dejó allí mismo?" Me sonreí. "Monsieur, en verdad, no lo sé. Asumo que debe haberlos escondido en el mismo lugar donde duerme, en el sótano. Los cofres son demasiado pesados y demasiado voluminosos como para andarlos paseando por París. Recuerdo que los Filadelfos buscaron también en el subterráneo y al parecer tampoco encontraron nada. Si lo hubieran hecho, no habrían después subido a revisar las habitaciones que ocupaba Mme. Mazel. Eso me mueve a pensar que en aquella parte del edificio debe existir alguna habitación secreta que el muchacho ocupaba para esconderse. No puede haber otra solución." "Por eso mismo —me interrumpió Étienne Lousteau— Ud. cree que el chico no los trajo consigo esta noche." "Eso. El muchacho iba simplemente a cobrar. Pensó que tenía todos los ases bajo la manga. Creyó que podría negociar con Duhesme." "Pero las cosas se salieron de control." "Duhesme lo atrapó, lo torturó hasta hacerlo hablar y luego lo mató... pobre chico."

"Pero Ud. dijo que el muchacho tenía cómplices; que uno de ellos lo había golpeado a Ud. en la cabeza cuando estaban peleando..." "Creo que me equivoqué. El chico siempre ha estado solo." "¿Y quién lo golpeó, entonces?" "¿Quién más? Fue Mme. Mazel. Ese día la mujer escuchó gritos en mi habitación, subió y me encontró golpeando a su hijo. No dudaría que ella misma me haya dado un mazazo por detrás; por lo demás, eso explicaría mejor la razón de su rechazo al día siguiente." "¿Y cómo está Ud. tan seguro de que sea el hijo de Mme. Mazel?" "No lo estoy, quiero estarlo... el día que los Filadelfos registraron la casa, la encontré sentada en medio de la sala, aferrada a un retrato. Me dijo que era de Tobías, pero me mintió: era de Albert, el menor. ¡Qué tonto he sido! Se parecía mucho a ella... por eso me pidió después que no fuera a la policía... ¡Qué tonto! *Mon Dieu*! Cuando me lo dijo no entendí por qué lo hacía... ahora lo veo todo con claridad: la mujer tenía temor de que la policía encontrara a Albert en su casa y lo detuviera por remiso."

Capítulo XIV

Era poco antes de la medianoche cuando llegamos a casa de Mme. Mazel. El coche nos dejó a dos cuadras de ahí y el resto del camino lo hicimos a pie. Pensamos que con semejante precaución levantaríamos menos sospechas. Al aproximarnos al edificio, noté a la distancia que justo frente a la puerta estaba estacionado el carruaje de Duhesme y que un hombre lo custodiaba. Recordé entonces que el inmueble tenía un acceso por la cuadra opuesta, el mismo por el que yo me había colado tantas veces para eludir a mis persecutores e invité a mi compañero a seguirme. La apuesta fue acertada. Sin ser vistos, nos introdujimos al edificio a través de la ventana que daba a la parte posterior y luego nos separamos. Étienne Lousteau partió escaleras abajo, en procura del sótano, mientras que yo me dirigí hacia las habitaciones que ocupaba Mme. Mazel; conociendo el carácter violento de Duhesme, me interesé más por su seguridad que por lo que pudiera finalmente pasar con los cofres. Al entrar me encontré otra vez con la escena que tanto había lamentado semanas atrás: la sala y el dormitorio, todo vuelto patas arriba, como si por allí hubiera cruzado un huracán. Los gritos de Duhesme se oían desde el pasillo: "¿Dónde está? ¿Dónde está? ¡Te voy a torcer el cuello del mismo modo que lo hice con el muchacho ese!" Sus palabras me dieron qué pensar: "Obviamente, el chico había hablado, pero no lo había contado todo." Mme. Mazel estaba en el piso del dormitorio, arrodillada, sollozando, mientras su acosador permanecía frente a ella, de pie, con un florero en la mano, que arrojó contra la pared en un gesto descontrolado. Preso de desesperación, corrí hacia él y me arrojé contra su espalda como un suicida; le atravesé el antebrazo por delante de la garganta mientras hacía presión con la mano que me quedaba libre sobre la nuca; quería oír el crujido de sus huesos, del mismo modo como él, probablemente, había sentido el del pobre Albert cuando lo ultimó.

Duhesme reaccionó espantado, retrocedió alzando los brazos y trató de agarrarme a manotazos; yo seguía apretando, cada vez con más energía, sintiendo cómo disminuía el aire que pasaba por la tráquea. Mi contendor retrocedió con fuerza, tosiendo, y golpeando hacia atrás, buscando chocar con cualquier obstáculo que hubiera a sus espaldas: pared, toilette, armario; todo servía para librarse de mí. Madame Mazel se levantó observando la escena con las manos en la boca, en un claro gesto de espanto: entre sacudida y sacudida, Duhesme había pasado a llevar un candelabro que había sobre una mesa, que cayó todavía encendido sobre la cama. Nadie pudo hacer nada; el fuego corrió abrazando las frazadas, con un humor asfixiante. Mi empresa no progresaba; en un momento mi oponente salió conmigo a cuestas de la habitación y ya con más espacio, con un movimiento muy rápido, logró librarse de mí lanzándome contra la mesa del té, que colapsó bajo mi peso. Sentí el crujido de mis costillas y un dolor ardiente e intenso me abrazó el costado izquierdo. Vi a Duhesme sonreír embravecido, como si toda su humanidad se hubiera por fin evaporado y tras ello sólo quedase la bestia mitológica, el minotauro rabioso y desquiciado que siempre había sido. Ahora luchaba contra un monstruo. Viéndome casi vencido, Duhesme cogió un mueble de arrimo, pesado y macizo, donde Mme. Mazel guardaba su loza; con una fuerza sobre humana, con las tazas y los platos todavía cayendo de sus puertas, lo alzó sobre su cabeza y me lo arrojó. Reaccioné en el acto, me moví hacia el sofá y cuando la colosal estructura se desplomó sobre mí, alcancé a guarecerme bajo el pequeño ángulo que formaba el cojinete del canapé con el suelo, pero no pude evitar que un millar de tasas y platos me cubrieran por completo. Duhesme tenía prisa. Todos la teníamos. No había más luz en la habitación que las llamas hambrientas saliendo del dormitorio de Madame hacia la sala. En un interludio de silencio, pude escuchar gritos de hombres que venían desde la calle: *"Hurry up!" "They are comming!"* Mi contendor pareció desentenderse de mí; corrió hacia la ventana y abriéndola interpeló a todo pulmón a los desconocidos: *"What happens? Did you find it out?"* Alguien le respondió otra vez en francés, esta vez era una voz que reconocí, se trataba sin duda de Bartolomé Dougnac: *"Monsieur, nous avons trouvé une chambre secrete dans le souterrain... Cést come une chambre á coucher..."* "*Et les coffres, Avez vous les trouvés?*" "*Oui, Monsieur, ce sont lá!*" Eso era lo que Duhesme tanto quería escuchar. Lo oí correr hacia el pasillo y perderse escalera abajo. Tan rápido como pude, me arrastré fuera de mi improvisado refugio. A esas alturas las llamas se multiplicaban por la sala abrazándolo todo. Gateando y haciendo esfuerzos por mirar a través del humo, me abrí paso otra vez hasta el dormitorio de Madame y la hallé en el piso acurrucada en un rincón, inmóvil, sollozando. Le hablé: "¡Madame Mazel, tenemos que salir de aquí! ¡Rápido!" La mujer pareció no prestarme atención. Las anaranjadas llamas, a dos metros de nosotros, me mostraban sus ojos húmedos, todavía hermosos. Su cara se había llenado de hollín. "¡Madame, no voy a dejarla aquí! ¡Vamos, por favor! ¡Tenemos que salir ahora!" Obtener una reacción de su parte era inútil; la mujer, la madre, la viuda, se había echado a morir y seguía con la vista perdida en las llamas, hipnotizada por su seductor contorneo. Me acerqué, tomé una de sus muñecas y tiré de ella esperando a que me siguiera; era inútil. "*Lâchez moi, lâchez moi...*" Me respondía, entre sollozos... "*Albert est mort... Albert est mort...*" El humo no nos dejaba respirar y el fuego avanzaba, lanzando sus lenguas por el cielo raso, partiendo las paredes, reventando los vidrios, haciendo hervir la atmósfera. "*Lâchez moi, lâchez moi...*" Tuve la sensación de estar cargando un saco; un peso muerto, un animal recién faenado.

Abandoné el dormitorio con la mujer a cuestas mientras todo se desplomaba en derredor mío. El piso cedía bajo el calor de las llamas y en el cielo raso se abrían boquerones que conectaban con mi antigua morada. Atravesé la sala y alcancé la caja de la escalera en medio de detonaciones. Pude ver cómo las cortinas flameaban ardiendo hacia los marcos sin cristal de las ventanas, mientras el mobiliario chirriaba, silbaba, crujía y hervía hasta la aniquilación. Noté que la puerta de calle estaba abierta y corrí hacia la salida, buscando asirme de la única esperanza que me quedaba. Todavía antes de llegar afuera, más allá de los gemidos de la casa muriendo bajo el fuego, oí la sirena de los bomberos y los gritos de los hombres, sumidos en su propio caos. Los caballos relinchaban salpicados con gritos en inglés: instrucciones, órdenes y advertencias que solo pude clasificar por las entonaciones, pero que no podría reproducir aquí. Cuando puse pie en la calle, traté de avanzar unos pasos con mi preciada carga sobre los hombros, pero pronto fui bajado por un patadón inesperado que me lanzó a tierra sin que pudiera siquiera advertir de dónde había venido. Me giré desde el suelo, intentando ofrecer alguna resistencia: un hombre al que jamás había visto, con un garrote entre las manos se vino sobre mí sin preámbulos, lanzando una exclamación en lengua anglosajona que me causó repulsión. Me pareció que el sujeto no había calculado muy bien sus pasos y que más bien, yo me había interpuesto en su camino, pues trastabilló antes de intentar el segundo golpe, dejándome el espacio suficiente para que pudiera yo descargar todo el peso de mi zapato contra su mejilla. Mi contendor cayó hacia atrás y no le di tiempo para volver a moverse, pues poniéndome otra vez de pie, recogí el garrote y lo descargué con toda mi fuerza contra sus sienes. Volví por Madame y la saqué de allí, acercándome hacia donde se había puesto el carruaje de los bomberos, con una docena de voluntarios de amarillo y rojo. Uno de los pompiers, a quien momentos antes yo había visto agarrado en frenético vaivén de la palanca de bombeo del agua, corrió hasta mí y me prestó ayuda. Diría que era masón como yo y que me reconoció, pues se dio un instante para agacharse y saludarme del modo que en nosotros sabemos hacerlo. Yo, sin embargo, nunca supe de quién se trataba; pues estaba disimulado tras el uniforme y el casco, y aun cuando hubiera querido prestarle mayor atención, debí regresar sobre mis pasos, pues del otro lado noté que el coche de Duhesme todavía estaba sobre la calle, y que este último, ayudado por Dougnac, ultimaba los detalles previo a darse a la fuga. Había más hombres en la calle, cinco o seis tendidos en el suelo –Étienne Lousteau entre ellos–, mientras otra media docena se batía todavía a sablazo limpio en mitad de la calzada. No sabría decir quién era quién allí, pues gradualmente aparecía más gente, mirones, vecinos, todos formando una rueda en el lugar donde sólo faltaba la policía. Reuní lo que me quedaba de fuerzas, cogí mi garrote y me lancé en procura de Duhesme y compañía. El coche había sido movido unos metros, para acercarlo a la puerta del subterráneo y me dio la impresión de que los cofres ya estaban arriba, pues Bartolomé Dougnac había subido al habitáculo y Bertrand Duhesme se aprestaba a hacer lo mismo. Otra vez me daba la espalda y yo, alfeñique, cojo y mal herido, me aprovechaba de esa circunstancia para sorprenderlo. Mis manos empuñaron con fuerza el bate y con toda la energía que me quedaba, y a pesar de que mi objetivo era la cabeza, mi errático golpe vino a terminar un poco más arriba de su cadera, a la altura de los riñones. Mi contendor hizo un gesto de dolor y se volvió en el acto; otra vez había dejado de ser hombre para convertirse en minotauro. Vi su rostro encendido por la rabia, desentendido de la lesión que acababa de propinarle y como si no hubiera fuerza sobre la Tierra capaz de acabar con él, cuando pretendía ultimarlo con un segundo golpe, un brazo poderoso se alzó sobre su cabeza y detuvo la trayectoria del garrote, inmovilizándolo en el aire. Sus ojos ardían inyectados de sangre. "¡Otra vez tú, pedazo de imbécil! ¡Otra vez tú!" Me quitó el bate con la facilidad con que se arrebata un dulce a un niño y luego se me vino encima, ciego de odio.

La puerta del coche había quedado abierta y por allí volvió a asomarse Dougnac, con sus mangas de camisa arremangadas hasta los codos y el rostro sudado, interpelando a su jefe; temeroso de que el éxito de la operación se les fuera de las manos: "¡Monsieur, déjelo! ¡Debemos irnos! ¡La policía ya está acá!" Pero Duhesme no estaba dispuesto a claudicar; no otra vez. Yo retrocedí con la velocidad que sólo da el temor y luego caí de espaldas al suelo. Mi contendor lanzó el bate lejos de nosotros y con las manos desnudas se abalanzó sobre mí, dispuesto a arrancarme la cabeza. Dougnac descendió del carruaje: "¡Demonios, jefe! ¡Déjelo ya! ¡Tenemos que irnos!" Lancé dos o tres puntapiés que terminaron en su entrepierna, sin resultado, mientras sus manos feroces ya estaban en mi cuello y lo comprimían como si fuera hule; mi rostro se hinchó de sangre sin poder respirar y luego creo que me desvanecí pues todo se tornó confuso. Sentí detonaciones; disparos como de fusil sonando a dos metros de mis oídos, gritos de hombres, llantos de mujer, relinchos de caballos. No sé cuánto tiempo pasó ni cómo ocurrió. Lo único que sé es que cuando volví en mí estaba yo mismo dentro del carruaje y empezaba a amanecer. Quizás por mi estado o simplemente porque no había suficiente luz, no podía ver, pero distinguía claramente el ritmo acompasado del coche avanzando por el empedrado. Había una silueta oscura, un hombre sentado enfrente con las manos cruzadas, en actitud de espera, y pude distinguir en el dedo de una de sus manos, brillando hermosamente, el anillo con forma de sol que la noche de mi iniciación portaba mi mentor. "Ha sido un largo camino, Monsieur..." Pensé que estaba soñando. ¿Podía ser cierto? Era Hermes, el maestro filadelfo, ahí, sentado delante de mí. "Lamento lo que ha tenido que pasar. Hubiera deseado que todo fuera diferente." Trate de ver más, abría los ojos, impotente; sorprendido por la nueva vuelta de mano que me daba el destino. Mi interlocutor hizo una pausa; pareció esperar a que me recompusiera. Luego prosiguió, tomando una cierta distancia: "Las cosas no han sido fáciles para Ud., Monsieur. Lamentablemente, tengo que advertirle que tampoco lo serán en los días que vienen." "¿Dónde está Duhesme?" Súbitamente, el recuerdo de las garras del minotauro aquél comprimiéndome el cuello, me había vuelto a la memoria. "Muerto. Mis hombres llegaron a la avenida Colbert justo en el momento en que daba cuenta de su persona. No tuvimos alternativa. Dos tiros de fusil acabaron con su vida. Por otra parte, no creo necesario tener que decirle que hacía ya un tiempo sabíamos que Bertrand Duhesme intentaba traicionarnos. Lo habría logrado si no hubiera sido porque usted se interpuso en su camino." "¿Y Bartolomé Dougnac?" "Al vernos llegar intentó huir junto a sus cómplices, todos ingleses." "¿Qué pasó con ellos?" "Tampoco tuvimos alterna-tiva." El hombre misterioso extendió los dedos de una mano para mirarse las uñas. En aquellas circunstancias me pareció un gesto elegante, mediante el cual quería tácitamente decirme que de todas formas habría tenido que eliminarlos. "¿A dónde vamos?" "¡Ja! ¡Monsieur! Usted va a casa." "¿A casa, dice?" "España; bueno, en la medida en que Ud. considere a España como "su casa"." "¿Y usted?" "¿Yo, Monsieur? Yo solo lo acompañaré algunos kilómetros. Esta entrevista entre nosotros esperó demasiado tiempo y estoy aquí para remediarlo. El tesoro va con Ud." "¿Conmigo, dice?" "Así es. Con Ud. directo a Madrid. Allí deberá entregarlo a la persona que le indicaré."

El hombre hizo una nueva pausa mientras se arrellanaba en el asiento. Puso ambas manos sobre la empuñadura del bastón y paseó la vista por el habitáculo. Había amanecido. Ahora lo veía con claridad, sin poder caber en mi asombro. Era Joseph Fouché, duque de Otranto. Sus ojos azules centelleaban con la primera luz del día. "Imagino que está Ud. sorprendido, Monsieur y no lo culpo si es así.

Estoy aquí hablando cara a cara con Ud. porque la historia me obliga a mostrar mis cartas. Como sabrá, a pesar de todo lo que pueda decirse de mí, soy y seré siempre un jacobino redomado, un revolucionario que ha tenido que inventarse mil disfraces para sobrevivir a la misma revolución. Pero hay momentos en la vida de los hombres, en que el destino nos pone a prueba y nos obliga a revelar quiénes en verdad somos. He luchado y lucharé toda mi vida por la república. Por eso no estoy dispuesto a permitir que Napoleón y su camarilla de corruptos y ambiciosos destruyan las instituciones que tantas vidas costaron a Francia y a su pueblo." "¿Qué quiere Ud. de mí, Monsieur?" "Esos cofres no deben caer en manos equivocadas. Debe Ud. escribir todo lo que ha vivido en estos meses y explicar las razones que los Filadelfos hemos tenido para hacer lo que hicimos. Eso permitirá mostrar a la posteridad la razón de nuestras graves decisiones." "¿Y cómo hará Ud. para hacer llegar el Espíritu a los Estados Unidos?" "¿Filadelfia? No, mi querido. Es aquí donde yo intervengo para cambiar el curso de la historia. El tesoro no irá a los Estados Unidos. Su poder es tan grande, que ni siquiera los Filadelfos deben saber su paradero." "¿Y qué piensa Ud. hacer con él, entonces? ¿Dónde lo vamos a esconder?" Joseph Fouché hizo una pausa. Miró por la ventana. El carruaje había salido de París y avanzaba hacia el oeste bajo un ritmo acompasado y plácido. "A última hora resolví tomar contacto con nuestro hermano masón, el general español Francisco Javier Solano. Espero que él se encargue de trasladar él mismo el tesoro a Sudamérica. Si esta empresa tiene éxito, nadie nunca más volverá a encontrarlo." Me toqué el flanco izquierdo; las costillas rotas no dejaban de doler, el cuerpo se me había enfriado y eso me mantenía virtualmente inmovilizado en mi rincón. Fouché miró otra vez por la ventana, frunció el ceño y luego habló sin volver la cara: "Creo que es aquí donde nos despedimos." El coche bajó la velocidad hasta detenerse. Los caballos relincharon, arrebatados. El Duque de Otranto se preparó para salir, me dedicó una última mirada y luego agregó: "Este carruaje lo llevará hasta Madrid. Todo está ya preparado. El lugar donde habrá de quedarse en esa ciudad también ha sido previsto. Tenga confianza, hermano mío." Me estrechó la mano; era ésta su mayor expresión posible de afecto. El cochero bajó del montante y abrió la portezuela para permitirle descender. Joseph Fouché se demoró un momento más: "En el principio era el Logos, y el Logos era con Dios, y el Logos era Dios." Me dijo en perfecto español. Sin duda, había sido él quien había puesto aquella nota en mi abrigo. Más sorprendido me sentí, sin embargo, por su habilidad para el castellano. "El español es una lengua hermosa –prosiguió en mi idioma– ¿Le comenté alguna vez que hace muchos años, tuve una novia por aquellas tierras? ¡Qué hermosa era! Mon Dieu!" Y diciendo esto último, bajó del coche y desapareció.

El carruaje continuó su camino en dirección suroeste hacia Burdeos y luego a Bayona, y alcanzamos la frontera al sexto día de viaje. El camino a Burgos y luego a Madrid me dio la sensación de estar viajando en el tiempo; iba hacia el pasado: diez, veinte, cuarenta, sesenta años: el destino me había sacado de una sociedad donde la revolución expropiaba los bienes de las iglesias, cada día más vacías de gente, y cortaba las cabezas de los reyes, a otra en donde la curia y la monarquía lo eran todo. En fin, podrá usted imaginar que mi estado de ánimo al entrar en Madrid no era de los mejores. A pesar de eso, algunas cosas me fueron gradualmente devolviendo el buen semblante: los balcones de fierro forjado asomando en los pisos superiores de las casas, los hermosos remates en las cornisas, las flores en las terrazas desafiando al invierno, los niños descamisados jugando en las calles; en fin, era otra vez España, con sus nobles y sus pobres, con sus supersticiones absurdas, sus estatuas cagadas de palomas, sus mujeres devotas en velo y riguroso negro y sus perros hurgando en los basurales.

El Duque de Otranto tenía razón cuando me dijo que todo había sido preparado para mí. La mano invisible de mis hermanos se hizo cargo de mi manutención y eso me permitió abocarme de lleno a las únicas dos tareas que me habían sido asignadas: cuidar el tesoro y escribir estas líneas, que deben, a la sazón, constituir un testimonio fidedigno de todos los riesgos que tanto los Filadelfos como la Francmasonería debieron correr para defender nuestro ideario revolucionario de Libertad, Igualdad y Fraternidad. Por razones de seguridad, no pernoctaba más de una semana en el mismo lugar, que algunas veces no era más que un ático en un viejo edificio del centro de Madrid y otras una pequeña bodega levantada en el patio posterior de un casa de la periferia. A diario me informaba de lo que pasaba en París y en toda España y pude seguir con bastante detalle el desenlace del conflicto que ahora tiene trabada a nuestra patria con la Francia de Napoleón. Es más, estaba yo en viviendo en el centro de Madrid el día en que supe que la Grande Armée al mando del general Junot había entrado en Lisboa, y el día 16 de febrero, día en que, como usted recordará, los franceses mostraron sus verdaderas intenciones y se volvieron contra nosotros, yo me estaba mudando de casa desde el norte de la capital a un pequeño estudio frente a Plaza Mayor. Como Ud. comprenderá, desde aquel día ya no pude moverme, pues se nos vino la guerra y desde ese mismo lugar fui espectador privilegiado de los acontecimientos del dos de mayo, cuando la heroica poblada se levantó en contra del invasor y fue avasallada por los coraceros y dragones del mariscal Murat.

Sobre el contenido de los cofres en sí, me resulta difícil pronunciarme. Hasta aquí les he prodigado un respeto sublime y he adoptado las mayores precauciones al momento de mover el más mínimo pedazo de papiro o de piedra. Evidentemente, los jeroglíficos egipcios y los caracteres griegos no son mi especialidad y ante el riesgo de acabar arruinando objetos tan delicados y valiosos, he preferido abstenerme de realizar un inventario más profundo. Me atrevo a opinar aquí, mi señor, que no ha llegado aún el día en que los hombres estemos preparados para administrar un conocimiento tan profundo y tan trascendente. ¿Son las puertas del inframundo? ¿El Logos? ¿El camino a Dios más allá de nuestra limitada y pequeña realidad? En fin, hoy he dejado de llamarlo el Tesoro y empecé a denominarlo igual que lo hacían Malet y el resto de los Filadelfos, que eran quienes, probablemente, más sabían acerca de él. Hoy lo llamo, simplemente El Espíritu. Vendrá a nosotros el día, la hora y el lugar, donde espero, ciertamente, que otros hombres, más sabios y evolucionados le darán el lugar que en verdad merece.

No puedo cerrar este relato sin volver atrás por última vez para dejar testimonio de un postrero acontecimiento: Mi primera parada en Madrid fue una casita en el lado oeste de la ciudad, cerca de las chacras y los cultivos que abundan en las proximidades del río.

Recuerdo que llegamos a mediodía y que me recibió un matrimonio de agricultores a quienes su patrón —a la sazón, nuestro hermano masón—, les había pedido brindarme refugio por algunos días. Pierre, el cochero que me había acompañado desde la posta en Bayona por todo el territorio español, me ayudó a bajar los cofres hasta la que iba a ser mi estancia por aquella semana. Cuando había acabado con el segundo de los cofres y ya me disponía a despedirlo, sacó un tercer objeto que me ofreció ante mi sorpresa; venía rigurosamente envuelto pero por su forma oblonga pude adivinar que se trataba de un cuadro. "¿Qué es esto?" Le pregunté perplejo, cuando me lo acercó. "No lo sé, Monsieur. Es suyo. Viene con el equipaje desde París." Pierre volvió a montar en el sillín del carruaje y antes de que pudiera rechazarlo, agitó las riendas y salió de allí en apacible marcha. Cogí el objeto y me interné en mi habitación; curioso, lo dejé sobre la mesa y rasgué el envoltorio. La experiencia me hizo saltar las lágrimas; pues solo entonces me apercibí de todo lo que había perdido: era un desnudo, el retrato de una mujer a media luz sentada a pierna abierta sobre un diván, mostrando su vagina, grande, rosada y velluda. El mismo cuadro que yo había visto en casa de Marie Claire Duhesme; o diríase, casi el mismo, pues se trataba de una réplica; no lo firmaba ya François Boucher, sino que la propia Marie Claire. ¿Cómo había llegado hasta allí? Ya no interesaba. Lo único importante era, en rigor, que nunca, nunca más volvería a verla.

Madrid, mayo de 1808.

* * *

Bailén, 21 de julio de 1808.

Eran casi las tres de la mañana cuando el general cerró la libreta. La luz de la lámpara titilaba dentro del vidrio, afectada por una corriente de aire que pasaba por debajo de la puerta. Francisco Javier Castaños se levantó de su sitial, se quitó el uniforme aparatosamente y revestido de un pijama gris se introdujo en el lecho en silencio. No pudo dormir. Cuando algunas horas más tarde abrió el día y la ardiente luz del verano entró por la ventana, todavía pensaba en el relato. El gallo cantó parado en el parapeto del pozo y los caballos relincharon. Capons y La Peña le acompañaron durante el desayuno. Los acontecimientos presenciados el día previo habían puesto en alerta a este último; temía que, en un gesto de destemplada magnanimidad, Castaños cediese a la presión de los franceses y les dejara retornar a Madrid. Por esa razón el día anterior, anticipándose a su superior, aprovechó de tomar contacto con el general Teodoro Reding, a quien advirtió del peligro. Éste, convencido por La Peña y sabedor de que los términos de las capitulaciones francesas debían suscribirse ese día, redactó una carta en encendidos términos que dirigió al general en jefe a través de su interlocutor. Allí le advertía de los efectos nefastos que conllevaría acceder a la presión de Dupont. Reding fue incluso más lejos: en su misiva hablaba a Castaños del juicio de la Historia así como de la sensación que semejante acuerdo dejaría entre las autoridades establecidas en Cádiz: una decisión como la temida podía hacerle transitar rápidamente del bando de los héroes al de los traidores de España. La Peña entregó esta carta a Castaños en el desayuno y lo instó a verla antes de proseguir la reunión con el capitán D´Villoutreys, que se presentó en la casa de postas, como la víspera, acompañado por los generales Chabert y Marescot. Fue la única carta que Francisco Javier Castaños leyó. A diferencia de ella, el atado de documentos que le había hecho llegar la mañana del día anterior seguía en el mismo lugar, intocado.

Durante la reunión, a la que asistieron también Capons y La Peña, el capitán francés no volvió a referirse al contenido de la libreta y guardó respetuoso silencio mientras Chabert y Marescot tomaban la iniciativa. Castaños no cedió. La suerte de los franceses estaba echada. Todos los hombres, incluyendo la división al mando del general Vedel, que no había combatido, debían entregar las armas y someterse al alto mando español en calidad de prisioneros de guerra. Solo a los oficiales franceses se les permitió conservar las espadas y retornar a Madrid provistos apenas de una maleta de equipaje. Todo lo demás debía ser inmediatamente incautado por las fuerzas españolas. Los franceses firmaron el acuerdo y apenas acabó la negociación, retornaron al campamento con la ignominiosa noticia. La información se exponía en una carta reservada dirigida directamente por el general Castaños a Pierre Dupont. La ratificación de este último llegó apenas una hora más tarde.

Antes de esto, una vez que la reunión hubo terminado en la casa de postas, Castaños pidió al capitán D´Villoutreys que permaneciera junto a él para ultimar algunos detalles. Cuando estuvieron a solas, volvió sobre el contenido de la libreta. El primero en hablar fue el propio D´Villoutreys, afectado por lo que consideraba como una traición a su confianza.

—Lamento que Ud. lo tomé así, Capitán —le dijo Castaños, mientras mezclaba vino de la comarca con agua y lo ofrecía gentilmente a su interlocutor—. No tengo alternativa.

—¿A qué se refiere Ud., General? Las condiciones que acaba de imponer al ejército de Francia son especialmente ignominiosas.

—Le explicaré: Esta mañana el general Teodoro Reding me ha hecho llegar una carta que he leído antes de sostener esta entrevista. Allí, además de solicitarme encarecidamente que no ceda a la presión vuestra, me informa al pasar de la interceptación de un mensaje de correo remitido desde Madrid a Dupont por un viejo conocido suyo: el general Anne Jean Marie René Savary, duque de Rovigo, donde aquél le informa que el emperador acaba de ponerlo al mando de las tropas en Madrid y le urge para retornar a esa ciudad con todos sus hombres, armas y equipaje.

—¿El Duque de Rovigo? ¿Está usted seguro?

—Absolutamente. De algún modo u otro, puedo apostar a que Savary ya está al tanto de que el tesoro está en poder de Dupont y de vuestras tratativas para entregarlo. Si tuve alguna duda cuando acabé de leer la libreta que me entregó el día de ayer, la carta del general Reding ha terminado por convencerme. ¿Me entiende Ud. ahora? Estoy salvándole la vida a Dupont y a todos ustedes. Espero que algún día lo comprenda.

La mirada de D´Villoutreys se había tornado sombría.

—Quisiera preguntarle, general, ahora que sabemos que el destinatario de estos cofres, el general Francisco Javier Solano está muerto, ¿Qué piensa Ud. hacer con ellos? ¿Cómo los va a custodiar?

Castaños se acomodó en su silla y bebió hasta acabar el vaso de vino y agua que tenía en la mano.

—Me he preocupado de eso esta mañana personalmente. El Marqués del Socorro está muerto, es cierto, pero sé quién puede asumir la tarea que originalmente le había sido encomendada; su mano derecha.

—¿Es hermano masón?

—Por cierto, y también participa de la Logia de los Caballeros Racionales, con asiento en Cádiz.

—¿Puedo saber de quién se trata?

—San Martín. José de San Martín. Hablé con él esta mañana. Es un hombre aplicado este oficial, le he referido reservadamente el tema y ha entendido: Muchas veces en la vida, capitán, como nos ha ocurrido hoy mismo y en los recientes días, nos damos cuenta de que no somos en verdad dueños de nuestro destino, sino que, al revés, es el destino el que dispone de nosotros, a voluntad.

—¿Qué le ha dicho Ud.?

—No mucho todavía; apenas que motivos graves y urgentes relacionados con La Orden y con el servicio que brindaba a don Francisco Javier Solano, me obligan a encargarle la custodia de ciertos objetos y que para cumplir con este su nuevo oficio es probable que pronto deba dejar el ejército y trasladarse a Sudamérica.

—¿Ha entendido?

—Es nuestro hermano, capitán. Ha hecho un juramento: Libertad, Igualdad y Fraternidad. ¿Lo olvida Ud. acaso? *Liberté, Égalité, Fraternité.* Irá con usted esta tarde a buscar los cofres. No se separará de ellos, estoy seguro.

Y diciendo esto, volvió a rellenar su copa con vino y agua, y se la bebió al seco, como acostumbran los masones.

ÍNDICE

"El cofre de Napoleón"
de Christian Allen Rojas
se terminó de imprimir
en los talleres de
Alba Impresores.
Valparaíso,
octubre
2020.